ポエジーへの応答

詩と批評の戦いでは、抵抗主体に支援せよ

宗近真一郎
Munechika Shinichiro

幻戯書房

まったくのところ、ひとが立派な散文を書くのは詩に直面したときだけだ! というのも散文は、詩との絶え間ない礼節正しい戦いだからである。散文のあらゆる魅力は、それが絶えず詩を避け詩に抗するというところにある。抽象的言辞のいかなるものも、詩に対する悪ふざけとして、いわば嘲笑的な声で朗読されるであろう。すべての無味乾燥と素気無さ（そっけなさ）は、愛らしい詩の女神を可憐な絶望におとし入れる羽目となろう。しばしば詩と散文との束の間の和親と宥和がおこる、が直ぐまた突然の反発と嘲笑がくる。ちょうど女神が彼女の薄明と朧色（おぼろいろ）を楽しんでいるというのに、しばしば窓掛けが引き揚げられ眩（まばゆ）い光がさし入れられる。しばしば女神の口から言葉が奪いさられ、彼女がその優美な手で優美な小さい耳を覆わずにおれないようなメロディーの歌がうたいだされる、――このように、非詩的な人間、いわゆる散文的人間の輩の全くあずかり知らぬような、幾千ものさまざまな戦い――敗北をもふくめて――の悦楽が存在する。――これら散文者流ときたらただもう拙劣な散文ばかり書いたり話したりするだけだ! 戦いは一切のよき事物の父である、また戦いは良き散文の父でもあるのだ!

ニーチェ『悦ばしき知識』第二書九二（信太正三訳）

目次

Ⅳ　Reviews

装画写真　藤原安紀子

ポエジーへの応答

詩と批評の戦いでは、抵抗主体に支援せよ

凡例

一、本書は、すべて、既出論考および対談（野村喜和夫氏のみ未発表）で成り立っている。初出掲載紙誌については各論考・対談の末尾に示した。

一、引用は、基本、〈 〉あるいは「 」内に表記。引用、参照テクストなどは、パートⅠは研究論文の要綱に即し、パートⅢにおいては、各論考の後、＊に続けて、引用の順番に＊1、＊2、＊3のかたちで、著者、書名、翻訳の場合の訳者名、出版社、刊行年を明示するかたちに統一した。各引用末尾には、テクストの該当頁を示した。例えば、＊1のテクストの六四頁からの引用である場合、（＊1：64）と記される。

一、パートⅣでは、書評という性格から、言及、引用したテクストについて、書名あるいは表題と出版社だけを明記した。

一、とくに注記しないかぎり、引用はすべて該当テクストの記載に従った。

一、各論考には、初出の内容に対して、可読性、論旨の明確化、アップデートなどを考慮して、所要の加筆、修正を行った。

I

Status Quo

「普遍理性」の二分法の危地と「コロナ問題」

1　アメリカン・ヒーローの条件

クリント・イーストウッド（以下、CEと略記）の近年のフィルムでは、たいがい、タイトルバックに沿うかたちで、based on a true story という断りが現れる。文字通り、実話に基づく、である。伝記映画とも言われる。だが、厳密には、実話じたいが、既に実‐話であり、歴史＝his‐story と同様、実際に起こった出来事（事実）についての語り＝騙りを孕んでいると言わねばならない。つまり、実話とは、誰かの語り＝騙りである。実話に基づくとは、だから、出来事そのものではなく、（誰かに）語られた＝解釈されたそれが、その任意性が、暗黙に選択されているということである。さらに、たいがいは、第三者による脚本をフィルムメーカーであるCEが買取って（採用して）制作が進められるわけで、図式的にいうなら、騙り×騙りによって、作品の表象には、いわゆるフィクション以上の虚構性（作為性）が伏在する。

それにもかかわらず、based on a true story というキャプションが現れると、観客は、そうか、これは「実話」なんだ、実際に起こったことなんだという了見（あるいは事実への依存）で、映像に現れる展開を受け止めるはずである。実際、出来事のヘッドラインとアウトラインはその通りだろう。だが、フィルムの物語性は登場人物の心性や関係性の縺(もつ)れ合いで出来ており、その虚構性（作為性）の強度は、観客がそれを事実だと半ば確信するという罠によって累乗され、予めフィクションだと分かりきっているハリウッド的ブロックバスター映画以上かもしれない。

最新作から数本を辿ってみる。二〇一九年（日本では二〇二〇年）公開の『リチャード・ジュエル』[*1]では、かつてワトソン・ブライアント（サム・ロックウェル）弁護士事務所の掃除人だったリチャード（ポール・ウォルター・ハウザー）は、一九九六年、オリンピック間近のアトランタの公園に仕掛けられた時限爆弾を爆発寸前に発見し、人々を避難に誘導して被害を最小限に食い止めて英雄に祭り上げられるが、FBIが第一発見者の彼が犯人だと疑っていることを地元メディアの野心満々の記者がリークすると、リチャードは一転して、周囲から激しくバッシングされる。リチャードはワトソンを弁護士に指名し、逆境を乗り越えてゆくところがドラマの軸になる。

主人公のリチャードは風采の上がらないデブっちょ(チャビー・ガイ)でありながら、忠誠心の強い正義漢であることがリアリティのベースラインになっている。エンディングでは、数年を経てワトソンが訪ねたリチャードはコップ（警察官）として働いていた。DVDの特典映像には、心臓疾患で若死にしたリチャードの実在の母による「彼は誠実で制度(システム)を信じていた」という発言、映画のキャストは実物そっくりだというコメントが収められている。

二〇一八年公開の『運び屋』[*2]では、CEは主役も務めた。温室でのユリの栽培が上手くいかず、経済的に行き詰まり、家族の絆も地元のつきあいもままならなくなった園芸家のアール・ストーン（CE）は、ふとしたきっかけで麻薬の「運び屋」に手を染め、度重ねるにつれ、巨額の報酬を得ることになり、それで接収されそうになっていた地元の集会場を維持したり、一方マフィアからメキシコに招待されたりもする。マフィアに信頼され、当局捜査官の追っ手を長期間に亘りかわすことができたのは、自分が「運び屋」だと知る前も自覚してからもつらぬかれた、アールのイノセンスである。つまり、その偶々の機会に背負ったミッションを忠実に淡々とこなす態度である。とんでもない悪事に加担しているが、黙々と「運び屋」を続けるアールのイノセンスにおいて、「悪」の本質が解消している。娘との葛藤と説得を経て自首し、収監されたアールが、刑務所で黙々と、いや、嬉々として草むしり作業に精を出す姿を俯瞰する映像がエンディングに現れる。

その前年に公開された『15時17分、パリ行』[*3]では、二〇一五年八月のタリス銃乱射事件に取材されたが、「実話」性が過剰に強調される。CEは、犯人を取り押さえるスペンサー、アンソニー、アレクの英雄三人を演じるのに、原作の著者を含む実在の本人たちを起用したのである。主人公スペンサーは、幼少から銃撃戦に憧れ、「戦争で人を助けたかった」、「人生に導かれている」と言い切る。後述の「アメリカン・スナイパー」のクリス・カイルに酷似したキャラのマッチョな男である。実話に基づきながら、そうであるからこそ残余する異化効果(虚構の強度)が、善(正義)と悪の二項分割にバックアップされた「記録」=事件に神話作用を委託する事実性の絶対化にすり替わっている。

『ハドソン川の奇跡』[*4](二〇一六年公開)も、二〇〇九年一月、NYラガーディア空港を飛び立ったばかりのUSエア機が鳥の群れによるエンジントラブルのため機体は推力を失ったが、機長であるサリー(トム・ハンクス)の巧みな操縦によってハドソン川に着水し、着水後もサリーの陣頭指揮とクルーによる機敏な避難誘導によって一人も死傷者なく済んだ実際の出来事に基づく。この映画でも、サリーらは、いったん英雄扱いされるが、事故調査委員会ではタイムリーに引き返せばラガーディアに戻れたというシミュレーションになり、一転、サリーと副操縦士ジェフ（アーロン・エッカート）は、公聴会で審問されることになる。公聴会で、サリーは、非常事態が感知されて即刻引き返すのは非現実的であり、自分たちは、判断に三五秒を要したと主張する。シミュレーションし直してみると、ラガーディアに引き返した場合、機体は市街地に墜落することが判明する。

もう一本。二〇一五年初めに全米公開され、米国戦争映画史上最高の興行収入を上げた『アメリカン・スナイパー』[*5]。キャッチコピーは、「米軍史上最多、160人を射殺した、ひとりの優しい父親」。自伝の原作者かつ主人公であるクリス・カイルが従軍したイラク戦争のファルージアなどの激戦は二〇〇四年中盤以降であり、映画化はその一〇年後である。まず、海軍特殊部隊「ネイビー・シールズ」の過酷な選抜訓練のシーンが現れる。クリス（ブラッドリー・クーパー）は幾何学的思考を透徹するスマートな正義漢であり、イスラムを蛮人と確信する。訓練の合間、バーのカウンターで美女タヤ（シエナ・ミラー）を怜悧なユーモアで口説き落とす。タヤとの結婚直後、「シールズ」の狙撃手としてイラクに赴いたクリスは、母親から受け取った対戦車手榴弾を投げようとした少年を一撃で射殺する。四度に亘るイラク出陣で一六〇人を射殺したクリスは「伝説」の狙撃兵になる。女だろうが子どもだろうが、彼らがアメリカに敵対したかどうかを判断し、躊躇（ためら）いなく狙撃する。息子と娘を得て、家庭では物静かに過ごすが、クリスの心は戦争に占拠されており、従軍を重ねるにつれ心的外傷ストレス障害の症状が深まる。四度目のイラク派遣でクリスはサドルシティで敵の包囲のなか最強の狙撃手ムスタファを倒し、砂嵐のなかを脱出、その戦闘を最後に除隊する。爾後、クリスは心的外傷と離人症に苦しむが、傷痍軍人の慰問などの活動で日常へ復帰しようとする。だが、ある日、タヤとハグしたのち、一人の元海兵隊員と射撃に外出した先で、彼はその男に射殺される。射殺の事実はサブタイトルでのみ示され、葬儀の記録映像がエンドロールとなる。

括るように言うなら、近年の五つの映画を辿ってみて、CEはアメリカン・ヒーローの屈折した現在の姿を繰り返し描いている。CEは今年（二〇二〇年）九〇歳になるが、いずれの作品にもレイトワーク[*6]という形容にはそぐわない多義性と捻じれがある。本人のアクターとしての起用（という掟破り）を含め、企図的に実在の人物に酷似したキャスティングを敷き、素朴なリアリズムをつらぬきながら、連鎖するショットから解釈的な裂け目を生成する映像の抽象度は極めて高い。ヒーロー像に張り合わされた保守性（一義的な国家主義）には反感を抱かざるをえないが、その実在と実存は安易なイデオロギーを寄せ付けない。一方、ほとんど毎年、based on a true story、実話に基づくアメリカン・ヒーローの像を描き出そうとするCEの映像的モチーフに張り合わされたオブセッションに注目しないわけにはいかないのである。

どういうことか。現在のアメリカン・ヒーローは、秩序＝召命（ミッション）の信奉者かつ遂行者として現れる。そう現れることの再帰性（認識の自覚）が、映画というメディアにおいて到達される＝ハリウッド映画として成功することが、CEの映画的身体において、つねにすでに確信されているのである。自らの確信に誘惑されるようにして、CEは映画制作に赴く。この五本の推移で見て、ヒーロー像は、伝説の狙撃者、衆目を集めたベテラン機長から、三人の無名の勇気ある若者、そしてイノセントでとんでもない「運び屋」、デブっちょ（チャビー・ガイ）の警備員へと次第に非‐劇的な小さな「実話」をピックアップするふうになる。ヒーロー、秩序＝召命の実践者の名は、それだけ、この世の隅々にまであまねいていなければならない。彼らの名誉は無限に回復されねばならない。

アメリカン・ヒーローを追走するCEのオブセッションには、さらに、ヒーローにおいて、ヒーローを析出することにおいて歴史が画定されるという認識があるのではないか。逆にいえば、ヒーローとアメリカ（という歴史）とは、お互いを召喚し合わなければ、お互いが解消するという危うい均衡それじたいなのだ。さらに、ヒーローは、歴史によって語られる限りにおいて、可能的な歴史の覇者であり、その偶有性が宿命性に読み換えられる契機それじたいである。つまり、CEは、based on a true story という騙りによって、「ハリウッドの神話学」にドライブをかけるのである。

よく知られるように、というより、オールドファンのみならず今でも一般的には、CEといえば、「荒野の用心棒」であり「ダーティハリー」であり、「荒野のストレンジャー」である。カウボーイ、流れ者、はぐれ刑事、無宿者として、規律・秩序を踏み外し、アメリカのフロンティア時代の不定性を象徴するダーティー・ヒーローとしてアクションスターの座を不動のものにした。そのCEが、政治への関与[*7]において基本的に共和党を支持し、「彼は誠実で制度（システム）を信じていた」とリチャード・ジュエルの母が誇示するような秩序＝召命＝正義の遂行者をヒーローとして描き出すに至る長く螺旋的な境涯には、いわゆるフロンティア精神の消滅から、世界権力として君臨し、今では、凋落の最中で国家の紐帯と体制＝定性の守護を志向するアメリカ国家の変転に通じるものがある。

だが、ダーティー・ヒーローを演じる欲望的な身体から制度への忠誠をつらぬく倫理的なアメリカン・ヒーロー＝国家的身体＝掟を騙る映像言語へと旋回したCEのパッションには、歴史化されるぎりぎりのところでその螺旋を振りほどくような、クリス・カイルとリチャード・ジュエルを累乗された騙りの果てに抱懐するような、善悪の彼岸に立つ非歴史的な神話作用が底流すると言わねばならない。これが、「ハリウッドの神話学」の中心にある者だけが成し遂げうる立ち位置だという前提のもと、そんな特権とともに在る「二人」は、ほんとうは分割困難な「多数」の鏡である事態の底に、「アメリカ」にまで追い込まれた「普遍理性」のオルタナティブが見出されるべきではないか。

2 「掟‐倫理」と「欲望‐享楽」の間

「アメリカ」がフロンティアの消滅以降、欲望から掟‐秩序への回路を、世界模型としてではなく、身体の「多数」に打刻したことは、「普遍理性」の末路の姿であるのか。

そうではない。「アメリカ」は、フロイトのようにいえば、転移されたヨーロッパという機序を負いながら、「普遍理性」をゼロクリアした。いや、構築途上にあった「普遍理性」のブループリントにオーヴァーライト＝上書きしたのである。オルタナティブというのは、そういうことだ。いわゆる世界史に準じるなら、いや、時間の序列としては逆[*8]になっているが、フランス革命をアメリカ革命（独立戦争）がオーヴァーライトした。新大陸という特権を駆使して、壊して造るのではなく、造って、壊すという転倒が起こった。

だが、掟-秩序と欲望をめぐる転倒は、ほんとうは、「アメリカ」とは別のコンテクストで起こっていた。年代史に準じると、一七八八年のカントの『実践理性批判』が、フランス革命の最中、その八年後のサドの『閨房の哲学』によってオーヴァーライトされていたのである。ジャック・ラカンの「カントとサド」(邦訳『エクリⅢ』所収)に拠ると、女性なるものが天上で誘惑することがないように、ひとは悪において幸せである。道徳律において、これを、人間は善において幸せであると反措定したカントの格率は、快感と善(道徳-掟)との関係において、主体がその対象を決定する脈絡に服従するとともに、快感充足における自己愛に相反するという分裂を伏在させる。

一方、サドの格率は、隠されている主体の分裂を暴く。「いかなる人間も他人の所有物ではなく、また専有物でもないことによって、人間は、万人の権利を中断することをもって各人が好みのままに他人を享楽するための口実とはなしえない」[*9]というサドの教義は、道徳律-カント的格率を、欲求-享楽によって、相互性と可逆性に置き直すはずである。道徳律は、掟の対象の欠如において、その対象への欲求が声の姿として現れたものである。あるいは、なすべき対象の可能性を自覚することが、それをなし得るという判断を呼び込み、掟(実践理性)とともに「自由」が現れる。このカント的な「自由」をめぐって、ラカンは「掟が本当にそこにいるとき、欲求はいない。しかし、それは、掟も抑圧された欲求も、ただひとつの、同じものであるという理由によっており、それは、フロイトの発見したものである」[*10]と書き加える。

掟(実践理性)は、中心と不在に分裂した主体を統合する。一方、サドがつらぬこうとした享楽への権利は、「欲求する自由であり、革命を鼓吹する自由ではない。ひとが闘い、死ぬのは、いつも欲求のためであって、ただしこの革命が、その闘争は欲求する自由のためであるのを望んでいるからである」[*11]。カント的な掟（実践理性）は、「革命を鼓吹する自由」の果てに、分裂した主体を統合する強引さの果てにギロチンとテルミドールを生み出した。

悪において幸せであり、幸福のエゴイズムを囁くサドは、「欲求する自由」とともにあり、「閨房」に留まっている。だが、「サドにおいて、われわれは、死刑の拒否をとおして、われわれの目にはもっとも重要と映る試金石を見るのであるが、歴史は、たとえ論理がそうでないにしても、それが〈愛徳〉の相関物のひとつであるのを、十分に証明している」[*12]とラカンは記し、サドが立ち止まった「欲求が掟に結ばれる点」を見出そうとした。それは、「ただひとつの、同じもの」の確認ではなく、「サドの共和国」における贖罪（普遍的な徳の勝利）の不可能性と「（欲求する）自由」とが刺し違えた痕跡の復元である。

大澤真幸は、『自由という牢獄』の第3章「〈公共性〉の条件」で、公共性（圏）―普遍的な価値―人権というトリアーデの画定をめぐって「サドとカントとの相補的な関係」を論じている。フランス革命―人権宣言という史実がマイルストーンになる。大澤は、「誰もが、自分自身の欲望を充足させるために、私の身体を自由に享受してもよい」、「生理的な身体が、そのセクシュアリティを媒介にして、公共性の基盤を与えている」[*13]と、フランス革命の人権宣言にサドがオーヴァーライトしたポイントを要約する。誰もが「閨房」という私的な空間に「他の任意の市民を召還することができる」、つまり、「快楽を享受する権利、身体を用いて快楽を無限に享受する権利」[*14]において、享楽のための私的な空間のなかに公共性の源泉が見出される。

ところが、二〇世紀の代表的な社会思想家であるユルゲン・ハーバーマスとハンナ・アーレントは、ともに、「閨房」に集約される私的な空間に、公共性の危機と崩壊の要因を見出した。

ハーバーマスのいう「市民的公共性」は、一八世紀に成立したが、二〇世紀に入り、国家が経済活動に介入し、私企業が福利厚生を担うことになり、個人や家族は（社会的‐公共的）責任主体から排除される。この排除のシークェンス（組織された資本主義）において「市民的公共性」が崩壊する。一方、アーレントは古代ギリシャのオイコス（家＝経済的な複合体としての「社会」）に対置されるポリスに公共性の理想像を求めている。また、「公共空間」は「行為」（主）の領域であり、「社会」は「労働」（奴）の領域であると捉えるアーレントは、近代において、「社会」＝経済（資本主義）に公共性が制覇されてしまったと考える。[*15]

アーレントにおいては「社会」―経済―「労働」という私的領域の原基があり、ハーバーマスは、「市民的公共性」じたいが制度的権力と孕み合うと考えたが、両者とも、「閨房」のエロスが「経済」へと拡張され共同体を制覇したとき、公共性は窮地に陥るという判断で一致した。大澤は、そのコントラストを「アーレントにとっては、「家」が国民的な規模に拡大したことが、公共性の危機として現象する。逆に、サドにとっては、家こそが、とりわけ家の中の私的な秘密の中心こそが、つまり閨房こそが、公共的空間の原型である」[*16]と描いて見せる。

このサドVSアーレント＋ハーバーマスという対立は、フランス革命の原理をめぐるサドVSカントの対立（あるいは、「人権宣言」へオーヴァーライトするという「無力」なるものの逆襲）の変奏であるだけではなく、その二項的（プライベート／パブリック）な分割の措定に近代資本主義というメフィストが侵入した惑乱の姿ではないだろうか。同時に、掟‐倫理というカントの定言命法に端を発するものが、欲望‐享楽によってゼロクリアされるということである。アーレントやハーバーマスにおける公共空間という「自由」の在り処が、その相関性を問われる。さらにいえば、革命において開かれるべきである「自由」とは、「閨房」において、つねにすでに到達されていた「自由」を、もういちど奪還するということではないのか。だとすれば、その、もういちど＝「(革命の)原理」へと遡行することにおいて、「自由」が再定義されるべきなのである。

よく知られているように、フランス革命に対してアメリカ革命に優位性を見出したアーレントは、それを、「大衆的貧困」や「絶対主義」(封建制)という地上的(歴史的)重荷を負っていなかったところに求めている。言い換えると、アメリカ革命は、フロンティアにおける天上的なイデアの実践だった。だから、過去と起源の同質性から解放されたかたちで、「権力とは、人びとが約束をなし約束を守ることによって創設行為のなかで互いに関係し結びあうことのできる、世界の介在的(イン・ビトウィーン)空間にのみ適用される唯一の人間的属性である。そして、それは政治領域では最高の人間的能力とみてさしつかえない」[*17]と言い切ることができた。

「行為」はポリスに属し、「労働」はオイコス＝家に属す。「行為」の複数性から生成する「権力」は、公共空間の創設的かつ必然的な現象である。そのように、「自由の構成」は、ポリスとオイコスのギリシャ的二分法における公共空間の分節に等しかった。ロベスピエールでさえアメリカ革命を参照したという転倒は、「アメリカ」こそが、過去や起源のしがらみ無しに、イデアを現実化しうるという機序に配置されたからである。

だが、留意すべきいくつかのことがある。まず、アーレントの考えでは、「自由」はあくまでポリス（公共空間）に帰属していた。逆に、オイコス＝家には隷属＝「労働」しかなかった。次に、天上的なイデア＝最高善が地上においてつらぬかれたことによって、現実的にギロチンとテルミドールが呼び込まれた。さらに、天上的な「約束」の天上的な結節による人間的能力の極致としての「権力」が地上において析出された共和的国民国家の意志する国民の「自由」の果てでは、その国境だけではなく、ポリスが同定する正義の中心に砂嵐が吹き荒れたはずである。

サドが立て籠もった「閨房」という私的な空間は、だから、享楽（欲望）する「自由」において、普遍理性を危地に追い込んだというよりも、そんなもの（二分法）はつねにすでに無かったというマニフェストを孕んでいたのではないか。公共空間（ポリス）―「自由」という相関がゼロクリアされる。つまり、相関を形成する二項がともに解消されることによって、公共空間（ポリス）／私的空間（オイコス）という二分法もまた解消するのである。アーレント、ハーバーマスの二分法は、近代資本主義に侵入されるが、サドの「閨房」は生理的エロス的身体の場所であることによって、資本主義の猛威に対して大澤真幸のいう「第三者の審級」を形成し保存しうるという逆説が成り立つ。「閨房」には、掟－普遍理性も資本主義もともにおよび得ないのである。

「アメリカ」＝新大陸＝フロンティアにおいて、造られ、やがて壊されたのは、イデアにまで研ぎ澄まされた（あるいは、痩せ細った）「自由」というファンタズム以外ではない。「ハリウッドの神話学」は、「自由」という形式を無法者・ストレンジャーのドラマツルギーに翻訳しながら、掟－普遍理性の根本的な脆弱性を描き出した。それが、イノセントな掟－制度への忠誠に張り合わされているのは、既に述べたとおりである。
Based on a true story といえば、阿部定事件に取材した、大島渚の『愛のコリーダ』[*18]では、愛欲のままにお互いの首を絞め合う定と吉蔵の体液に濡れる四畳半の障子一枚外の街路では盧溝橋事件を策した日帝の隊列が軍靴を鳴らしていた。障子一枚で、苛酷な状況からエロスの「自由」が固守されるということではない。エロスの「自由」と(日帝)イデオロギーの同時性、二分法を消去するための薄いヴェールにのみ、「自由」という超越項が残余するということである。

3 「自由」の懸崖とシニフィアンとしてのリスク

「自由」は超越項として残余する。公共空間―「自由」という相互性が無効になり、経済-資本主義の侵入によって、二項的な相関も、公共空間/私的空間という二分法もすべて解消することにより、「自由」は、無分節の地平に投げ出される。むき出しの「自由」は、解放と束縛の終局的同一性、選択という「行為」の可能性と不可能性が交差するように無-根拠である。ゆえに、生存をめぐる自己意識において遍在する調和を断言するためのシニフィアンとして、「自由」は、公共空間/私的空間にも、「行為」にも、(エロスを含む)再・生産-「労働」にも、ポール・ド・マンのように言えば、イデオロギー-超越論的原理-形而上学原理のトリアーデにもつらぬかれている。「自由」は、主体性というサルトル的ロマンの真理に均衡しただけではなく、神との結託(レッセ・フェール)をしっかりキャリーして、近代資本主義の無-根拠を「自然」-調和なるものへの帰属に変性する最強の媒介、超越論と地上の秩序を架橋する原理を演じる。

だが、現実的に、「自由」の原理は、例えば、「アメリカ」がフリーダム／インデペンデンスをパッケージで唱和すればするほどに加速償却され、今や、超越項の残骸のように在る。それは、遍在し、むき出されている。二分法の差異線が消えたことにより、「自由」は、ゼロ記号寸前のシニフィアンであるにもかかわらず、責任とパッケージで捉えられたり、その代償が走査されたり、選択に還元されて語られたりする。

つまるところ、「閨房」と「ポリス」とを均一な空間に仕立てる「自由」と、ヘーゲルのいう「動物性」（奴なるものの存在性）とは、どこが違うのか。二分法が消えて、主と奴の差異線も消されて、ということは、両者を弁証の運動性のなかに配置する理性―神―超越性も消えて、人間はむき出された（つまり誰にも守護されない）「自由」につらぬかれて「動物性」の遂行主体となる他はない。

その煉獄の様相は、チェルノブイリ原発事故を契機として一九八六年に刊行されたウルリッヒ・ベックの『危険社会――新しい近代への道』（Risikogesellschaft）[*19]において詳しく記述される。「危険社会」という邦題は、ドイツ語の原題とジャルゴンの現代性から見て、「リスク社会」と呼ぶのが的確だろう。ベック自身が、九・一一の出来事を踏まえた二〇〇二年刊行の邦題『世界リスク社会論』で、リスクは「文明社会の決定」によって生じる予見困難な地球規模の結果‐危機という近代の概念であると述べ、その三つの次元として、生態系の危機、世界的金融危機、同時多発テロ以降のテロの危険性を掲げている。[*20]つまり、人間の諸活動における神との結託（レッセ・フェール）が不全に陥り、調和というもののあり得なさが出現、人間の諸活動の「自由」がむき出されたまま、衝突し合い、人間の世界の諸現象が破局へと移行する様相である。

本稿では、一九八六年の著作における認識の枠組みを検証する。神との盟約の解消と符合するように、ベックの行論には超越項が現れず、きわめて実証的である。原発は、原子核の質量において莫大なエネルギーを得ること、放射線というものが知覚されずにあらゆる物質を貫通すること、その技術も装置も人智の臨界にあることから、一神教的であるとも言われる。[*21] その原発チェルノブイリの破綻をトリガーにして書かれた「リスク社会」論が、地上的な実証を重ねる、あるいは、産業社会の想定外の展開の中心に伏在する理神的確信―合目的性への反動形成であるのは当然である。

従って、ベックは「われわれが守らなくてはならない人間のうちの人間的なるものとは何か、自然のうちの自然なるものとは何なのかという問題[*22]」からはじめ、破綻への因果を辿るにあたり、まず、「産業社会」というフィールドを絞り込む。次に、「産業社会」における富の生産／分配の論理に「リスク」の生産／分配の論理を対置し、因果律を攪乱する「高度に細分化された分業体制こそ、すべてにかかわる真犯人なのである。分業体制が常に共犯となっていることが全般的な無責任体制をもたらした[*23]」と言い切る。

さらに、ベックは「リスク社会」と「階級社会」を対照する。両者に共通する「不平等」は、「リスク」が被覆されていることと連関する。また、市場＝ビジネス社会では、「危険の犠牲になる者と、危険から利益を享受する者」、および、情報メディアとの相関にかかわり、「何が危険に該当するのかという定義を生産する側とそれを消費する側[*24]」の対立が高まる。「階級社会」の連帯性は貧富の差からやってくるが、「リスク社会」では不安が共有項になる。

敷衍して考えるなら、「リスク」が生産され、消費され、定義され、感知される対象性にシフトし、マルクスのいう「商品」が命がけの飛躍を果たしたように、「交換価値」の位相に転じたとき、「リスク」を認識し、評価し、コントロールし、市場交換のマトリクスに持ち込むことの権能をめぐる「階層」が現れるだろう。「リスク社会」の不安は、リスクの環境のなかで生きていけるか、生活を維持できるかという不安であり、最終的に経済に還元されうる。つまり、「リスク社会」は「階級社会」の鏡である。

ここで銘記すべきは、ベックの「リスク社会」論が、後に、次元の一つとしてテロの危険性[25]を繰り込むという去就にあることから、「階級社会」に集約されるヘゲモニー社会への（暴力を伴う）抵抗運動も「リスク」の可能的な現象と捉えられていることである。「産業社会」をリスクの元凶としながら、科学―産業―生産性向上への内在批判にベックは行かない。

だから、再帰性の途上で踵を返すように、有害物質の「許容値」の恣意性を指摘するテクニカルな議論などに終始し、「危険社会は革命的な社会ではなく、むしろ、破局社会である。その社会では例外状態が正常な状態になり得る」[26]と述べて、「破局」を独在化する。一方で、「自然は社会であり、社会は「自然」で（も）ある」[27]というように、「自然破壊」を「自然」の二重性のなかに回収しようとする。

つまり、ベックの再帰的（後期）近代に伏在するのは、「リスク社会」における人間の有限性の追認である。マルクスは『資本論』の第一巻のところで周到に「商品」の交換過程を探究したが、ベックの「リスク社会」論は、「商品」を「リスク」に置き換えるかたちで、『資本論』のさわりの展開を変奏しているようである。だが、克服されるべき何か（交換過程の総体）にはチャレンジされず、「リスク」は「商品」のように、地上の時空の水平的な系列に置かれたままだ。

加藤典洋が『人類が永遠に続くのではないとしたら』の「リスクと有限性」の項で、「もう一度、近代の原点にまで戻り、この有限性のもとで無限性に開かれた自由と欲望の行方に思いをはせてみることが、不可避なのではないだろうか」[*28]と問いかけたのはその点である。この問いを欠いている限り、「産業・社会」において析出された「リスク」は、「リスク産業」、「リスク社会」へ循環しながら、煉獄のなかを彷徨するしかない。

「リスク社会」論で、その様態について見渡した後、ベックは、「社会的不平等の個人化」のところで、「危険の配分論理」をめぐり、「産業社会」が、科学技術の理解、家族と職業、政治と経済という「座標系」を壊してしまうという。[*29]福祉国家という枠組みによって「社会の個人化」が進行し、性差を含む社会的条件に起因する不平等化が「階層」として現れ、「人間は、もはや社会的に公然とした形ではなく、しかも集団的にでもなく、個々人の人生のある局面において、失業という運命に見舞われ[*30]」、それは「システムの問題であるにもかかわらず、個人的な問題にされてしまう[*31]」。「リスク社会」論の文脈に引き直すと、「ポスト階級社会」において、不平等＝貧困という社会的「リスク」は、「階級」時代の連帯性とアイデンティティを失った「個人」に加重される。実証論としては順当であるが、個人のやりくり＝経済に集約された不安＝「リスク」の去就は、確率（不確実性）のなかに放置されることになる。

アーレントやハーバーマスに戻って考えれば、かつての公共空間（ポリス）／私的空間（オイコス）

という二分法を解消した主犯は、サドの「閨房」ではなく（それは人権宣言の前から、そしてそれ以降も大人しく厳然しているのであり）、「産業社会」であることは明らかである。再帰的（後期）近代の盟主である「産業社会」、産業と社会が神との盟約の解消を代償に手を結んだシンジケートは、「リスク」を「商品」に読み換え、公的空間と私的空間を一元化し、「商品」が資本主義における剰余価値の帳尻を交換行為の末端で合わせるように、それによって析出された「リスク」の連鎖の最終清算に可傷的な「個人」を配置するのである。

二分法の消滅以降の「産業社会」の周縁に在る可傷的な「個人」において、ヘーゲルの「動物性」が「自由」という名のもとに到達されるということである。先に、主と奴の差異線が消えると述べたが、その相互性（闘争）＝承認の運動性をめぐり、アレクサンドル・コジェーヴが主の自己意識に加えるかたちで、「奴のほうもまた自己の本質的有限性を意識することによって自己を人間たらしめ、（これもまた人間特有の存在様式である**奴**として自己を実現する）」[*32]と記したくだりが、二分法の消滅において、誰もが「行為」ではなく「労働」する破目となった再帰的（後期）近代、より現実的にはグローバル資本主義の現在において、奴だけが残余する、つまり、可傷的な「個人」だけが「リスク‐内‐存在」として放置されるという事態として現れた。

大澤真幸は、『自由という牢獄』の第二章「責任論」でベックの議論を辿り、プロテスタントの「予定説」と比べて、「リスク社会を特徴づける構成を一言で要約するならば、それは、第三者の審級のラディカルな不在にこそある。プロテスタンティズムにおいては、（中略）確実に存在しているはずのものとして想定されていたのは、（歴史の）真理を知っている超越的他者である。リスク社会に欠けているのは、この真理を知っているはずの他者の存在の想定可能性なのだ」[*33]と述べた。超越的他者の不在により、本来的な選択という当為が失効し、不安や「解決の不在」がむき出しになり、「リスク社会」は自己言及性に晒される。

「リスク‐内‐存在」としての可傷的な「個人」は、超越的他者を過剰に喪失し、地上にむき出しになり、これまでは「……のリスク」として任意の対象性（シニフィエ）であった「リスク」によって逆に対象化される。かくして、「リスク」はシニフィアンに成り上がる。「リスク」によって意味づけられ、「産業社会」に繋留された「個人」は、超越的他者の過剰な不在によって、知らず知らず否定神学（決して神の世は到来しないという確信のもとで、神の訪れを待ち焦がれる）を鍛え上げるのではないだろうか。すぐそこにあるはずのサドの「閨房」を見失って、「産業社会」にも「リスク」のテクステュアにも「外部」が見出し得ないからである。無限性への契機が剥奪されるからである。「産業社会」によって生成し、「個人」へと追い込まれる「リスク」は、「個人」‐奴の「動物性」に受容される他はないが、その「リスク」が終局的に顕現するところは、再帰的（後期）近代という時限の枠組みも「産業社会」という科学技術と資本主義と「自由」のアマルガムも何もかも投げ置いた「個人」‐奴の「死」以外ではない。「リスク」の紐帯としての「不安」は、「死」‐「個人」という事態においてのみ完結するのである。

もういちど、コジェーヴを呼び込んでみると、「**奴**は**主**に奉仕するために労働することで自己の人間性を実現し完成する。だが、この隷属的或いは奉仕的**労働**は、死の**不安**から生まれ、労働し奉仕する者の本質的有限性の意識がそれに伴っている限りで、人間の生成をもたらす効力を有しているに過ぎない」[34]、つまり、奴-「労働」を駆動する「死の意識から生まれる不安」において、「人間の生成」と「動物性」とが同一化する。これは、キルケゴール、ハイデガーの系譜において、反ヘーゲル的に「存在論」の構築を触発した課題であるが、「リスク」という過剰に地上的な操作（実証）概念-シニフィアンの乱入を契機として、「存在論」もまた、「有限性のもとで無限性に開かれた自由と欲望の行方」[35]へと再構築を迫られるべきこと論を俟たない。

4 「コロナ問題」の行方（1）――「アンダークラス」の露出

いわゆる「コロナ禍」（新型コロナウイルスCOVID-19感染症）は、本来的には、「リスク-内-存在」を構成する「リスク」の意味系列のなかで分節されたシニフィエである。だが、パンデミック（汎世界的感染症）としての時空的―経験的な進行性、寝ても覚めても、という日常感覚（感染しそうだが、するのかしないのか、という不確実性）の地面にコロナ問題が定着した現在（二〇二〇年八月）、無症候性（形象）―感染力（可能性）―再感染（恢復の確証困難）それら自体に個々の症状（実態）よりも意味が相乗され、「コロナ禍」はシニフィアンに転じ、イメージとして拡散し、人間は「コロナ-内-存在」であるという短絡がまかり通る情勢という他はない。世界中の誰もがコロナに感染するという可能的イメージの比喩ではなく、むろん、ハイデガーの「世界-内-存在」のもじりであるが、「（感染）リスク」―「死」（一定の致死率）―「個人」というトリアーデがリアリティを底支えしてしまう。ひとは病み、苦しみ、ときに死に至る。最終的に個人に帰属する事項が類的な出来事に置き換えられようとする。「不安」(「リスク」の機縁)の社会化である。
「不安」によって水際だついくつかのことがある。まず、ウイルスというのは、生命体のなかで増殖し生命体の機能を停止させることもあるが、その外では結晶化して動かなくなる存在である。それで、ウイルスが生物なのかどうかという学術的解釈の違いがある。これじたいの人間中心主義が「コロナ問題」全体に響いていると言わねばならない。どういうことか。生物／非(無)生物という二元論が、デカルト主義(精神／物質)とは違ったかたちで、「自由」／「動物性」という対極の概念でありながら実は隣接しているという状態においてくっきりと現れる。人間中心主義―デカルト主義(精神―無限性―自由というドクサ)―普遍主義という相関が問われるのである。コロナ‐間・生物という措定によって二元論が振りほどかれ、召還されるべき何かがあるということである。

　コロナ問題をめぐりメディアに収集された思想言説の初動の断片が一様に見せるペシミズムには、ラフな素描(スケッチ)のような連続性がある。「人間の生き方を根本から覆し、世界の秩序や文明を一変させる」、「我々を相互不信に陥らせ、社会の連帯を分断」(マルクス・ガブリエル)、「「一番弱い人を助けよう」という、人間が大切にしてきた倫理の土台が崩壊する」(大澤真幸)、「「自分さえよければいい」と考えてしまいがちで、「他人のために生きる」という人間の在り方が失われていく」(ジャック・アタリ)、「新型コロナの死者はスペイン風邪より増える可能性がある」(ジャレド・ダイアモンド)、「新型コロナが一気に感染拡大できたのは、国境を超えた人、モノ、カネの移動を加速させるグローバリズムの反動」(佐伯啓思)*[36]。

世界認識の基層である普遍理性が「限界状況」の遍在によっていとも簡単に倒壊する。だが、これらのペシミズムは、「コロナ問題」を他の類的な出来事と入れ換えても励起されうるものだ。あるいは、コロナ以前のアポリアがコロナを媒介にして語り直されている。だから、個々の思想が臨むべき隘路は、一定の概括に留まることで、つねにすでに、隠されている。

ジャック・アタリは、それから三か月が経過して、「命の経済」を目指せ、そして、「私が今後の世界で鍵となると考えるのが「利他主義」だ。他人のために尽くすことが、めぐりめぐって結局は自らの利益になる」[*37]と述べた。それで、二つのことが明らかになる。一つは、経済－「自らの利益」というモメンタムが「命」の名のもとに動き始め、「利益」という目的性が無防備に唱導され、それが普遍主義の逆説によってサポートされる。アーレントの二分法が解消し、オイコスの完全制覇が正当化される。二つには、「命」は、普遍主義（倫理）をカバーしようとするが、それによって、普遍主義が「経済」原理によって贖（あがな）われるということが最終的な条件になる。つまり、先の、思想言説の連続性＝相同性、倫理＝弱者を助ける、他者のために生きる、という枠組みが、まっとうな「経済」という地平においてのみ果たされうることが確認される。

きちんと儲けて、きちんと分配するということである。きちんと厚生的な分配を成し遂げるためには、相応の政治権力が機能しなければならない。すると政治（ポリス）と経済（オイコス）が、アーレントの頭越しに、地上的合理性において復縁するという逆の事態が派生する。

そこで同意されている倫理においては、例えば映画『存在のない子供たち』（監督：ナディーン・ラバキー）[*38]で「僕を産んだ罪」で両親を訴えたゼイン（ゼイン・アル・ラフィーア）や、『スラムドッグ$ミリオネア』（監督：ダニー・ボイル）[*39]で盗んで騙して逃げてムンバイのスラムを生き抜いたジャマール・マリク（タナイ・チェダー）のような存在は許されない。倫理や「人間の在り方」は、ヨーロッパ／アメリカを中心とする圏域に限局され、それではカバーできない場所にどうやって対応するのか、という問いじたいが隠蔽されてしまう。あるいは、そういう問いを抱懐しうる言説の抽象性が到達されないのである。「コロナ問題」の本当の厄介さは、生まれて、働いて、関係の葛藤があり、病むか老いるかして、死ぬという条理の個別性と類的なものの危地とを通底する認識論的抽象性をつくることの困難にある。

逆に言えば、「コロナ問題」抜きでも、現在のアポリアを照射することで、「コロナ問題」の中心の近くまでは行けるということだ。ジグムント・バウマンは、『コラテラル・ダメージ――グローバル時代の巻き添え被害』[*40]で、社会の全体性を代行してきたコミュニティがコミュニズムの秩序形成（実験）の失敗などのため不在になり、ソリッド・モダンからリキッド・モダンに移行した社会では、かつて生産から退場した主体は消費からも退場する、と述べる。一方、経済は秩序より混沌を志向する不確実性（市場）のゲームに傾き、国家は「自由な市場の論理（あるいは不合理）から生じる脆弱性や不確実性に対処しなくなり、それらを自己責任や個人的な問題、すなわち、自前の資源によって対処し、乗り切るべきプライベートな問題だと規定し直している」[*41]。「「不確実性の源泉に近い」人々には有利な条件が増大し、不確実性の影響を受ける末端の固定された人々には不利な条件が増大した」[*42]。

よく知られているように、トマ・ピケティは『21世紀の資本』で、経済成長率よりも資本収益率が高い場合、それが累乗されて格差が拡がると述べている[*43]。バウマンは、その格差拡大の局面を定性的に描いているだけではなく、リキッド・モダンへの移行により、秩序よりも混沌が志向され、かつての「搾取」に代わって不確実性（市場性）が剰余価値の「源泉」となり、コミュニティの不在において、「個人」はより脆弱（可傷的）な「個人」へと追い込まれる構造を捉えている。

さらに、グローバリズムと共犯する「自由」によって、進行する不平等（格差）への「自然な」ブロック＝制御が効かなくなり、不平等（格差）は、もはや「階級」では表現できなくなる。バウマンは、それを、「アンダークラス」と呼ぶ。「人間であることの不可能性」、「極度にリミナル（境界的）なカテゴリー」、「排除の境界線をまたぐとそこにつながる恐ろしい荒野、すなわち、そこを超えると空虚で底なしのブラックホールだけが残る荒野である」[*44]、ギリシャ的には天使と野獣だけが生きうる「ポリス」の外部であるとバウマンは説明する。

「アンダークラス」は、現実的には、文字通り「階級」にさえも属さない「貧しい人間」であるが、それは、「労働」にも「搾取」にも「リスク」にも属さないということでもある。より現実的には、『存在のない子供たち』のゼインや『スラムドック$ミリオネア』のジャマールが生き抜いたベイルートやムンバイのスラム、あるいは、世界の国境周辺に散在する難民キャンプ、地上の不確実性（市場性）の果ての果てである。四択のクイズ＝運（宿命）で一気に勝ち上がっていくジャマールの境涯が不確実性（マネーゲーム＝「リスク」ビジネス）の寓喩的（アレゴリカル）な姿であることは言うまでもない。彼ら「アンダークラス」には、普遍主義＝地上の「倫理」がとどかない。いや、そのとどかなさ、普遍主義のとどかない「リミナルなカテゴリー」は、「搾取」から「リスク」ビジネス（ウルリッヒ・ベックの「リスク社会」の再帰性に伏在した功利的合理性がついに顕在化する）へとシフトした近代市民社会につねにすでに懐胎されていたはずである。

「コロナ問題」をめぐるジャック・アタリ、マルクス・ガブリエル、大澤真幸らのコメントによって、こうではなかったがこうならねばならない、つまり、市民社会において成し遂げられなかった連帯性、相互信頼、倫理の不全が詳らかにされるが、それらは、コロナ感染症という出来事が不確実性＝「リスク」の意味系列において分節されたというコンテクストのトートロジー、ソリッド・モダンからリキッド・モダンにシフトした市民社会を保守する態勢への自己回帰なのである。言い換えると、「コロナ問題」で、現実的に深刻に危地に追い込まれる「アンダークラス」は、予め、分割され、排除され、隔離されている。ここで、「アンダークラス」というのは、先に触れた大都市のスラムにとどまらず、資本主義社会における市場ゲームへの参加を許されない者たちを指す。

思想言説のビッグネームたちが保守的であるということではなく、普遍主義に立ち戻ってラカンのいう象徴界に加担するとき、コロナ的現実の当事者性が消えてしまうということだ。アウシュヴィッツにおけるイスラム人(当事者)の絶対的沈黙(アガンベン)を裏返すようにして、コロナによってむき出された現実界に立ち向かう他はない。だが、「アンダークラス」は現実界において、本当に見えないもの、なのであり、象徴界に与する普遍主義は「アンダークラス」を排除するメカニズムと同期してしまうのだ。

5 「コロナ問題」の行方(2)――アガンベンVSジジェク

スラヴォイ・ジジェクが、時機即応して刊行し、邦訳もされた『パンデミック』[*45]は、一〇章立てに補遺を加えたコンパクトなものだが、本書において、ジジェクは、意外なほど、「コロナ問題」を深刻に受け止め、真っすぐにモラリストであり、リアリストであり、その提言は、みな同じ舟に乗っている「われわれ」に管理・自制と学ぶことを求め、相互信頼と連帯をエンカレッジする。[*46]赴くところは、アタリやガブリエルと似ているが、「コロナ問題」を契機に、コミュニズム（共産主義）が賦活し更新されると捉えるジジェクのスタンスは決してペシミスティックではない。コロナ後の日常は、コロナ以前には戻り得ない存在論・生命論的な態度変更を要するが、「世界的な連帯や協力がいかに我々すべての、一人一人の生き残りの利益にかなうか、そして、それが行うべき唯一の合理的な自己中心的なことであるかを、今回の危機が明らかに実証している」[*47]という認識の下、カントの「理性の公的利用」[*48]が求められ、現実対応的に共産主義の出番を説く。

いくつかのジジェク的なポイントがある。まず、ウイルスの不可解さについて、「一種のゼロレベルの命であり」、生の欲動に偏したアレゴリーを呼び込み、「最下位の生命という残余、あるいは、より高次の生命の従属的契機として再統合されることすらできない残余」[*49]、「馬鹿みたいに自己複製をするメカニズム」[*50]と描く。次に、コロナの感染拡大を、ブルーノ・ラトゥールを参照して、問題化されて久しい人間による環境破壊のコンテクストで捉え、人間を多種多様な集合体のなかの行為主体＝アクタン actant のひとつにすぎないという認識を導入し、「恐ろしい毒性で地球上のあらゆる生命の生息条件を変えてきた病原体は、ウイルスではなく、人間なのだ！」[*50]という視点、つまり、人間が「非人間的な視点」から自らへ再帰するという主体の（再）構築において、「アクタンとしてのウイルス」[51]と「アクタンとしての人間」が「物質性」において遭遇する。[52]もうひとつは、アラブの「サマラの約束」の逸話に因む。ジジェクは、「運命を逃れられないものと受け入れたら、抜け出すことができる」[53]という解釈から横展開して、放任され尽くした資本主義に、ウイルスを撲滅するべくロックダウンや隔離などの直接的な政治的措置が上書きされる事態の大枠をサポートする。

一方、コロナをめぐる種々の規制に、ジョルジョ・アガンベンが見せた断片的なリアクションの連鎖は、旧友であるジャン＝リュック・ナンシーもたじろぐほどに、[54]痛烈にイデアルでシンプルなものである。「メディアや当局が全国で激しい移動制限をおこない、生活や労働のありかたが通常に機能することを宙吊りにして正真正銘の例外状態を引き起こし、パニックの雰囲気を広めようと手を尽くしているのはなぜか?」[55]、「国家統制機能」を維持拡大するためテロがネタ切れになって「恐怖状態」（集団パニック状態）をつくり出す口実として「感染拡大に対する介入」が利用されている。「このパニックの最も非人間的な帰結の一つは、他ならぬ感染という観念のなかにある」[56]。そう、「感染」は現実ではなく、「観念」なのだ。

「テロに対する措置が、事実上も権利上も全市民を潜在的なテロリストと見なしていたのと同じ」措置によって、「人間関係の零落が生み出され」、「隣人なるものは廃止され」[57]、近しい死者さえも隔離される。「永続する緊急事態において生きる社会は、自由な社会ではありえない」。「敵は外にいるのではなく、私たちのなかにいる」[58]。

かくして、ジジェクは、コロナの感染拡大をめぐり、アガンベンに異議を呈する。ジジェクは、権力がパニック状態を演出することの実体的意味への疑義を示し、現在の危機において「〈剥き出しの生〉以外はもはや何も信じない」[*59]というアガンベンの考えから敷衍される「(非政治的)個人の責任」への求心は、「経済や社会制度全体をどう変えるべきかというより大きな問題を見えにくくするために作用するなら、それはイデオロギーとして機能する」[*60]と述べる。アガンベンが、「感染拡大」という「例外状態」を捏造するのはイデオロギー(観念)ではないか、それには〈剝き出しの生〉で対抗する以外にないと言うのに対して、ジジェクは、コロナという全体的な課題への対応を見えにくくするということこそ「イデオロギーの神秘化」ではないかと言うのだ。

　アガンベンとジジェクを分かつのは、次の三点である。ひとつは、ヘーゲリアンにしてスターリニストを自称して憚(はばか)らないジジェクの全体志向の擬態および実践主義と、ホモ・サケルに集約される存在の偶有性に〈剝き出しの生〉が法的/政治的次元に包含される原初的な形式を見出そうとするアガンベンの理念的な立ち位置が刺し違えている。二つには、主権権力へのアプローチが逆なのである。先に触れた「サマラの約束」に繋がるが、ジジェクは、監視や管理への思想的防備を敷くよりも「人々が国家権力に責任を負わせるのが正しいのだ。権力を持っているなら、何ができるか見せてみろ! と」[*61]煽る。方や、アガンベンにおいて、「**原初的な政治的要素とは単なる自然的な生ではなく、死へと露出されている生**(剝き出しの生ないし聖なる生)」[*62]であり、「例外状態」は日常の地平に易々と現れてはならない。監視権力(不可視の敵)は、いち早く分節されねばならない。三点目は、一点目に循環するようになるが、「コロナ問題」の実態(日常と死に関する臨界認識)についての二人の「恐れ」の位相に存在論的な差異があるということである。言い換えると、「コロナ問題」をめぐる「恐れ」の位相差は、思想的本質の差異[*63]の反映以外ではない。

実践認識としては、ジジェクの考え方は、マルクス・ガブリエルや大澤真幸らの相互信頼や倫理の回復に糸口を見出そうとする見方に近く、これに、ユヴァル・ノア・ハラリの「全体主義的な監視」か「市民の権限強化」かという選択[*64]を加えれば、「コロナ問題」への思想的対応のマジョリティの稜線が描かれよう。アガンベンの見解は少数派であるが、「アンダークラス」を視野に収めるという究極の実践を保存するためにも、実践主義によってイデアを最終的に制覇させてはならない、〈剝き出しの生〉の聖性＝偶有性が「政治」へと励起されるべきボトムラインをぎりぎりまで明け渡してはならないことは論を俟たない。

ところで、詩のメディアに現れた鈴木一平の次の一節は、これらを俯瞰し、コロナ問題に対峙する人間としての再帰的認識をオファーするものだ。「この病は経済統治という世界的な行為のネットワークを通じて流行化したのであり、人間はただ受動的に被害を被ったのではなく、むしろ自らの積極的な能動性によって感染規模を拡大させた。そしてなによりも、このウイルスは傷つけられた「言葉」の損傷度が当の人間自身によって確認できないという事態を引き起こした[*65]」。「言葉」の損傷度とは詩的表現だけではなく、象徴界全域に亘るものだと考えていい。「経済統治」は、環境破壊を含むグローバル資本主義の実態を的確に要約している。これは、コロナウイルスが人間の「グローバル化の産物」であり、「活動的で闘争的で有能な自由貿易論者」だと比喩し、「私たちが自分たちのアルゴリズムを変えなければならなくなる[*66]」将来を示唆するジャン＝リュック・ナンシーの「生政治」と科学技術の彼岸に向かう臨界認識にも繋がる。

さらに、鈴木はコロナの無症候性（あるいは、分節じたいの困難）に注目し、日々公表される感染者数がこの国において余計に実態を見えにくくしている状況を踏まえ、「人間は放射能によって与えられた受動性とは異なる、自らの能動的な行為を通して他者に危害を加えうることの受動性を被っている」[*67]と追記する。無症候性をめぐり、受動性が能動性に転じた表象だという指摘だけではなく、「無意識かつ不可視のままで動員に加担しうること――それらの総合的な現れが、ウイルスの形象に備わっている」[*68]という課題の裂開は、ラカンが、嘘つきであることなしに真実を騙ってしまうという「日本語」の絶望的な「去勢」不全が、三・一一の出来事の事後性において、不意に解消されたのかと胸を躍らせるものだ。

だから、「感染拡大」が止まぬ現在、ジジェクが警告してやまない、つねにすでに到来しようとする資本主義の「人の顔をした野蛮」、生存主義的な横暴に人間として太刀打ちする端緒を、「日本語」によるポエジーの迎撃に託してみたいのである。

「ウイルスが／ひとをみんな食べてしまうんだと思った。／ウイルス、きみたちには／再びと／こんな歴史がやってきませんように。／長いこと／あたまのなかで弔っていた、／正午にはにがい潮が、この部屋にも流れ込んできて）／何千年、何万年、／漂流しているしずかな殺意がこまかく千切れてわたしのベッドになる。／ずっと先まで、／わたしはとっくに死んでいて、／それはとても／いいことだ」[*69]

＊

＊1　原題：Richard Jewell、アメリカ、公開二〇一九年

＊2　原題：The Mule、アメリカ、公開二〇一八年（日本二〇一九年）

＊3　原題：The 15:17 to Paris、アメリカ、公開二〇一八年

＊4　原題：Sully、アメリカ、公開二〇一六年

＊5　原題：American Sniper、アメリカ、公開二〇一四年

＊6　エドワード・W・サイードは『晩年のスタイル』で「晩年性（レイトネス）」という概念を示した。「かくして遅延性＝晩年性は、みずからがみずからに課した追放状態、それも一般に容認されているものからの、自己追放であり、そのあとにつづき、それを超えて生き延びるものなのだ」（『晩年のスタイル』大橋洋一訳、岩波書店、二〇〇七年、40ページ）

＊7　過去、アイゼンハワー、ニクソンを支持した。一九八六年から一期二年、カリフォルニア州カーメル市長を務めた。外征戦争には反対の立場

＊8　アメリカ合衆国独立宣言が一七七六年、フランス革命が一七八九年

＊9　ジャック・ラカン『エクリⅢ』（佐々木孝次他訳）、弘文堂、一九八一年、265ページ

＊10　同書280ページ

＊11　同書285ページ

＊12　同書290ページ

＊13　大澤真幸『自由という牢獄』岩波書店、二〇一五年、151ページ

＊14　同書151ページ

＊15　同書154ページ

＊16　同書155ページ

＊17　ハンナ・アレント『革命について』（志水速雄訳）、ちくま学芸文庫、一九九九年、270ページ

＊18　仏語原題：L'Empire des sens、日仏合作、公開一九七六年

＊19　ウルリッヒ・ベック『危険社会』（東廉他訳）、法政大学出版会、一九九八年

＊20　ウルリッヒ・ベック『世界リスク社会論』（島村賢一訳）、ちくま学芸文庫、二〇一〇年、29ページ

＊21　内田樹、中沢新一、平川克美『大津波と原発』朝日新聞出版、二〇一一年

＊22　注19　38ページ

＊23　同書45ページ

＊24　同書70ページ

＊25　注20を参照

＊26　注19　126ページ
＊27　同書130ページ
＊28　加藤典洋『人類が永遠に続くのではないとしたら』新潮社、二〇一四年、142ページ
＊29　注19　137ページ
＊30　同書174ページ
＊31　同書182ページ
＊32　アレクサンドル・コジェーヴ『ヘーゲル読解入門』（上妻精他訳）、国文社、一九八七年、418ページ
＊33　注13　80ページ
＊34　注32　419ページ
＊35　注28　142ページ
＊36　「新型コロナウイルス　あなたのその考えは正しいか」『週刊現代』二〇二〇年四月二五日
＊37　「命の経済　新しい生活の鍵」『東京新聞』二〇二〇年七月二六日
＊38　原題：كفرناحوم、アラビア語、レバノン、公開二〇一八年
＊39　原題：Slumdog Millionaire、イギリス、公開二〇〇八年
＊40　ジグムント・バウマン『コラテラル・ダメージ──グローバル時代の巻き添え被害』（伊藤茂訳）、青土社、二〇一一年
＊41　同書199ページ
＊42　同書85ページ
＊43　「格差拡大の根本的な力──r（資本収益率）>g（経済成長率）」の「根本的な不等式」として繰り返し描かれる（邦訳27ページ以降）
＊44　注40　246ページ
＊45　スラヴォイ・ジジェク『パンデミック』（中林敦子訳）、Pヴァイン、二〇二〇年
＊46　同書14ページ
＊47　同書57ページ
＊48　同書84ページ
＊49　同書66ページ
＊50　同書101ページ

＊51　同書106ページ
＊52　ウイルスに関する知見は、例えば、石弘之『感染症の世界史』（角川ソフィア文庫）の網羅的記述によって、人間が、「ウイルス‐内‐存在」であり偶有的均衡に在るという緊迫感にまで届きうる
＊53　注45　109ページ
＊54　『現代思想』二〇二〇年五月号所収「ウイルス性の例外化」（伊藤潤一郎訳、11ページ）でナンシーは、彼の三〇年前の心臓移植をめぐり、アガンベンの忠告に従っていたら、すぐに死んでいただろうと述べている。尚、ナンシーは、二〇二一年八月二三日ストラスブールにて死去
＊55　ジョルジョ・アガンベン「エピデミックの発明」（高桑和巳訳）『現代思想』二〇二〇年五月、9ページ
＊56　ジョルジョ・アガンベン「感染」（高桑和巳訳）『現代思想』二〇二〇年五月、18ページ
＊57　同、19ページ
＊58　ジョルジョ・アガンベン「説明」（高桑和巳訳）『現代思想』二〇二〇年五月、21ページ
＊59　注45　71ページ
＊60　同書73ページ
＊61　同書63ページ
＊62　ジョルジョ・アガンベン『ホモ・サケル』（高桑和巳訳）、以文社、二〇〇三年、126ページ
＊63　アガンベンが美学から出発し、ジジェクのバックグラウンドがラカン派精神分析であり、近年の関心が量子力学であることも深くかかわる。また、ジジェクには『幻想の感染』The Plague of Fantasies と題された著作があり、「感染」という言葉への思い入れが考えられる
＊64　「監視社会の到来」をめぐる注36の記事
＊65　鈴木一平「無症候性の形象」『現代詩手帖』二〇二〇年七月、88ページ
＊66　ジャン＝リュック・ナンシー「あまりに人間的なウイルス」（伊藤潤一郎訳）『現代思想』二〇二〇年五月、23ページ
＊67　注65　90ページ
＊68　同、91ページ
＊69　暁方ミセイ詩集『ウイルスちゃん』（思潮社、二〇一一年）所収「埋め火」より、75、76ページ
「アジア太平洋レビュー」一七号（大阪経済法科大学アジア太平洋研究センター）、二〇二〇・一一

II

Dialogues

やっぱりエロスでいこう
——野村喜和夫との対談

二〇二〇年二月一九日　神保町　ギャラリー・スピノールにて

わがヰタ・セクスアリス

宗近　大凡（おおよそ）三〇年前、一九八九年にぼくは、「現代詩手帖」の時評をやって、その後、アメリカに行きました。八〇年代、野村さんは「新人」たちの中に居ました。ところが、三〇年、ぼくが断続的な海外滞在など生業にかまけている間に、気が付くと、野村さんは、ものすごく多くのかつ重要な詩集を出され、現代詩の中心を占め、現代詩のシーンを牽引されていました。今さら何言ってんだと咎められそうですが、それは、ぼくにとっては、インパクトのある出来事でした。そのことにこだわると、ぼくは、三〇年前に詩の時評のようなことをやってから、ブランクができた。書くことに戻る感じではなかった。で、リップヴァンウィンクルのように、一夜明けて戻ってみると、野村喜和夫という大きな存在がいた。

今日は、そのインパクトを辿るように野村さんのエネルギーの在り処を改めて探ってみたいわけです。野村さんの存在は、当たり前のように感じられるでしょうが、その自明性を捉え直すということです。

今日、ここにお呼びするにあたって、近作の『デジャヴ街道』、『薄明のサウダージ』や旧作を読み直して、作風は、非常にエロイ。エッチである。ただ、そのエロスというのは、コレクトポエムである『閏秒のなかでふたり』――デザインの抜群にいい詩集ですね――の作品を読んでもそうですが、フィジカルだけれども日本的湿潤とは違う、乾いたものです。収録作品は初期のものが多く、表題作も九〇年代初めのものですし、野村さんは、いっかんしてエロイ、いっかんしてエッチであることが再認識されます。若い時、アドレッセンスの段階では、「抒情小曲集」の犀星のように性に傾きますが、そういうのとは違う。逆に、中年になってからエッチということでもない。

これはどういうことだろう。方や、世の中はどうなっているか、というと、最果タヒに代表されるように、「死にたい系」が、そこに大衆心性が反映されている筈ですが、マーケティングでもマジョリティを占めます。「死にたい系」がメディアでウケて、加速する。世の中の詩から音が消えて、「死にたい」ムードが大勢を占めます。これに対して、野村さんは、マッチョな言い方をあえてすると「やりたい系」です。いっかんしています。驚くほどのアドレッセンスの持続かもしれない。かつ、旺盛な詩作の持続は「瞬間の王」を裏切り続けている。これは「絶対抒情」ではないとか、多作であること自体を気に食わない人もいます。そんな両論を見据えつつ、野村さんに迫り、エロスとポエジーのつらぬかれ方をお伺いしたいのです。

野村　これまで、二〇数冊の詩集を出しましたが、一冊一冊ごとに、構成なりテーマなり書法なりを変え、都度都度、一冊の詩集がひとつの世界、宇宙を創るように試みてきました。といっても一人の詩人がやることですからおのずから限界はありますけど、その試みをつらぬいているのが何かあるとすれば、それはエロスです、もちろん広義の意味でのエロス、つまり他者へのエネルギーとしてのですが。ご指摘は図星です。たしかに時代の空気としてはエロスの希薄化が顕著ですが、ぼくは昔から状況論が苦手で、宗近さんが問われたエロスとポエジーの不可分な相互作用をつらぬくほかありません。では、エロスとポエジーと、どっちがさきなんだろうということになりますが、それは、ほぼ同時、というか、シンクロしていたと言えます。

ひとつ、ぼくのキタ・セクスアリスを暴露しますと、中学に入学して間もない一二、三歳の頃、伊藤左千夫の『野菊の墓』を読みまして、悲恋、ヒロインの死のくだりに当然ながら泣くわけですけど、その涙と一緒に、なんと読みながら精通しちゃったのです。初めて射精したのです。男にとっての通過儀礼、女性の初潮のようなエロスのはじまりです。何故、『野菊の墓』で精通するか。後年、理由を探ってみたのですが、それは、ヒロイン民子が死んじゃうんですけど、そこに鍵があるのではないか。彼女の死は産後の肥立ちが悪いのが原因でした。つまり、性の営み（意中の男とのそれではなかったわけですが）の結果としての出産の結果、身体を傷つけられ、死んでしまう。そのことに、つまり、自らの行為への刑罰的な反動の果てに死に至ったことに、ぼくは性的な興奮を覚えたようなのです。それで、射精したらしいのです。

痛ましい、気の毒としか言いようのないヒロインの不幸なのに、なんという不届きなリアクションでしょう。まあ、変態ですね。聖セバスチャンの殉教を描いたクラナッハの絵を見て始めて射精したという、あの三島由紀夫よりはマシだとは思いますが。いずれにしても、愛と性と死とはかくも闇深く結び合っているものなのか。

民子の刑罰的な死に興奮を覚えるというのは、ご存知のバタイユに通じます。バタイユの「エロスの涙」に中国の処刑の写真、死刑囚のリアルな生々しいグロテスクな写真があります。まさに死刑が執行される瞬間を写した写真ですが、それを見て、バタイユは興奮したといいます。民子の死にぼくが興奮したことと通じるものがあります。文学に目覚め、ノートに拙い詩らしきものを書き始めたのはその頃です。意識的に現代詩を書き始めたのは、大学に入ってからですが。『野菊の墓』を読んで精通したのは、ちょうど好きな女の子、つまり性欲の対象があらわれた時期にもあたり、エロスの発現と詩を書き始める瞬間がシンクロしていました。ぼくがそのとき繰り出していた拙い詩の言葉は、いわば分泌された精液と等価なのです。うっかりすれば、飛び散った精液はそのまま文字であり、また書かれた文字はそのまま精液として流動し、ぼくのもっとも純粋でみずみずしい現存の徴(しるし)となる……。

エロスへの倫理の介入を振り切る

宗近　バタイユ、エロス。中学一年の頃、読んで、興奮して、射精ということですね。『野菊の墓』の死の場面で射精するというのは、抽象度の高い経験です。産褥(さんじょく)と死が張り合わされた瞬間が野村さんの身体を突き動かす。野村さんの作品に精液は頻出しますが、「精液は灰の味がする」という

『閨秒のなかでふたり』のなかの詩のフレーズに、白さと濁り、そして灰の味に含まれる生と死のメタファーに違和と共感が混じった感覚を持ちました。

　現実的には、野村さんの詩作は、初期作品の生と死の狭間に生じるエクスタシー、生と死のシンクロニシティは基底にありながら、生の方に傾いていると思われます。フロイト的にエロスとタナトスは張り合わされていますが、ぼくの臆見では、死の方に行く場合、倫理的な介入が現れます。反復強迫は、エロスの反作用というか、倫理の回帰です。野村さんの詩作品は、そういう倫理的なもの、人間の受苦、あるいは、関係の葛藤のようなものを振り切っている心地よさがあります。どこかで、ふっ切っていると思われます。

野村　鋭いご指摘です。ぼくの詩におけるエロスの形態は、快感（オルガスムス）からタナトスにはいかない。関係というタームによる拘束がない。倫理、エチカによるパッション、苦しみというシークェンスは現れない、というご指摘は、目から鱗といいますか、夢中で書いている時には気が付かなかったところを批評の言葉で掬（すく）い上げてくれました。

　これらの特徴は、かなり日本的かもしれません。例えば、日本は明治まで、男女の色恋があるだけで、恋愛という概念がなかった。言い換えると、そこに倫理、関係、タナトスが介入したり、ということはなかったと思われます。ぼくはフランス文学をやってきましたが、このご指摘で、自分が意外にも日本的であることを思い知りました。同時に、若い頃、バタイユを読み、精神的知的に興奮しましたが、途中で、どうもついていけないところがありました。それは何故かというと、彼の過激なエロティシズムの思想の背後にはやはり西洋があるんですね。端的に言えばカトリシズムがあるんです。カトリックなしにバタイユを理解することは出来ないんです。
　バタイユのテクストは、とても刺激的である一方、それをポエジーとして詩作のなかに身体的に反映出来るかと言うと、それは難しいという感覚に至りました。何故かと言うと、こちらにはカトリックがないからです。あるいは、一神教、一神教の果てのヘーゲルというもの。カトリック、ヘーゲルがバタイユのエロティシズムのバックボーンになっている。そのことに気が付いたとき、バタイユはぼくのポエジーにはならないと思い知りました。

宗近　バタイユへの馴染めなさ。バタイユのバックのヘーゲルは神学を批判し絶対知に向かいます。図式的に言うと、ヘーゲル左派に疎外論を体系化したマルクスがいて、そして、バタイユがいる。アレクサンドル・コジェーヴのヘーゲル講義には、バタイユやラカンやアレントも出席していて、西洋哲学史の大きなスペクタクルでした。受け止め方、継承の仕方において、ヘーゲルの思想は豊穣であり、多義的であったに違いない。一方、バタイユのダウンストリームには、ロラン・バルト、フーコー、クロソウスキーらがいます。で、ぼくもまた、人並みに、バタイユのエロティシズム三部作『呪われた部分』、『エロティシズムの歴史』、『至高性』にはのめり込みましたが、それは、溢れ出るもの、とてつもない過剰さに惹かれて、どういうかたちで惹かれたかというと、その前にこつこつと読んできたマルクスの『資本論』の疎外論によって占められていたものが、バタイユの過剰性の思想で解消できた気がしました。
　ところが、野村さんは、その一歩先まで行っていると思うのです。まず、バタイユ的な過剰性を詩作において実践しようとする。バタイユに対し、そういう過剰性への親和感の一方、違和に躓（つまず）く。

対象性としての神、瀆神を含むアブジェクトなものに張り合わされた神（超越性）が在る。淫らなものを介して至高なものが痛覚される。野村さんは、そこに、草木への立ち返り、草木の中の恍惚、日本的自然への立ち返りへの気付きというポエジーの主戦場を対置して違和を表明しているのです。

最近の日本の詩には超越性が足りず、泥沼のようなものだという意見もある。泥沼でいいじゃないかとは言えないが、泥沼の宿命というものがあるかもしれない。バタイユは、理論として受け取ると、ロラン・バルトやフーコーへ直通します。しかし、そのショートカットには、神や超越性の問題が抜けているのではないか。野村さんのバタイユへの違和や躓きは、日本的自然観への気づきというだけではなく、実は、バタイユ理解の大事なところをカバーしている感覚なのではないか。関係やエチカの拘束がないというのは、チャラいとか泥沼とか言えます。しかし、その前に、野村さんにはひとつの躓きがあります。自分はバタイユ的な神に親和できないということです。その躓きには、日本的なものへの親和感が張り合わされている。すなわち、野村さんの和語・雅語への親和感ということですが、このあたりの兼ね合いはいかがでしょうか。

和語による「日本回帰」

野村　むろん、和語の存在は大きいです。大学院は仏文でしたが、学部は国文でした。したがってぼくの原点といえば、日本文学にあります。
ちょっと話をずらしますが、イタリア・ルネッサンス期のボッカチオによる『デカメロン』という小説があります。ナポリかフィレンツェか、当時蔓延していたペストの恐怖から逃れるために、街の郊外に集まった貴族たちが一〇日間、物語をやりまくる話ですね。それを思い出しました。和語とか漢語とかは、たぶん、詩人固有の問題かもしれないですね。内容と形式、エロスの言葉と言葉のエロスとを不可分に結び合わせるのがぼくなりに考える詩人固有の仕事ですが、つまり詩人が、エロスの言葉だけではなく、言葉のエロスをも追求するときに、ある種の限定、条件、しかし、そこからだけお前は言葉のエロスを嗅ぎ取らねばならないという宿命としての日本語が現れる。そこだけ内密に閉じられたフィレンツェの郊外みたいに。

つまり、直観的に言えば、言葉のエロスが詩になるときに、和語、あるいはひらがな表記的な雅語とくっつくんです。そこで、古代の、原理的に復元することは難しい事象ですが、漢字が到来する以前の原日本語、あるいは、漢字と出会った瞬間の原日本語の官能的なおののきのようなもの、疼きのようなもの、震えのようなもの、それが詩的言語として導入できればいいなあと思ったのです。

例として、ぼく自身の下手くそな俳句に「わが性愛はぬふたぷぬふたぷ春の泥」というのがあります。その言葉の繰り出し方がまさにぼくの言葉のエロスへの回帰を物語っています。「わが性愛」、というのは抽象的な概念ですね。しかし、その漢語、男性的というかアタマで発話された言葉だけでは日本語としての詩にならないので、その後に、極端なアンチ概念性を対置させるために、「ぬふたぷぬふたぷ」というオノマトペを続けたのです。こうして、「わが性愛」という概念は、「ぬふたぷ」という訳の分からないオノマトペ的混沌をくぐることによって、最後には「春の泥」、「春泥」は季語ですが、また、「泥」は宗近さんが触れた「泥」にも通じるのかもしれませんが（笑）、「はるのどろ」という典型的なやわらかい大和言葉に変容したわけです。「わが性愛は」と、抽象的、男性的な発話の仕方で語り起こし、それを「ぬふたぷぬふたぷ」という非意味性で解毒して、「春の泥」というやわらかい和語に導くというのが、ぼくにとっての日本語における言葉のエロスかもしれません。

ぼくは、ナショナリストではなく、むしろ非国民なんですが（笑）、八〇年前に萩原朔太郎が主張した「日本回帰」に近いかもしれません。朔太郎の「日本回帰」はしばしば誤解されますけど、正確に読めば、要するにいくら西洋の真似をしても限界がある、もっと俺たち自身の富を開拓しなくては、ということです。

宗近　まさに直観なんですが、古事記というのは原日本語ですよね。原日本語というのは、文字になっていないという意味でパロールの集積です。非文字としての原日本語。そこに漢字を当てたものを和語にしたのが本居宣長です。宣長が後半生三〇年かけてやったのは、古事記を和語にするという作業です。宣長の考えは、漢意を離れる、中国的なものを除去する、漢意を離れて日本語のメーロスをつくる、そのための作業として古事記伝があった。医者だった宣長は二〇代の前半で『排蘆小船（あしわけおぶね）』という歌論を著しています。阿部嘉昭さんの『換喩詩学』を『排蘆小船』に喩えたことがありますが、今でも通用する理論の水準です。その宣長が後半生、古事記に取り組んだ。彼がやったことは、いかに和的なもの日本的なもの、原日本語を奪回するかということです。

性愛というのは、関係、脅迫的なもの、パッションを含み、その背後には、ラチオ（理性）がある。和語というものは、国生み神話におけるまぐわいのように、至高的な比喩で現れる。メーロス、あるいは、原日本語のうねりの中で現れる。その中には、確かに、倫理とかはない。つまり、おおらかなんです。イザナミとイザナギが柱を回ることがセックスそのものであるとか。それが、直接性を持ちながら、メーロスのなかで溶けている。それは、泥かもしれない。しかし、泥でもいいのです。倫理など脅迫的なものを溶かす和語の在り方は宿命的なものです。

野村さんは、仏文学の徒でありながら、和語を繰り込んでもいる。現代詩において、小池昌代さんが古今和歌集を繰り込んでいる。最近出た詩集では、中島悦子さんが平家物語を導入しています。このように現代詩において和語の繰り込みが意識的になされているのに対して、野村さんの場合、必ずしも方法的、対自的なものではなく、和的なもの、「まぐわい」のようなシークェンスが、論理ではないところで、交差していると思われます。

野村　とてもとても、ありがたいコメントです。

「相対抒情主体」というポジション

宗近　比喩の問題ではどうでしょう。野村さんにおけるエロスは、暗喩、隠喩によって、現れ方としては、描く描かれる対象性としてのエロスとは異なる。都市論の話法から敷衍して、エロスに生きるか、エロスを生きるかということでいうと、フロイトで言えば、リビドーになってしまい、つまらないのですが、生きている「地」としてエロスがあって、自己模倣を退けて二〇数冊の詩作がなめらかに駆動される。

一方、「現代詩手帖」の時評では、抒情主体という軸で考えて、中尾太一さんが自らを「絶対抒情主体」と言ったことに絡めて、ぼくは、野村さんを「相対抒情主体」と呼んでみたのです。

野村　あれも、嬉しかったですよ。

宗近　主体というのは、消せるけど消せないところがあって、抒情と言うから、主体は生きるんですよ。中尾太一、岸田将幸は「絶対抒情主体」と言っている。で、「相対抒情主体」は、自然のひきつけ方、草木への親和性に繫がっているのではないか。

野村　時評を拝読したときに、実に、いいことを指摘してくれたと思いました。まさにその通りで、抒情を相対化したいというのはある種のぼくの詩学です。

もっと言えば、彼らの作品の素晴らしさは認めますが、絶対化することには罠がある。突き詰めすぎてしまうと、強張ってしまう、あるいは、ドゥルーズの概念で言えば、ノマド的なものが戦争機械になるような、抑圧として作動する危険があるのではないか。そのときに、融通無碍に、主体が崩れて無主体化するような状態で、抒情をデトックスするというのが、ぼくのポジションです。それを的確に言い当てていただきました。

宗近　抒情の対語に叙事があります。叙事／抒情もまた現代詩の主戦場のひとつで、どちらか、ということはないわけです。「絶対抒情主体」の詩作者は、可誤性を引き受けているという意味で、その立場をもちろん認めますが、六〇年代詩論のような言い方では、強迫性、沈黙と張り合わされており、沈黙を担保にして、「瞬間の王」になってしまう。沈黙の口実が留保される。沈黙して生きていく。

「絶対抒情」は無傷ではないです。どういうことか。例えば、稲川方人さんは、「中尾太一には子がいます」という言い方をする。子がいるというのは、子を産み子を育てというのは、戦後の家族論のフレームでは、エロスの表象、エロス行為です。芹沢俊介さんは、子どもの数でエロス度を測ったりしたんです。稲川さんの言い方に現れる「絶対抒情」の無傷じゃ無さがあります。「相対抒情」は、どうぼくらが生きるか、ということと、詩を書くということの中間性を包み込むと思われます。

天沢退二郎さんの詩的行為論＝「詩を生きる」、その系譜に松浦寿輝さんの「独身者」というのもあり、タームとして詩論を領導しましたが、どこか限界的な気がします。野村さんの詩学、詩作は、まず現実的に多作ということがあり、詩を生きるという時間のなかで、野村さん自身が選んでやっているということではなく、暗喩的、隠喩的なものが溢れ出る、書き続けることにおいて、生成原点が反復されているのではないか。

「なる」と「である」

野村　生成、ということです。よく言われることですが、「である」、という言説の形式に基づくスタイルにおいて、「AはBである」というように絶対性が導かれます。われわれは、普段、そのスタイルでやっているし、「絶対抒情」について、中尾さんにしても、岸田さんにしても、彼らは彼らなりに切実な実存に生きていて、「である」形態を強度にしていると言えます。
ただ、もっと融通無碍な流動的な存在のスタイルとして生成があります。「である」ではなく「になる」。「である」に比べてゆるいんですが、定点を設定しない。ここが決定的、補足的などと画定せず、絶えず流動的で、何々になる、ニーチェのように言えば「生成の無垢」という状態を生きるということです。ある意味、主体がなくなる、「AはBである」というふうに強烈に主体を繋ぎ留めない弱いスタイルなんですが、言い換えると、述語思考的ですが、そういう弱いスタイルの方が、案外、生き延びるのではないか。

宗近 なって、なって、なる。批評的に捕捉すると、丸山眞男が「なる」をめぐる日本性、歴史意識の古層、自然性を抽出したことがあります。そこで、「なる」ことは躓かない。「である」と自分があるいは他者が言ったとき、断定による倫理的な躓きが起こりますが、「なる」の場合、なって、なって、なるんです。主体として、なめらかに、ゆるく、弱く、続くわけです。

ところで、野村さんの最近のクロニクル的な文章を集めた論集『危機を生きる言葉』の冒頭のところで、全体のコンセプトが述べられていて、そこで、言葉の希望というものを語りうるかと野村さんは問いかけています。希望という言葉は、とくに震災以降、可傷的というか、そう簡単に言うなよ、というふうになりますが、それでも言う、ということですね。それでも言う、エートスとして言う。どんどん詩作するというスタンスでそれを実践する。

一方、ジャンルを支えるのは批評だという松本圭二さんの顰（ひそみ）にも倣って、詩を支えるのは詩論であるという見方から、野村喜和夫がこれだけ旺盛に書いていて、それは、バタイユ的な過剰性の実践であるし、日本的なメーロス、あるいは、倫理、関係、コンパッションを解消するなかで書けるということが確認されます。そんななか、希望という言い方をどう捉えるか。野村さんにおける言葉への希望というものを語ってもらえますか。

野村　今度出した時評集のタイトル「危機を生きる言葉」について言えば、逆説的ですが、危機を生きることそれ自体が、ある種、裏返された希望なんですね。マゾヒスティックかもしれませんけれど、危機を生きることに喜びを見出すといいますか、太平な世の中で今日よりも明日、明日よりも明後日への希望を確信するのがいいのかもしれませんけれども、今日よりも明日明後日により危機が強まっていくような現代において、しかしなお、危機を生きることに逆説的な希望を見出す。それが、ぼくにとっての詩人の役割だと感じます。危機の結晶よりも美しいものはない、というのが、まあ言ってみればぼくの希望です。

　例えば、分かりやすく言いますと、明日死ななければならないとしても、死刑が執行されるとしても、とりあえず、生理的身体的な欲求に従ってわれわれは眠ってしまいます。パラドキシカルですが、それが、希望になるんじゃないか。石原吉郎に「世界がほろびる日に」という深刻なタイトルの短い詩があって、どういう内容かというと、世界が滅びる日に風邪をひくな、ウイルスに気をつけろ、電気釜は八時に仕掛けておけ、というんですね。希望とはユーモアのことかもしれません。

宗近　世界が滅びるとしても、眠る。つまり、自分の身体的な欲求に従う。一杯の紅茶を呑むためなら世界が滅びてもかまわない、という言葉がドストエフスキーの『地下生活者の手記』のなかにありますが、自分が限界的な世界の縁にあっても、快楽、欲望の方がいい、大げさに言うと、そっちに身を挺するということですね。それは、ぼくは、ひとつの抵抗性の根拠になると思うのです。一気にまとめるふうになりますが、それがエロスということです。危機と言えば、六八年があったり、今や世界内戦の状態であり、ある意味、恒常的なものかもしれない。エロスというのは、砦であり主戦場でもある。エロスというのは、大状況に拮抗できるものである。吉本隆明のいう、対幻想が共同幻想に逆立するというのとは違うんです。もっと素朴なものとして、例えば、若松孝二の映画では、わたしたちは戦うのよ勝つのよと言いながらセックスするシーンが沢山あります。これは、戯画のようで、戯画ではない。その意味で、希望、あるいは、生きることを駆動する原理として、エロスがある。

野村さんは、最近、ライフワークとか、おっしゃっていますが、ライフワークを持続していただきたいですね。

野村　ライフワークというのは、言葉の綾ですね。そうしないと、ただでさえ、読まれない、売れないぼくのテクストが闇に葬り去られますし、まあ一種の誇大広告ですね。そんな大した意味はありません。

ただ、どうでしょう、ライフワークのつもりで作品を書かないと、それこそ普通に出来のいい作品にすらならないという一般則はあるんじゃないでしょうか。そういう、いわば自分を鞭打つつもりもあって、花火を打ち上げているわけなんですが、もちろん、往々にしてライフワークというのは、羊頭狗肉に終わる場合もあります。ぼくの場合、むしろ、逆説的に、肩の力を抜いて書いた作品の方が評価されることが多いんです。だからもう、ライフワークとは言わないつもりですが、そのうち、性懲（しょうこ）りなく第二のライフワークとか、言い出すかもしれません（笑）。

宗近　ということで、これからライフワークというか、野村さんに作品を読んでいただこうと思います。ぼくは、朗唱という行為には抵抗があって、今度まとめる論集で反朗読論を書いています。ともあれ、途上であること、朗唱というのは、いま・ここ、つまり一回的なものです。よろしくお願いします。

（未発表）

詩と写真の交差点
——藤原安紀子との対談

二〇二〇年一月二二日　神保町　ギャラリー・スピノールにて

『どうぶつの修復』は「出来事」である

宗近　今日はお寒い中をご来場いただき、ありがとうございます。今日の藤原安紀子さんとのトークの表題を「詩と写真の交差点」と告知しましたが、それは、藤原さんが写真学科を出て、写真というメディアに深く関与しておられるからです。このトークシリーズでは、詩と他ジャンルの交差といいますか、境界領域のところで何が話せるかという射程があって、先月は福間健二さんと詩と映画について話しました。

その流れで、表題を掲げたのは去年（二〇一九年）の七月でしたが、その後、藤原さんは、『どうぶつの修復』という詩集を出されました。奥付を見ると一〇月末となっています。ぼくは『現代詩手帖』の月評では、タイミングの都合で取り上げることができなかったのですが、この詩集は「出来事」なんです。言葉の世界で何かが起こったということなんです。そのことを強調したいし、では、「出来事」とは何なのかという問題もあります。表題の「写真」という領域があって、写真は「出来事」と関わり合うのです。

藤原さんはこれまで写真と関わってきました。写真と詩的エクリチュール＝詩作行為が地続きにあるわけです。まずは『どうぶつの修復』に注目したい。同時に、この詩集の装本を飾っている志賀理江子さんの写真を導入したところですね。そこに伏在し、また顕在するのは、二〇一一年三月一一日の「出来事」です。ぼくはすぐに、この詩集はその「出来事」以外のことは書いていないと思ったのです。旧い言い方をすると内在的ということになるのですが、時間をかけて体験が身体の中に沁み込んで、内在化し、それが言葉として回帰的に現われる。それには時間がかかる。時間をかけてこの詩集に結晶したものがある、というのがぼくの受け取りであって、藤原安紀子さんと志賀理江子さんが刺し違えるような、ある結節点がある。だから、まず『どうぶつの修復』について話したい。そして写真についてもそういうモメントのなかで触れていきたい。そんなふうに考えています。

それで『どうぶつの修復』ですが、今日ご来場の方々には、読んでいる方もいれば読んでいない方もいる。詩作品をめぐって語るときりがないけれども、一つにはその語りに準じたい。もう一つは藤原安紀子の詩的エクリチュール＝詩作行為の連続性、あるいは非連続性のなかで、この詩集がどう位置付けられるか。さらに、震災があり、震災の後の、現在の、日本のエグい状況のなかで藤原さんのこの言葉がある。

最近、あるところに書いたのですが、その内在的なシークェンスは「戦い」ということに集約される。「戦い」は必ずしも顕在化されるだけではない。一九六八年でいえば、ゲバ棒を振るうように物理的な直接性として現れたけれども、今、それはない。あってもいいのですが、いずれにしても今も「戦い」はあって、そういうモメントのなかで藤原さんの言葉は在る。間違いなくエグいこの日本で何かが起こっている。でも、それは目の前に見えるものではない。そのときに詩的行為はそれをどういうふうに追い撃つのか。あるいは、かたちにしないかたちでかたちにするのか。

「ゼロ年代」という括りをめぐって

宗近　藤原さんとの事前のやり取りの中で、ぼくは「ゼロ年代」ということを考え、どうして「ゼロ年代」という括りをするのかというポイントを押さえたのです。手元にあるのは『現代詩手帖』の二〇〇九年の四月号ですが、ここで「ゼロ年代詩のゆくえ」という特集が組まれていて、このなかで非常に激しいぶつかり合いをした座談会があります。参加者は水無田気流さんと中尾太一さん、蜂飼耳さん、岸田将幸さんと佐藤雄一さんです。かなり混線した内容になっているのです。アンケートもあるのですが、その中で安川奈緒さんが「「ゼロ年代」とは誰が言い出したの（……）あらかじめの呼称によってあらかじめ何かあったふりをすることは問題外」と批判しているのです。「楫木野衣キュレーターの企画展」に因(ちな)んで適当に言ったんじゃないの。余計なお世話じゃないか。そういうことを言っているのです。たしかに、恣意的な「括り」にはたえず対抗的に構えるべきですが、『どうぶつの修復』を前にして、そのような総体状況のなかで、「ゼロ年代」という「括り」は外そう、しかし、「出来事」は確かに起こっているわけです。

この辺で藤原さんに話を振りたいんだけれど、大凡一〇日前に、この詩集をめぐって藤原さんと中村鐵太郎さんとのトークがありました。具体的に詩作品に切り込めば、記号学的にも際限がないのですが、それは措きまして、藤原さんがすごく怒っている、という話しを聞いたのです。憤怒、怒り、それはこの詩集をつくる過程における怒りなのか、あるいは違うものなのか、その辺はいかがでしょうか。

怒り、違和感、戦闘態勢

藤原　藤原です。今日はお越しいただきありがとうございます。一〇日前に西荻窪の数寄和というギャラリーで、中村鐵太郎さんと対談するという出版の記念イベントがあって、そこで話をしました。いま宗近さんがおっしゃった怒りについて言えば、この詩集に関してはそれほど怒っていないつもりでいます。むしろ書き始めたころ、私は二〇〇五年に第一詩集を上梓し、「ゼロ年代」の詩として『現代詩手帖』でも取り上げていただいたのですが、その頃のほうがよほど怒っていたなという気がします。でも、当時自覚していたかというとそうではなく、振り返ってそう思います。私だけでなく、さっき名前が出ていた安川さんはたえず怒りまくっていたという印象がありますし、先ほどの座談会の中尾さんにしても岸田さんにしても、なにかに憤っている姿勢を隠そうともせず、外向きにも示していた人たちだと思います。

私も当時は現場にいましたが——現場と言っても物理的にではなく、個人としての接点があるかどうかも別の話で——その状況にどこか違和感は感じていたのです。「ゼロ年代」といわれる世代のトップランナーと目されている人たちが、どうしてこんなに身を粉にしてがむしゃらに、血相を変えて詩を書いたり論じたりしているのだろう？　なにをそんなに怒っているのだろう？　と、彼らの必死さを私は引いて見ていたつもりだったのです。でも、当時の自分の仕事を振り返ってみると、私も似たような感じでしたね。全身で戦闘態勢をつくって書いていたんだなと思います。

宗近　その怒りは何に対するものなのか。怒りだから「敵」が浮かびますね。「敵」は誰だろう。怒りの情動の底というか、類として抑圧されていると黙るのですが、怒りの局面では抑圧は解けているはずで、怒りの回路がある。「ゼロ年代」という括りは措いて、世の中のことと、詩を書くということ。その隘路へ自分をキャリーすることがあって、そこで怒りがせりあがるのではないか。

戦後詩というやつがあって、その黄金時代があって、情動の在り処ははっきりしていたわけです。戦後的なもののなかで「体制／反体制」のように、ですね。今は、実はもっとはっきりしているんだけれど、もう言ってもしようがないという断念がありますね。言えば言うほどおかしくなっていく。言えば言うほど相手に加担していく。とてもまずい循環になっているというのがぼくの感覚なのですが、そういうなかで、怒りというのは、誰に対するものだろう。自分に対する怒りなんだろうか。

藤原　そのあたりもまったく、自覚すらしていなかったのですが、世のなかに対する違和感は大いにありました。なにかが間違っている、なにかを変えなければ、それこそ革命的に。居心地の悪さを外部による欺瞞のせいと思っていましたが、究極的にはそれを受け入れている、たぶん自分に対する怒りなんですね。環境、世間、場。そういうものに対して反発し、攻撃をしかけていくしか方法はないわけですが、何年か経って思うと自分を一番否定していました。だから、言葉がまずそこで歪んでしまったし、言葉を発することに対してすごく抵抗を感じました。世のなかで流通している言葉に猜疑心をもち、明確に言い切ってしまうような言葉はすべてきれいごとに聞こえ、そういう形で言葉を発しないために、どういうふうに発語すべきかということに躍起になっていた気がします。でも、それを外向きに態度として示していこうとは思っていなかったです。けれども、言葉は自分が思うよりもずっと透過性があるというか、透けて見えるものだから、わざわざ言語化しなくても背景や動機みたいなものは浮き彫りになってしまう……きっと気づいていた読者もたくさんいたでしょうし……。

『アナザ ミミクリ』から『どうぶつの修復』へ

宗近 また中村さんとのトークに触れると、言葉に対する否定性というか、言葉は権力だということも出ました。今の藤原さんのお話しでは、自分に対する憤りについて、自分、言葉、他者（世界）があって、言葉からは逃げられないなかで、言葉に集約していく。『どうぶつの修復』は「救い」ではなく「修復」なんですね。『アナザ ミミクリ』は二〇一三年の詩集だから震災は通過しているけれども、震災は主題化されていないし、それは詩作品のなかで書かれることとは違うものだという詩的感覚がある。それが、『どうぶつの修復』では、形象化されて出てきた。

『アナザミミクリ』は言葉への否定性、自分への否定性、それから「ゼロ年代」の詩人たちとはぼ同世代的であり、彼らの怒りへの距離感とシンクロニシティが共存する。「ミミクリ」は擬態という意味ですが、二〇一三年に出されたこの詩集も、ぼくは「出来事」だと思っているのですが、『アナザミミクリ』から『どうぶつの修復』への旋回があるんですよ。そのことと、この世界への違和、つまり言葉への違和ですね。言葉は信じられない、言葉は何かを意味してしまう。言葉はロゴスである。何かを言ってしまうと何かを規定するし、権力も派生する。言葉を否定するというのは詩的行為として必然なんだけれども、そのこと自体がこの詩集を織りなしているということではない。

むしろ、『アナザミミクリ』でぼくは意味の非中心化とか、中心をつくらない、場をつくらない、そう書いたんだけれども、意味じゃなくて音から始まる、言語の生成原点に戻るかたちで発語していく。ぼくは、『フォトン』との連続性として、そういう詩的行為が持続されてきた、そう受け取ったわけです。

ここでリファレンス(参照)を入れると、『アナザミミクリ』について、吉増剛造さんと瀬尾育生さんと佐藤雄一さんの鼎談(「それぞれの境界線をまたぐ」、『現代詩年鑑2014』二〇一三年一二月号)での言及があります。そこでの瀬尾さんの発言にぼくは引っ張られたので、むしろそこは戻したいんだけど、瀬尾さんはこういう言いかたをしたのです。詩は意味、像(イメージ)があって、音、文字という要素があります。そのあいだには、息遣いとか気配があります。散文であれば「意味」が七〇パーセント、「像」が一〇パーセント、残りの「文字」や「音」が一〇パーセントくらいです、と。藤原さんがどうなのかと言えば、「音」が四〇パーセント、「像」が三〇パーセント、「文字」が二〇パーセント「意味」が一〇パーセント。『アナザミミクリ』について瀬尾さんはそう述べたのです。

また、瀬尾さんは、「父や共同体や規範が入り込む直前で事を決するような言葉の使いかたをしている」と述べています。つまり、意味に来る前に、そこでせき止めているわけですね。だから「私」と言わず「じぶん」と言わず、「主体」とも言わず、「イヲ」と言う。これに佐藤雄一さんが「ここにあるのは想像界の閉域なのかもしれない。意味が垂直に降ってくる前のテクスチャーの次元である種の閉域をつくっているように見える」とフォローします。この想像界はジャック・ラカンの言いかたです。ラカンは現実界、想像界、象徴界と言っているのですが、想像界というのはざっくり言うと統覚するということです。鏡像段階に近いのですが、自分が自分だということを知るということです。次に、象徴化する、意味化する。象徴というのは言葉の世界と考えていいのですが、そこでためらっている。言い直すと、自分を統覚する、それは意味の寸前のような位相ですが、そこで寸止めして言葉を配置する、投げつける。そういう解釈をしているわけです。

その展開に乗るのですが、『どうぶつの修復』という言葉の束は、さっき旋回と言いましたが、イメージと意味で八〇パーセント、音が一〇パーセント以下。音が抑えられているのですね。これは、藤原安紀子においては画期的というか、冒険なんです。批評はこんなふうに図式的に言い切るのですが、音が抑えられている。詩は基本的に意味を伝達しません。これはロラン・バルトが『零度のエクリチュール』ですでに言っていることですが、散文ぎりぎりまで音を切り詰め、夢と現実が刺し違えるような叙景に徹している。今度の文章でそう書いたのです。

メーロスというのは菅谷規矩雄が使った言葉で、音律やリズムに同伴し、メロディに近い言葉です。メーロスからゾーン的な物質へのシフトですね。最初に「六角形」「塔」という詩があって、チェーンが上がったり下がったりする。藤原さんの作るイメージは、映像的には結構アウトフォーカス（ぼかす）なんです。アレクサンドル・ソクーロフのフィルム、『ファウスト』とかヒロヒトのことを撮った『太陽』とかあるのですが、ソクーロフのアウトフォーカスのタッチと、いまゾーンと言いましたけど、タルコフスキーのゾーン的な見えないもの、そこに行っちゃだめだという不可視の禁域のようなものを出していく。アウトフォーカスなんだけど、イメージに急傾斜した言葉の構築をしているのではないか。そうぼくは受け取ったんです。

彫刻、絵画、演劇、ダンス、ここでやられていることは、言葉でもできるんじゃないか

藤原　その鼎談に関しては、私はあまり覚えていないんですけど、印象的だったのは吉増さんが、「完成した詩集にもっていけるはずだけど、それをしない、……。このひとがもっているなんとも名づけようのないような勇気と決断でしょう。あまりきれいな達成にしようとしていない」とおっしゃったことです。わたしはそれを、「なぜもっと構築物としての完成度を高めないのか？」というふうに読み取って、はっとしたのです。構築的に詩をつくることに関して意識がなかった。そうい

う作り方もできなくはないのだという課題をもらったような気がしました。でもそれは、やろうと思ってやれていなかったことでも、やりたいことでもなかったですから、挑発に乗ってしまったとも言えます。ただ、方法としては可能かもしれないと思い、今回の詩集ではとても意識して、構造的に詩集をつくってみようとした。そのために図案や下書きも用意しました。でも結局、設計図すらまともに完成しなかった。意図的に完成させなかったわけですが、詩集を物語的に図案化して、それに沿って詩を作っていくということに生理的な拒否感を持ってしまったんです。

鼎談を読み返して、もしかしたらそれが瀬尾さんのおっしゃる「父や共同体や規範が入り込む直前」、直前で止まるというより踵を返すという拒絶なのかもしれないと、いまは思います。

「音」や「像」、「文字」「意味」をそれぞれどれくらい比重を考えているかというと、そんなこと意識してませんというのが正直な答えなのですが、どれも同じくらい重視しているというのも本当です。自分の描きたい景色を現すために、それぞれをどれくらいの配分で置いていけばいいか、バランスはとても気をつけて見ています。そこがそもそも私は小説などの散文ではなく、詩に可能性を感じたというところの根本です。皆さん詩を読むのが好きで、文章を書くのが好きで詩を書き始める人が多いのかもしれないけど、私は文学から詩に入っていったわけではなく、彫刻だとか絵画だとか演劇だとか、ダンスだとか、そういう類いのことが言葉でもできるんじゃないかと思ったのです。まさに詩こそ、それをやっているんじゃないかと思ったのです。

宗近　いまのは結構、聞き捨てならない感じですね（笑）。イメージでも音律でもいいのですが、詩的行為はたいがい言葉から始まり、言葉の形態に行こうとする。藤原さんの詩は『音づれる聲』

から始まりますが、詩集という書物、テクスト、で見ると、作品を並べて詩集とするという形態とは違い、藤原安紀子という非形態、反形態というものを初期から何気なくやっている。『ミミクリ』から今度の『どうぶつの修復』への推移において、『ミミクリ』について、先ほど非中心化といいましたが、意味論的には収斂されないというか、音的には非意味にずれ込んでいながら、『アナザミミクリ』というテクスト全体で一つの形態が現れる。

今度の『どうぶつの修復』は、イメージ、物語、あるいは、中村さんに倣ってジブリ的ファンタジーと言ってもいいような、むかし村上春樹に『世界の終りとハードボイルド・ワンダーランド』という小説がありましたが、ある閉域のなかでイマジナブルなものが包括されるようなものを、出来事の蓋然性を期待し誘導されて読む。『ミミクリ』や『フォトン』のように、一つ一つのシンタックス（構文・文法）は攪乱されないんですよ。さっきいった散文性にぐっと引き寄せられている。今度の詩集は七つか八つの章になっていますね。ギリシャ語も混じっていて、それも攪乱要素になっていますが、攪乱されながら読んでいくと、読むということは時間的な行為であって、その時間的な線のなかで無意識のうちに何か形態を手探りしているふうになる。

『ミミクリ』とは逆のことが起きている。音に傾斜しているようでありながら、形態が見えてくる。『どうぶつの修復』は結構、文であり、意味性のシンタックスがあり、意味として取れていく。あるいはイメージとして取れていく。ところが最後に形態性を壊すようなものがあって、そこにぼくは藤原さんの抵抗性のような、戦いは決してむき出しにはされないけれども、藤原さんの格闘・葛藤があって、吉増さんがいうところの構築しないんだろうということ、構築しそうでしないその臨界のところで戦っている、そう感じるわけです。

「祈り」のような形態のないものを詩で表したい

宗近　『現代詩手帖』（「抒情・フィジカル・非同調」二〇二〇年一月号）で、瀬尾育生さんと中尾太一さんが対談をしているのですが、その最後のところで同調・非同調という話題になっています。中尾さんは「非同調、というのは結局は自己に対して、ということなのかなと思います。「ほんとうのほんとうの」というのは自己否定の果ての、ある決定性なんだろう」と言う。「ほんとうのほんとう」というのは宮沢賢治の言葉で、宮沢賢治‐瀬尾育生という解釈のラインで現れるのですが、中尾さんは「藤原さんの詩集でかなり元気になっています。あの人が出るところに出た、少なくとも大きな穴をいくつも開けた」という感想を述べています。

「出るところに出た」というのを、ぼくの先ほどの言葉に続けるなら、見えるものをむき出しにする、しかし最終的には見えない。むき出しにすればするほど見えなくなる、そういうパラドックスはあるけれど、つまるところ、「出るところに出た」、いうことです。そのことと構築性、形態をどこかで拒絶している、そういう難路を、ぼくらに対して、ぼく自身において、追いかけなくてはいけない課題として、残してくれている。それから「穴」ということですね。この「穴」について藤原さんが少し言葉を足してくれると、より見えてくるものがあるかもしれない。

藤原　対談のなかでは、瀬尾さんが「いちばん大きな自然破壊というのは、自分のなかで起こるんですよ」とおっしゃったことを受けて、中尾さんが「自分が壊れているとき、出す言葉は体の狭いところを突き抜けてくる」とおっしゃっていて、これが中尾さんのいう「穴」ですよね。であれば、わたしの場合は第一詩集のときから穴だらけで破れかぶれという気もしますが、きっとその「穴」を「突き抜ける」ということが大事なんじゃないかと。

ただ、閉じないということも、「穴」が開いているということなんだと思うのですね。そのことと少しズレるかもしれないですが、写真を撮っているときとか、詩を書いているとき、私の場合はその二つの方法でしか挑めていないのですが、信仰のあり方の謎へ近づいて行きたいという思いがあります。私自身はとくに何かの信仰があるわけではありません。神の存在を信じないほうの人間なのですが、周りにいろいろ神のこと、神のあり方のことを考えている人間がいる、その人たちが何を思って神を見ているのだろうということが、とても気になるのです。

以前、江代充さんの特集が『現代詩手帖』(「江代充が拓くもの」二〇一六年五月号)であったときに、江代さんは敬虔なキリスト教徒で、そのことが詩とどうかかわるのかを私なりに考えました。そんなことは分かるはずもないことなのですが、神というものがどういうものなのか。信仰のない者にとって、私自身にとって、神という超越者のことをどう考えていけばいいのか。そのときに思ったのが、拙い考え方で今後また違うことを言うかもしれませんが、神というものはないものなんじゃないか。神があるものとして、偶像として信仰している人たちがたくさんいるように私には見えていたんですけど、そうじゃなくて、神はあらざるものだから見つめることができる、信じることができる、祈ることができる、そういうことなんじゃないかなと思ったんですね。そのことと詩のことは、私にとって無関係ではないのですね。形態のないものを現そうとしていて、それは詩という方法だからこそ近づいていけるのではないかと。いや、詩は方法でもなく、詩そのものにこそ形態がないのかな。

考えながら詩を書く、あるいは考えたことを詩で書くのではなく、私が考えることよりも先に詩が書かれていくような気がします。それは、中尾さんと瀬尾さんが言ってらしたことにも関係するような、瀬尾さんの言う「むしろ「論」じゃなくて「存在」ですね。フィジカルなものが入りこんできて、自分が壊れてしまう、というところに行けるかどうか」……じゃないかなと。もちろん、私の解釈ですが。

超越性と詩の言葉の問題

宗近　批評の硬い言葉で置き換えると身体性ですね。何かにむかつくとか、そういうことは言葉よりも〇・五秒くらい先にあることなんですよ。それは身体感覚の一つです。それから、信仰ですが、瀬尾さんと中尾さんとの対談でも、信仰の実践というか、岩成達也さんについて、触れている。岩成さんは病床の奥さんとほぼ同時に洗礼を受けましたが、彼は「主よ」と呼びかける詩を書いたのです。ミシェル・アンリというメルロ＝ポンティより少し若い現象学者がいて、メルロ＝ポンティやサルトルは現象学者のなかでも無神論的ですが、アンリは晩年にかけて信仰に向かいます。岩成さんは、ミシェル・アンリを読み込み、神学的な思考を周密に展開します。詩のような記述といいますか、ぼくらにも理解できないような独自の論理展開です。その論理展開は、間違っているとか正しいとか、そういうものではない。信じるということはそうではない。ほんとうのほんとうというのは超越を孕む。更に、ほんとうのほんとうのほんとうのと言ったら、いよいよ、言葉を超えていくもの、言葉では収まらないものになってくる。

それが超越性と言われているわけで、瀬尾育生さんは、現代詩人にとって信仰とは何だろうかと問う。藤原さんは、全身で、素手で、信仰の在り方を追走する。でも、それは信仰とは違うということですよね。その信仰ではない信仰的なものを巡って、詩人たちはぐるぐると回っているんじゃないか、という批判が瀬尾さんにはあるんですよ。それは泥沼なんだ、泥沼のなかで何をもがいているんだ、と彼は言うわけです。

二〇一七年日本公開の、『沈黙』という遠藤周作の原作をマーティン・スコセッシが撮った映画があって、なぜ神は黙っているのかと、ものすごくフィジカルに問われるのです。最終的に主人公も、表向きは踏み絵を踏むのです。その時に、イッセー尾形が演じる代官が、「この泥沼の日本へようこそ」と言うのです。逆さ吊りにされて拷問を受けても神は黙っている、その黙っている神に対して「問う」ということは泥沼なんですよ。その結果、神はいない、信仰をしていても高揚がない。断念が起きる。そこで踏み絵を踏むということが起きる。そういう全てを超える超越性というものは、日本・日本語には存在しない。それはジャック・ラカンも言っていて、日本人には無意識が存在しないということと、ほぼイコールなんです。

瀬尾さんは、超越的なものに対するバイアスがないと、詩はこのままでは立ち行かなくなるんじゃないか、と批判的なのです。瀬尾さんは、藤原さん、江代さん、朝吹さんの詩集を取り上げて、非同調ということを言っている。中尾さんはさっき言ったように、それは自己に対する非同調ではないかと言っている。江代さんの詩について少しだけ言うと、他動詞の「見る」という主体行為を「見える」と自動詞に言い換える。たとえばある風景のなかで見ている自分という主体に斜線を引いて、「見える」という。すると叙述が変わってきますね。貞久秀紀さんの作品にも言えます。

これは國分功一郎さんが言った「中動態」に連関します。「中動態」は、昔はあったのですが、段々見えなくなり、能動態、受動態に隠れるようになってしまった。しかし、我々はもう一度「中動態」を掘り起こさなければいけないんじゃないかというのが、國分さんの見解です。キルケゴールのような信仰者においては受動性でいいのです。しかし、詩人が、どこかで書くという主体を措定するのであれば、それに対してどう処置していくか。江代さんのような見方、風景に対する関わり方は、自動詞的にかかわる。つまり能動と受動の中間のように関わる、という処方なのかなと思うわけです。

詩的行為と写真

藤原 江代さんとは少し離れるのですが、時里二郎さんと、柄澤齋さんという版画家の方と、『現代詩手帖』(「詩・半島・日本語」二〇一九年七月号)で鼎談させていただいたときに、お二人が口をそろえておっしゃったことは、詩を書くという行為は版画に似ている、版画ととても接点がある。そうおっしゃるんです。私はまったくぴんとこなかったんですが、一九六〇年代から七〇年代にかけての詩と版画の蜜月期があり、詩を紙面に書きつけることと、版画を彫っていくことがほとんど同じ意味を持っていたと。時里さんは「紙を引っ掻いてインクを彫りこんでいく」ように詩を書かれるそうです。

私は、版画よりもむしろ写真が近いと、ずっと思ってきました。今はカメラがデジタルになったので、撮影から出力までの処理がフィルムの時代とはぜんぜん違うのですが、私にとって写真はフィルムがあり、感光体があり、露光したものが像となり、像は現像することによって浮かび上がってきて、それを紙焼きでプリントするという行為は切り離せないもので。もう体の記憶としては忘れてしまっていますが、そういう行為の方が詩に近い。詩を書くということは彫るというより、感光するということの方が近い気がしているのです。

一篇の詩に自分の言葉を彫りこんでいくというのは、少なくとも私にとっての詩の行為ではないです。もちろん、人それぞれでいいのですが。いま私がしゃべっている言葉は、すべてこれまで生きてきたなかで受けとってきた言葉ですし、そこから私がしゃべれる言葉をくみ上げて、言語としてそこに定着させていく。それは写真で世の中を静止画として切り取っていくことと、詩を書き始めた当初はすごく似ていると感じました。写真は見えているものしか撮れないですけど、でも見えているものすべてが撮れているわけでもない。ファインダーのなかの限られたスペースを切り取るわけですが、それまでの時間、そこにたどり着くまでの時間が明らかに映るし、ファインダーに入らないとしても前後なり、左右なり、上下なりの景色を撮る人は見ているはずだと思うのですね。

写真を鑑賞する人間もそこまで見ることができるから面白い。見方は固定されるわけではなく、見えるのは切り取られた部分だけなんですが、それ以外に見えてくるものもたくさんある。写真を撮ることの動機や心持ち、被写体へ向かう姿勢や心境までもが写っているように思えるから、映像よりも写真のほうが私は解釈に振幅があるような気がします。

宗近　写真は真実ではない、という議論があって、何故かというと、写真は止まっているが、世界は動いているからだ。そういう定見ですね。それは、ドクサ（主観的信念）であって、全然そうではない。また、今のデジタルはだめで、昔のように感光していた時はいい、ということでもないのです。つまり、写真という一つのタブローに孕まれた時間とその堆積がある。ショットが呼応するもの、フレームがあって、もちろん写真は止まっている、しかし、その前後の時空が写真に形象される。形象が形象として現われる時間の堆積がある。写真を見る楽しさは、見るほうが動いているから、そのダイナミズムがまずあるんです。

スーザン・ソンタグが、ダイアン・アーバスについて、こう言ってます。「個々の写真は断片に過ぎないから、その道徳的、情緒的な重みはそれがどこに挿入されるかにかかわっている。一枚の写真はそれが見られる文脈によって変わるものである」（『写真論』近藤耕人訳、晶文社）。ある意味、当たり前のことですが、ダイアン・アーバスはフリークスや、双子や、男娼の人たちを撮った写真が多くありますね。本人は自殺してしまいますが。アーバスの写真の主題は、「ヘーゲルの立派なレッテルを借りれば、「不幸の意識」である」とソンタグは言うんですね。「彼女はじわじわとくる個人の災難を撮るのを専門としていた。その大部分は、被写体が生まれたときから進行していたのである」。写真というものは時間の堆積なんですね。

「不幸の意識」というのは、危ない言葉ですが、アーバスの双子とか、あの姿は、悲劇ではない。劇は構成しないのです。向こうから来るのではなく、こちらから反応する。だからそこはすごく相互的で、アーバスの写真を見る者が、ウィリアム・クラインやメープルソープでもいいのですが、ショットで観て、そのショットにどう感応するか、そのドラマツルギーはこちら側にあって、こちら側と、いま藤原さんが言った周りがあって、フレームの外にあるものが、フレームの中に押し寄せてくるその格闘みたいなやつ。それが見る者において発生する。写真を撮る主体との内在的なコミュニケーションになる。

この過程は、いまカメラがほとんどデジタルになっているけれども、そのドラマツルギーの詩を書くこととの通底性は継続している。詩は反ロゴスだ、と藤原さんは言っているわけだから、詩的行為と写真という行為の通底性における、版画などの構築性における、ソンタグは「画家は構築し、写真家は暴露する」という言いかたもしているんだけれど、暴露という行為はフレームのなかでここをむき出す、ここはむき出さない、むき出さないところにむき出されたものが現われるし、ほんとうにむき出したいものは隠されたもののなかにある、そういうアンチノミーは絶対に在るはずです。

そのことと、詩作ということの連関、昔からそうなのか、いまそうなのか、もっと考えねばなりませんが、藤原さんにおいてそうであるということが何より重要ですね。藤原さんの詩作が、形態化しようとして形態化しない、最後に形態を崩す。そのことと写真とが繋がるような気がするわけですね。

写真家・志賀理江子の喪の作業

宗近　『どうぶつの修復』のカバー写真が志賀理江子さんの作品ですね。志賀さんはデジタルで撮りますね。暗室で浮かび上がってくるのとは違う。ルイ・マルに『死刑台のエレベーター』という映画があるのですが、最後に暗室で現像される写真に恋人二人の姿が現われるという衝撃的なシーンで映画は終わります。暗室がクライマックスの場になるわけです。そういうことは志賀理江子さんの写真では起こらない、デジタルでは起こらない。逆に、写真が暗室を使うというのは、ダゲレオタイプまで遡ると、写真のアウラというか、撮る行為の一回性というか、えらい苦労するわけ。一方、『螺旋海岸』で志賀理江子さんがどういう撮り方をするかというと、彼女は撮る前に被写体を構築するでしょ。

藤原　写真について、デジタルとアナログ、どちらが純粋写真かなどという問いは成り立たないと思いますが、撮影から画像として現れるまでの行程は明らかに違いますし、作品の性質が異なるものを同じ「写真」と括っていいのか、正直疑問に思います。デジタルとアナログでは選択や決断をする場面が違う、ショットから漏れてしまった像の残りかた、残像のあり方も違う。たぶんネガとポジぐらい対比的に異なるのだと思います。それでも、いま私たちが写真作品を鑑賞するときの大半はまだ紙に印刷されたものですから、鑑賞者にはそう違って見えないし、どちらも同じ「写真」

ですよね。私自身、アナログ写真の信奉者でもなんでもありません。志賀さんの写真の手法は独特ですが、そこは特に重視していなくて、私は志賀さんの良い鑑賞者でもなんでもないと思っています。ただ、発表された作品に震撼しただけです。あと、彼女は非常に言葉に敏感な方で、言葉を傍らにおいて写真を撮られる方だということは、彼女の発言なり対談集を読んだりするとわかります。

二〇一九年の三月、私は偶然、志賀さんと出会いました。『どうぶつの修復』の原稿が上がって出版社に預けた直後で、ちょうどそのとき東京都写真美術館で志賀さんの『ヒューマン・スプリング』という個展が開催中でした。初めて志賀さんの写真をまとめてみる機会だったのですが、驚いたのですね。大変衝撃を受け、頭よりも体の方が反応して、会場の隅で泣いてしまいました。展示されている作品がどうというよりも、作品を観たことによって、自分のなかの封印していたなにかが開いてしまった。先ほどの瀬尾さん、中尾さんのいう「穴」が開いたのかもしれません。作品の前に立って、鑑賞者がなにかを享受するのではなく、観ている者の中身が引きずり出されていく。そんな感覚でした。

ミュージアムショップに『螺旋海岸』という写真集が売っていて、すごく大きくて重い、おまけに高い本なのですが、これはもう絶対買わなければいけない、そう思って購入しました。志賀さんの作品の特徴を私なりに言うならば、教示的、象徴的な写真のあり方ではなく、とてもパーソナルな部分に訴えかけてくる作品だと思います。

『螺旋海岸』は震災後に出た写真集で、志賀さんは三・一一を直接の被災者として経験した人であり、震災前から宮城県に住んでいて、現場をリアルタイムで体験されています。写真集には震災後の写真だけが収められているのではなく、二〇〇八年三月に宮城県名取市北釜地区に移り住んでから、震災の後までの写真ですね。志賀さんは北釜地区の記録カメラマンとして働きながら、作品制作をされていたそうです。

『螺旋海岸』は震災がモチーフとなった作品集ですが、だからといって震災後の被災した風景や物を撮っているわけではない。もともと彼女は撮影チームをつくって、被写体を作り込んで演劇的に撮影することが多く、あるがままを撮るのではなくイメージを抽象化して画像にする作家です。具体的なものが写ってはいますが、メッセージは難解で、簡単には読み解けないものが多いです。けれど『螺旋海岸』に限っては、被災した風景や人々の様子はほとんど写っていないにもかかわらず、どこからどう見てもこれは震災に対する、もしかしたら震災のことだけではないかもしれないけれど、大きな喪の作業だということがわかるのです。行程をなにも知らず、初めて観た人にもわかります。たぶんそこに私は打たれたのだと思います。さっき信仰という言葉を使いましたが、詩作が喪の作業であるということを、私も意識しています。でも、それをわざわざ示す必要はなく、こういう場なので言わざるを得ないのですが、あまり公言したくもないことなんですね。それでもたぶん詩のなかに響いていると思います。

「ゼロ年代」の詩人と東日本大震災

藤原　冒頭で「ゼロ年代」のことが出てきましたが、まさに志賀さんも二〇〇八年にデビューした

「ゼロ年代」の人ですね。ご自身のカメラとの出会いについて何度か語られていますけれど、その出会い方にとても共感します。私にとっての言葉との出会いとほとんど同じだからです。中尾さんや岸田さんが、書くという行為に全身を投げ打って、ボロボロになってでも書こうとする姿を見て、何でそこまで身を粉にして戦うんだろうと疑問に感じたと言いましたが、志賀さんの写真を見ていても、やはりこれは色々なことを体で引き受けてやってきた仕事だと思うのですね。もちろん徹底的に考え抜いた末の創作、発表だろうし、論理的な分析をしていないわけではないんです。けれども、知性だけで処理をせず、撮ったり、書いたりするという行為を全身でやってきた詩人であり作家です。写真を撮るという行為のなかで、過酷な現実を引き受けていく、引き受けるために写真を撮る。詩でも写真でも、創作するという行為をそんなふうに語ることもできるということですね。『どうぶつの修復』は、私のなかでは叙事詩だと思っています。あったことです。あったことを、ちゃんと書かなくてはという意識がありました。もちろん、描写しているわけではないですが、そこから目を逸らさずに言葉でちゃんと引き受けて、そして人にもちゃんと聞こえる言葉で書くという課題がありました。

宗近　あったことを書く、書いたということを、今、藤原さんは言っているんだけれど、それは簡単なようでなかなか言えないことです。あったことを書いた。それは叙事詩である。そのことは限りなく写真の原理に近いですね。「出来事」を書いたということは、そこに現れない、伏在するすべてのことがそこに在る。ぼくからすると、それを引き受けるというのは冒険なんですよ。事を叙する。付会するように言えば、藤原さんはそういうふうに旋回した。どうして旋回するということになったのか。

一九八〇年生まれの志賀さんも同じ「ゼロ年代」です。震災前のインタビュー集（高橋瑞木・フィルムアート社編『じぶんを切りひらくアート』）で、「どんな子供時代だったんですか」という質問に、「なんか全然楽しくなかった。多分、80年代生まれのわたしたちの世代によくあることだと思うんだけど、特別田舎でも都会でもなく、ひたすら同じ風景があって、家族があって、蛇口をひねったら水が出て、スイッチを押したらあたりまえに電気がつくという、不自由のない、出来過ぎてる日常に、不感症になっていた」と答えます。子供のころは友達と遊んだか、と訊かれ、「遊ぶんだけど、すべてが嘘くさく感じてたと思う。だからずっとぼーっとしてて、あんまりにも感じることが少ないから、記憶がないです」と答えるんですね。それはしんどいね、と言われ、「ゼロから生まれてきた存在のはずなのに、もうすでに世界はずっと昔からあるわけでしょ」と応える。「すでにいろんなものが飽和している状態」、そういう感覚ですね。

この感覚が「ゼロ年代」特有のものかは分からない。でも世界感覚として、もっとエグく言うと世界への違和ということですが、どういうふうにキャリーされて写真に行き、詩に行くか。藤原さんとぼくとはだいぶ歳も違うんだけど、この感覚を藤原さんは『どうぶつの修復』というテクストにおいて形象化した。どうシェアされるんだろう、どのように、ぼくらは、戦うんだろうということですね。

先月福間健二さんと話したんですけど、福間さんは、映像は快楽、詩は倫理という言い方をしたんです。一見ノンシャランな、フリッパントな福間さんの、転換の早さとか、語り口がぐさっと刺さった感じがしたんですけど、倫理という言い方をしたんです。さっき藤原さんは信仰の難しさについて語っていましたが、信仰の欠如のようなものがあって、それを成し遂げるということではないし、それはもしかして「穴」かもしれないんだけど、どう、それを逆説的に表現のモメントとしていくか。そういうことを語っていたと思うんです。それは詩だけの問題ではないかもしれない。でも、詩の問題として大きい。

震災のことをすぐに詩に書いた人もいるわけです。ぼくは去年一年間いろいろな人の詩集を一生懸命に読みました。それでぼくの担当が終わったところで藤原さんの詩集が出てきたんだけれど、震災をロゴス的に「震災」と言わない、震災の不在を含めて、震災を意味に持ち込まない。しかし、あの抉られたような体感があって、体感が言葉に降りていく。そして言葉が出てきた。そういうことが起こっているんだと思うのですね。

そういうことと、志賀さんのいう世代的なもの、「ゼロ年代」ですね、その「個」の連関というか、彼女の『螺旋海岸』の作り方はとても構成的で、例えば、スタッフがいて、みんなで作為的に横になっている場面もあるわけですね。そういう構築的だけど偶有的な光景、そこにそれしかない風景ができるわけです。構築性と偶有性が交差する場面がつくられている。そういうことをやる度量というものは、やはり年代から来るのかと思うのですね。

藤原さんは、先に触れた『現代詩手帖』の「ゼロ年代」という名を冠した特集、あれは屈指の特集だと思いますが、「これからの詩をどう考えるか」という質問に関して、「可視的なものに還元せず永遠について考えるということを生存という様態に限定されない連続性より意識し受容できるなら転位する殆どの重さはなにものでもなくなるだろうし人間も捨てたものじゃなく希望だろう」と述べています。

長い構文で、ちょっと意味がとりにくいんだけども、この中にいろいろなものが孕まれている。可視性、見えるもの見えないものという課題があり、永遠というのは神や倫理に連関します。一方、人間というのはこのまま人間でいいのかということがあって、ぼくは『どうぶつの修復』という言葉だけで震災のことだと確信しましたけれど、人間が動物化しているということだけではない。動物が人間なんですよ。そのことにぼくらはどんどん気づかなくなっている。

動くこと・相互承認・詩的表現

藤原　「どうぶつ」という言葉についても以前、中村さんがいろいろと摑んでくださったんですけど、そのときも言いましたが、私にとっては動くことが大事で、動いているということでいえば、動物とか人間とか生命体とか細胞や分子レベルのことともいえるかもしれませんが、それ以上に無生物だって動いているんですよね。動いて、かたちを変えて移ろっていくことの不思議。そのことをずっと昔から考えていたんですが、アニメーション作家の方が、宮沢賢治のアニメも手がけられた杉井ギサブローさんという方ですが、たまたまお茶の席に同席していて、とても印象深い話をお聞きしました。ご本人がおっしゃったのか、ベテランのスタッフの方もご一緒だったのでその方がおっしゃったのか、記憶は少し曖昧なのですが、動くということについて、「なぜ動くのかといえばそれは感情があるからなんですよ、アニメだから一つ一つコマを書いていくでしょう、その細かい一つ一つのコマの間に感情があるから動いていくんですよ」とほんとに何でもないことのように言われたんです。

それを聞いて、「ああ、わかった」というふうに妙に腑に落ちて。動いているというのはやっぱり何かが押していて、そして引いていていてという連続性があるから動き続けるのであって、そこにはどういう力が関わっているんだろうと長年考えていたんだけれど、でもそのとき、力ではないのかもしれないと思ったのです。力のような強いエネルギーではなく、あらゆる事象が関係していくなかで保たれている均衡、バランスのようなものなのかなと。熱が伝搬していくように高いところから低いところへ、また空洞があればそこへ他で飽和したものが流れ込んでいくというように、調和がとれるように自然に動いていく。そういった現象が、故意に力をかけなくても起こっている、あるのではないか。もうこれはカンでしかないですが、最近はそんなふうにも考えています。だから詩も、言葉も、同じような均衡性のなかで紡がれたり、必要とされる場に置かれたりするんじゃないかなと。

ずいぶん乱暴な言い方になりますが、「どうぶつ」というのは、そういうことなんですね。「どうぶつ」という言葉で、生命といわれるものだけではないものの、動きの様相を描きたかったのです。

宗近　安川奈緒さんがパリに居て、ぼくはちょっと交流がありましたが、彼女は一時帰国するのです。それで国立の駅で中尾さん、山嵜さんと落ち合う。現代詩文庫の『中尾太一詩集』に収められた中尾さんの散文なんですが、中尾太一さんが待っていて、そこにまず安川さんが来るのです。そして二人で山嵜高裕さんを待つことになります。やがて、山嵜さんが来るんですが、彼は目が悪い。二人を認識できなくて、彼らの目の前をうろうろするんです。その様子を見た安川さんは、「いやー、動いてる動いてる、あー帰ってきたなあ、すごーい、動いてる！」とうれしそうに、「天使と出会ったみたいに興奮しながら」言うんです。その動いているという感じですね。

その動いている感じ、感情、ある意味、歓待ということでもあるし、動いていることを包む優しさのようなものでもあるし、見るということの暗黙のコミュニケーションでもある。ということは、自分も動いているということですね。見る者も動いている。でないと動いているとは感じられない。お互いの動きを相互に承認するということであって、そこから詩的表現が出てくる。写真だってそうだよね。動きを止めたいと思うから写真的衝動が起きる。動いているということは、超越とか神とかと微妙に懸隔がある。それでも動くものを慈しむということですね。

藤原　『どうぶつの修復』というタイトルを、みんな「どうぶつを修復する」というように読み取ってくださるようですが、「どうぶつが修復する」という意味にもとれるんです。

宗近　ということで、オチがつきました。この辺で終わりましょう。

「飢餓陣営」五四号、二〇二一年一二月

いま言語について語ること

――『リップヴァンウィンクルの詩学』からはじめて／宇野邦一との対談

二〇一八・五・二五

現代の無意識をどう解くか

宇野　鮎川信夫賞の受賞おめでとうございます。宗近さんとは、月に一回やっているぼくのセミナーに来てくださったりして、対話するようになりました。それからまもなくして、この『リップヴァンウィンクルの詩学』（響文社）が出て、宗近さんの頭のなかに何があるのか、だいぶ解けてきた。これは入口も出口もたくさんある本で、問題意識の複雑さ、豊かさ、その広がりに強い印象を受けました。

最初はパリのシャルリー・エブドの事件をめぐって書かれ、その後にハリウッドの戦争映画の分析がありますね。このくだりはかなりジャック・ラカンとスラヴォイ・ジジェクに依拠しながら分析を進めています。ぼくは精神分析に対して、いままで素直に援用できたことはないんです。もちろんフロイトは重要な書物として読んできましたが、ラカンはぼくにとってはかなり違和を感じる存在です。とりわけジジェクはラカンの精神分析からみた無意識という問題を、現代社会のテロリズム、暴力に結びつける。これは、ラカン自身は社会的な事象に対する精神分析の適用はそれほどやっていないはずですが、ジジェクが巧みな応用的パフォーマンスとして展開してきたことです。宗近さんはそれをかなり本格的に受け取って分析しているのが印象的で、全体として、現代の無意識をどう解くか、現代的な事象の、とくに政治的暴力に関する無意識をどう解くか、という問題を一貫して追究しています。

もうひとつは、詩と詩学へのこだわりが一貫してあるのですね。とくに「喩え」という問題。ヤコブソンや構造主義的な言語学が提案しだした暗喩、換喩という問題は、現代文学、あるいは詩に対する大きな問題提起になってきた。その側からの詩学的な思考がこの本のもうひとつの大きなテーマだと思います。暗喩、換喩は、たとえばラカンも理論的展開をしているわけで、精神分析と無縁な事柄ではない。暗喩、換喩という問題と、とりわけ象徴界の分析は濃い関係があるようです。ラカンはそれをほとんど同じテーブルに載せて議論して、それなりの影響もあったと思う。これについても、ぼくは暗喩、換喩という問題で解ける言語の問題と解けない言語の問題があると思っています。ここで一言だけいうと、暗喩、換喩という問題は、まだシニフィアン-シニフィエという、ソシュールが生みだした基本線にそって提案されている。要するに、あくまでも意味の次元にあることなんですね。

ぼくが若い頃から言語について考える過程で、思考を転換する大きな契機になったのは、ドゥルーズ＝ガタリの『千のプラトー』でした。そこで言語の認識に関して、ある種のプラグマティズムが提案されており、暗喩、換喩という概念を、そもそも暗喩を重視する見方を思い切って退けようとした。言語はある種のエフェクトを与え、ある力関係を動かすもので、すべての言語は「命令」をともなうという考え方です。言語のプラグマティズムの問題として、発話内行為があります。発話は同時に行為を引き起こすということで、たとえば「火事だ」という言表は、火事について描写をしているのではなく、「逃げろ」というような言表を含むわけですね。これはメタファーではなく、あくまで実践的な行為を促している。そういう「行為」の系列のなかに言語があるということをみていかなければならないという提案があるんですよ。でも、「行為」だけですべて解けるかというとそうではない。言語を〈意味〉という大きなモメントから切り離して考えると、言語とはどういうプロセスなのか、言語というさまざまな作用をもつ機械はどういうふうに運用されるのか、といった問題が多々あって、その切口を一つひとつ考えていくという課題があるはずなんですね。ぼくはそれをシステマティックに考えてみたことはなくて、かなり混沌としますが、今日は少しずつ整理しながら話してみたいと思っています。

世界への躓き、世界への抵抗

宗近　ありがとうございます。まず、議論のポイントをクリアにしていただきました。『リップヴァンウィンクルの詩学』は、かつては一般的だったコレクト・クリティークの体裁を採っています。詩論プロパーとして詩を集中的に論じているのではなく、特定の作者を描こうとするものでもない。

ぼく自身、アカデミシャンではなく、ひとつの表象的な事項を突き詰めて掘り下げたというバックグラウンドはありません。この本の成り立ちは、三〇年近くに亘る原稿の堆積があり、版元のいろいろな条件、主に経済的な制約に準じながら、一冊のテキストに集約されるふうに表題の論考が書かれた。そういう爬行的な道すじのなかで編まれ、テキストとしての方向感やテーマはとても偶発的なものです。この本が北川透さんと吉増剛造さんに注目されたのは、現在の詩論や思想言説には、体系性というか、何かについてリニアに叙述することへの閉塞感があり、場所や状況に濃淡をつけて移動しながら語るエクリチュールに重心をシフトすることにある種の期待がある、そこにテキストをめぐる冒険が起こってくるという状況が背景にあるんだろうと考えるわけです。一方で、縦に並列された論考の集合から横糸を、その兆候を出現させたいという誘惑は否定できません。「リップヴァンウィンクル」の境涯に自らを準えるかたちで、二〇年、三〇年の時間を折り曲げるというシナリオを編みながら、ラカン、フロイト、あるいはジジェクの『パララックス・ヴュー』の主要なポイントを思考の軸に繰り込んでいきました。宇野さんが精神分析を批評に導入することに疑義を呈しておられることは理解しており、書評（「ひとつの詩学は世界論たりうるか」、「現代詩手帖」二〇一八年二月号）で指摘された「三項の構造」は、その図式自体が罠だと考えます。

精神分析は基本的に臨床行為からはじまります。そしてフロイトを嚆矢（こうし）とする、言葉で分析する記述心理学が現れた。これに対して、知覚心理学という、臨床とは違う世界把握があります。メルロ＝ポンティがそうですね。ぼくは、臨床行為をどこまで世界を読み解く処方として取り込むかについてたえず防備をもって方法認識すべきだという考えに異論はありません。まず、それは症例的な図式をつくります。図式に放り込んで世界を了解するのは、批評行為、思想行為のアナロジーを導きますが、その図式自体が罠なのです。次に、臨床的であることは、分析するものとされるものというコントラストを前提としてしまう。批評の方法と対象と述べ方、そのバランス、あるいは拮抗関係を再帰的に攪乱しなければ、批評性は析出されません。

文体についてですが、わかりにくさ、濃度が過剰という評価がありました。表題の論考をはじめ、叙述を堆積させたまま放り出すような文体で押していって、文体そのものが物質的、瓦礫的カオスの表情を見せている。暗喩的あるいは換喩的なレトリックのエレガンスはありません。可誤性というか、間違うリスクを採る息遣いのまま、実際に、ところどころ対象を踏み外しているはずです。他者意識をいったんは壊してしまう連辞によって、間違う可能性を意図的に拡大することで、読者や対象を攪乱してクラックを作っていく。表題の論考や戦争映画論など、最近の文章で意識的にそういうスタンスを採りました。

それから、喩の問題ですね。表題の論考のなかで二〇年、三〇年というタイムスパンで、大きい流れでは、鮎川信夫、あるいは「荒地」にはじまる戦後詩がある。メタファーの王国ですね。ぼくの現代詩への意識的なコミットメントは八〇年代はじめからでしたが、断続的ながら合計二〇年近くの海外滞在のブランクを経て日本に帰ってみると、現代詩の世界には換喩が跋扈していた。このギャップが演戯を起動したのです。具体的には阿部嘉昭さんの著作があるのですが、それだけではないと思う。ヤコブソンは、暗喩を類似性、換喩を近接性にみています。類似性、アナロジーは暗喩のベースで、何かに置き換えて言う。換喩は近接性、近くのことをシンプルに叙述する。何かと何かとの類似性の発見は、「ような」という直喩に託され、「ような」を削除する情動が暗喩を呼び込みますが、換喩は、もう喩はなくていいと、喩を放棄するもうひとつの情動に符合します。喩が滅びる兆候の表象と言える。置き換えという行為が消滅に向かう、その背後には何があるのか。

そこから少し縦に掘って、比喩とは何であるのか。あるいは、そもそも論ですが、詩においてなぜ比喩があるのか。類型的な言い方になりますが、世界を一行で断言する、その可能性と不可能性のあわいに比喩が生成する水準原点があるんじゃないか、と牧歌的に言ってみたいわけです。なぜ詩なのか、なぜ詩が比喩に追い込まれてきたのかということと、世界を一行で言い切る、しかし一行では断言できない世界にわれわれは在る、という断裂への時空的な違和、そこに比喩の水準原点がある。一方、換喩の時空間に馴染んで、ただ述べる、詩もそれでいいという心性がマジョリティを占める状況があります。換喩を唱導することは、一行で世界を言い切れなくていい、部分部分で構成せずに言えばいいという、ある意味で世界との和解を感じます。それは、市民社会におけるポピュリズムの優勢と共犯的です。ぼくは世界への躓(つまず)き、もっと言うと世界への抵抗を保存して、情勢に対して反駁すべきではないかと半畳を入れたいのです。

「リップヴァンウィンクル」の二〇年、三〇年は実は完全にブランクではなく、生業に追われながらも、日本語から疎隔しながらも、詩と批評の小さなウィンドウは開いていました。現代詩はつねにダイナミックなシークエンスとして、それなりの強度をもった詩は継続的に生み出されてきたと思います。一方で、ゼロ年代に詩は弱くなっているという見方がある。その連関において換喩が前面に現われています。最近の詩は、言葉が滑らかに展開して、総じて音を立てない詩がポピュラーです。ミュートして滑らかに流れるところに着地するような詩作の共通感覚がある。そういうトレンドは抑圧的ではないか。詩論としても状況論としても、もっときっちりやらないといけなくて、この本は、その入口、各論の本格展開はこれからです。抵抗性と言いましたが、独在的なものではなく、二〇年、三〇年というフィクショナルな、時間的なパララックスと、欧米の市民社会へのコミットメントから出てきた実感がベースです。そこをどう裂開していくか。喩の問題は多方向に掘り下げなければならなくて、たとえば、最近、吉本隆明の『言語にとって美とはなにか』の「韻律・選択・転換・喩」を読み直しましたが、非常に多種の比喩を、吉本さんは、意味的な喩と像的な喩でいったん括り直して、喩による解釈が困難なところは勘で押し切っています。韻律に「指示性の根源」があり、喩に自己表出が託される。吉本さんから多くを継承せねばなりませんが、精緻化し再構築すべきものもあります。また、吉本、北川、菅谷規矩雄ラインの継承と、大陸言語学の系譜を内在的に交叉させるという実践自体、状況的な課題であると言わねばなりません。

言語のおびただしい複雑性

宇野　言語理論の話をぼくも思い起こしてみると、大きく暗喩から換喩への転換、そして換喩が暗喩に対してもった現代詩の批判性とは、現代詩とは何であるかに関わる大切なことで、それを考えるための大きな指標になることではあったと思うんです。おっしゃったように、詩は一言で言い切る。俳句だってこの宇宙を「荒海や佐渡に横たふ天の川」（松尾芭蕉）というふうに格好よく凝縮するわけですね。それはそれでしたたかな達成であって、そういう詩の強度、詩の包括性、ひとつのソネットが長編小説にまさるような迫力をもつだろうという気負いをもって詩人は詩を書いていた。しかも吉本隆明は喩の問題として聖書をもちだして、そこに吉本さんの倫理的問いを結びつけていました。「荒地」派の詩的倫理というものがあって、美学と倫理と詩的言語の強度、包括性、全体性、そういうものに向かうときに、それは暗喩的な言語で、意味が限りなく反射して増殖していって、場合によっては、それがこの世界に向かう倫理を包括して表現する。ぼくが若い頃、詩にいちばん関心があったときには、そういう方向に詩を考えていました。同時に、一九七〇年前後は現代詩がとても盛んな時期でしょう。詩的言語の自意識がすごく高まっていて、高まると同時にぎりぎりまで分裂していった。中江俊夫の『語彙集』とか、ほとんど助詞だけが並んでいるようなところにどんどん詩を解体させていった時期があります。

そういう時期に、ぼくは海外の詩学を勉強しようとして、ヤコブソンにぶつかる。いい詩人だなと思っていたマヤコフスキーが暗喩の詩人で、それよりもっと現代的な詩人はフレブニコフ、換喩の詩人なんだという。かなりショックをうけた。ぼくはそういう転換以前の詩にこだわっていたかもしれない。ちょうど詩を書けなくなっていった時期でもあるのね。詩を書けた時期があって、ノートに書くことはほとんど詩だったような時期もあることはあるんです。ただ、構造主義そして記号論に注目が集まった時代でもあって、フランスに留学する前後には、とくにロラン・バルトの書物なんかを読みながら、詩学的な問題を考えていました。そういう転換は、やっぱりある世界的な転換と呼応していたと思うんですね。つまり言葉だけの問題ではなかったということ。暗喩、換喩という非常にシャープな問題提起があったと同時に、意味という枠、シニフィアン－シニフィエという枠をとっぱらう見方が出てくる。ドゥルーズ＝ガタリが、イェルムスレウをもちだして、表現と内容ということを言っていました。表現に実質と形態があり、内容にも実質と形態がある。それぞれのあいだに相互作用がある。これは意味作用に還元されるようなものではない。かなり複雑だが、還元的な図式ではない、非常にまっとうな、ともいえる四つのカテゴリーを提案した。『千のプラトー』の記号論はそこからはじまるわけです。シニフィアン－シニフィエ、意味するものとされるものというふうに意味をめぐっている考察ではなくて、言葉があって、それに呼応する行為があり、歴史の過程でさまざまな言語の体制が構成される。ドゥルーズ＝ガタリはそれをコレクティヴ・アレンジメントとも言っているんですね。言表というのは一人のものじゃない、集団的に編成されるものだと。これはバフチンの見方にもつながっていきますが、たったひとつの言表も、実はいくつかの言表のあいだにあるものだという。間主体性、間テクスト性という言葉も使われてきましたね。言語を形成するいろいろな集合的要素のなかに、像、イメージという要素が当然ある。もちろん、エモーショナルな要素、詩的な要素、これに関してもいろんな分類が行われてきた。それぞれある程度は考えたことがあるけど、あまりにも複雑なので、二つや三つに分類するのはぜんぶ駄目だと思ってきたんです。「指示表出」と「自己表出」という吉本さんの問題提起も含めて、そういう分類ではとても言語の現実に追いつけないという感想をもってきた。ただ、それをカオスと言ってしまうわけにはいかない。そういう要素のなかから、辛うじて意味が立ち上がり、それから主語が立ち上がる。バンヴェニストは言語の主体性ということをすごく強調したわけです。言語の

「ここ」とか「いま」というのはすべてそれを発語する主体との関連においてあることだと。「シフター」という言葉がありますね。

ドゥルーズ＝ガタリは、主体がそれほど言語を中心化しているのかと問い、主体も言語のエフェクトとして集団的な言表のあいだで成立するものだ、と言い換えた。従来の言語学的な分類や定義をすべてバラバラにしてしまったところがあるわけです。『千のプラトー』を読むと、本当に混沌としてきますよ。従来バルトなどから教わってきたことがぜんぶおかゆ状態になってくる。たとえば、言語は空気の振動であり物質だということが厳然としてある。でも物質そのものではない。絶対的な非物質性、理念性。ラカンの言う象徴界はそういうものでもありますね。そういったいろんな要素をすべて踏まえたうえで詩はある。まさに詩を書くことは、別に理論をとりいれなくても、そういう可能性をすべてとりいれることでしょう。暗喩と換喩という対立は、ひとつの問題提起として目覚ましかったけれども、もうそれで語るには言語はあまりにも複雑なものになっている。というか、そもそも言語の複雑性に対して、言語に関する理論的考察が単純すぎてきた。ソシュールにしても、ヴィトゲンシュタインにしても、チョムスキーはもっとそうですが、言語を一様な概念や論理に還元しようとする西洋に特有の傾向がひどく強かったのです。一方で、言語をコミュニケーションの一語に単純化して考えようとする勢いはものすごく、ますます強いわけですね。これも大きな問題ですが少し別次元の問題です。つねに命令を内在させる言語、ぼくは「指令語」と訳しましたが、これは言語と権力という問題とも深く関わります。

いまちょっと性急に列挙しましたが、言語問題は、パンドラの箱があいたように多様化して、も

うシニフィアン - シニフィエ、喩えの問題としては語れないものになっている、ということはやっぱり踏まえなければいけない。それと同時に、たとえばフーコーが『知の考古学』でエノンセ（言表）という言葉を使ったこととの意味。これはものすごくわかりにくかった。フーコーが詳しく語れば語るほど、わけがわからなくなっていったんですが、でも、全体的な展開としては、エノンセ（言表）をまず意味から引き離す。フーコーはほとんど喩えを問題にしていません。エノンセは、それが何を意味するかはすべて文脈のなかで、プラグマティックな状況のなかで決まるということです。考古学という意味では、ひとつの言表があるとき、それから、単にいつ何が起きた、ということを読むわけではない。遺跡の貝殻のようなもので、それ自体は黙っていて、何を言っているのかは、ある文脈のなかではじめて決定できる。意味というものはまったくコンテクスチュアルで、フーコーの意図はすごくプラグマティックなところがあるんですね。こういう研究がやがて『監獄の誕生』に、権力論に展開していく。

『言語にとって美とはなにか』を読んでいた七〇年代、数々の言語論を、新しいものが出るたびにむさぼるように読みましたが、詩と詩学の問題はつねに一緒にあった。そのあと、パンドラの箱と言いましたが、言語に関する認識の複雑性はおびただしいものになっている。面白くもありますよ。一方では、この情報社会のなかでものすごくそれを単純化しようとする圧力が働いていて、だから詩がとても必要だと思いますね。もちろん情報科学が認識させるようになった言語の技術的操作の可能性からも、言語を再考させる見方は出てきます。

宿命のように比喩に帰属する

宗近 そうですね。言語について語ることの複雑さは、ロゴスの中枢からの逃走線の上でロゴスに取り組むというアンビバレンスの強度そのものですね。いま、言語と同時に、詩についてもお話しいただきましたが、詩的行為を反措定すると、それは一義的には喩の問題、主体の問題に還元されます。かたや、詩は言語のある包括性を担っていた。宇野さんの思想の文体は詩的な躍動に溢れていますが、アドレセンスにおいて実際に詩作に鼓舞されていたことをうかがうのは嬉しい驚きです。あるパッショネイトなものが、シニフィアン－シニフィエの連関を振り切るようにエノンセ、言葉の物質性としてどんどん折り重なってくると、意味の累積は、意味の定常性を裏切りはじめる。パッションが詩的主体を呼び込むひとときかもしれません。ぼくは、自分の文体について可誤性、間違う可能性と言いましたが、意味作用をめぐる葛藤のなかで、詩に行くか、批評に行くかという選択を通過したと言うこともできます。

鮎川信夫は、一九八二年頃に一〇年は詩を書かないと言って、結局そのまま一九八六年に亡くなってしまう。後期の鮎川は、たえず詩が浮かんできてノートにつけるというのではなくて、依頼されなければ詩を書かなくなっていました。書く場合は一日で、徹夜でもして強引に捻り出して書く。そういう場合に、作品の完結感というか、どこで自分が詩を書き終えるか、そのベンチマークを倫理に通じる心像、倫理的な意志に置いたらしいんですね。そういうことを書いた文章がいくつかあります。彼自身のなかの、わたしがわたしになるという自己同一性が、ある倫理の位相において到達される。そこで強引に詩ができ上がる、というかたちで落ちがついたらしい。こういう鮎川の姿勢は、戦後詩的なあり方の最後の姿を見せていたのかもしれません。

鮎川の詩作の中断が八二年、吉本隆明の『戦後詩史論』の刊行が七八年で、その辺りで戦後詩的な喩が飽和し、解体に向かったのだと思います。喩と主体と倫理の紐帯において、主体をどう残すか、その最後の戦いが、鮎川が詩を中断するモメントに象徴されるのではないか。では、それ以降の詩には修辞しか残余しないのか。宇野さんがおっしゃったように、時代は苛酷に転換していく。主体と信じていたものが主体ではなくなる時代がやって来る。例えば、ジジェクに『厄介なる主体』というカント、ヘーゲル以降の主体論の批判がありますね。デカルト的主体を呼び戻すという か、主体論の系譜を批判しつつ、ポスト・マルクス主義の主体を再構築する。ラカンの場合は、象徴界という審級において、デカルト的コギトはそのまま主体の解消の符丁である。ジジェクは、ラカンをフォローしますが、微妙なねじれがあります。宇野さんがおっしゃったことを単純化してしまうのですが、主体への疑義、主体の消滅、あるいは主体の再構築という転換があり、ポストモダンあるいはポスト構造主義という大きいうねりがあって、そのコンテクストのなかで言語表現を考えねばなりません。詩がもう世界を凍らせるような包括性を期待されない。それは時空感覚の断裂と不可分であり、宇野さんが深く考えていらっしゃる「歴史」とも関わると思うんですが、主体だけではなく、リニアな時間の流れを確信することはいまや困難になっている。そういう転換のシークェンスについて、フランス現代思想のフロントラインに目を凝らしておられる宇野さんから、言語論の課題を提起いただきました。

喩の問題に戻りますと、ヤコブソンの隠喩から換喩へ、換喩優勢という一連の言説がありますが、後続世代の、たとえばイェール学派のポール・ド・マンやバーバラ・ジョンソンは、厄介なことに比喩はそこらじゅうに遍在していて、われわれが言葉を発する限り、すべて比喩を孕まざるをえない、と述べます。比喩は本来は文学に所属し、世界をナラティブに断言したいけど言い切れない、その葛藤の表現であると一義的に言えるけれども、現実的に比喩はあらゆる言説に遍在している。哲学においても、ポール・ド・マンが言うには、ヘーゲルにしてもカントにしても、大陸系の哲学はメタファーを翻訳するように運動している。逆に、経験論的なイギリス系哲学は、破綻しかねないレトリックをコントロールしている。ド・マンはジョン・ロックを顕揚しますが、私見ではフーコーのプラグマティズムも負けずに強靭です。粗雑な言い方ですが、世界思想を牽引するテキストは、抽象度をいくら上げても、プラグマティックなところを押さえていないと駄目だと思う。『監獄の誕生』なども非常に実証的です。すごく調べていて、現実を踏破しようとする意志そのものがパノプティコンの本質を鮮やかに描き出します。同時に、ぼくの貧しい知見でも実感されますが、大陸系の思想はたえず比喩を呼び込みます。フーコーの『言葉と物』も、第一章のベラスケスの絵なんて、あれ自体が壮大なアレゴリーだと言うほかありません。ラストの「そのときこそ賭けてもいい、人間は波打ち際の砂の表情のように消滅するであろうと」も、一度読んだら忘れない痛烈なイメージです。一方、ド・マンによれば、メタファーは全体像に資するが、全体像とは自己同一性の反復であり、同一性は類似性から生じる。比喩は循環／破綻を孕む罠だと言うんですね。思想を文学言説と思想言説とそれ以外に分けるなら、比喩があるかぎり思想は何らかのかたちで文学的であり、文学は比喩であるかぎりにおいて思想と通底する、というイロニーで彼は比喩による惑乱を糾します。それでも、ハイデガーが「世界 - 内 - 存在」という言い方で実存を定義したように、われわれは言葉を使うかぎり「比喩 - 内 - 存在」であり、言語的存在であるわれわれは宿命のように比喩に帰属する、と考えたいわけです。

果てしないものへの感覚

宇野　たしかに言語から比喩を締め出すなんてできないですよ。「糞！」という一語さえも、実は「糞」を意味しているわけではないから、暗喩以外のものではないが、いちいち暗喩とは言わない。それほど暗喩は言語の本来的場面に含まれているということです。言語はかぎりなく比喩を生み出すからこそ、われわれはコミュニケーションできる。ド・マンの批判はとりわけ文学を批評研究する側が無自覚に用いる暗喩にむけられていたようですが、アメリカの人文学的アカデミズムを、実に生真面目に生きた人のように思います。アカデミックな真理志向がとても強くて、デリダ以上に窮屈に感じます。どんなに詩から遠いところでも、「……のように」と言わなくても、われわれは毎日比喩的に言語を使って戯れたり、それを前提にコミュニケーションをしているわけで、そういうふうに意味が自在に操作されるという言語の現実を決して排除することはできないと思います。

一方で、あのように脱構築的批判を向けるべき的が、ポール・ド・マンにとってはメタファーだったかもしれないけれども、デリダの脱構築は必ずしも暗喩をめぐるものではない。それぞれの言説が両義性や多義性の揺れのなかで自己矛盾をきたすという事態に対して、厳密に検証的にテキストを読むということをデリダがやったでしょう。たしかにそれは大変意味があることではあった。たとえば暗喩と言わないでイデオロギーと言ってみよう。じゃあイデオロギーと暗喩との関係は何でしょう。ただイデオロギーと言うと、ひとつの言説の背後に無意識に前提されたいろいろな言説が控えている。ナショナリズムの言説とはそういうものじゃないですか。その言葉の層を一枚一枚はがすようにして、めくってみるような視線をデリダは作り出したわけですね。それはそれで重要なものだと思うし、そこからポール・ド・マン的な批評が出てくることもよくわかる。だけど、たとえばドゥルーズは「ヴィトゲンシュタインは哲学の暗殺者だ」と言ったことがあります。論理哲学は哲学を暗殺するということです。哲学の問題としては、ドゥルーズがベルクソンと深く共有した「潜在性」という問題があります。いままで潜在性という言葉を使いませんでしたが、比喩というのはこのことにも関わる。言語が顕在的に意味するものと、潜在的に意味する無数の意味の層。そんなものはないかのように日本語をしゃべる人だってそういう言葉の潜在性を知覚しているし、カラオケで歌う歌詞にだっていっぱい比喩が入っている。

宗近　初期のヴィトゲンシュタイン、『論理哲学論考』はまさに比喩を一切排除して、「語りえないものについて人は沈黙せねばならない」ところまで言葉を痩せ細らせていますね。ウィーン出身ですが、ケンブリッジでラッセルの弟子ですからね。

宇野　ぼく自身は暗殺者とまで思ったことはないですよ。たとえば、ネグリのような人でもヴィトゲンシュタインを必ずしも否定しない。なぜかと言うと、ヴィトゲンシュタインは現代の記号言語の問題を、たしかに問題の対象として浮かび上がらせた功績がある。ぼくはそのことには賛成です。しかしドゥルーズという哲学者の立場からの言語哲学的アプローチは、ヴィトゲンシュタイン的なものと対極にあって、そこで『意味の論理学』を書く。これは『無意味の論理学』といったほうがいいようなものです。ところがその本こそヴィトゲンシュタインの世界にすごく近いと言えるのですけどね。

「潜在性」という言葉を使いはじめてみると、ポール・ド・マンは、ほとんど大陸の哲学を排除するかのような動きをする。

宗近　潜在性を認めないんですね。純粋観念をどう展開するか、そのためには比喩をどうコントロールするか、と。比喩はコントロールされるべきものだという言い方さえする。弟子たちはそういう比喩認識をめぐって、ボードレールの散文詩を採り上げて、比喩は世界における事物の等価性を呼び込む囮であるとか、比喩は意味の成立過程の内部に生じるが、自らの矛盾の果てで、自らを消去して終わる、と比喩の呪縛を実証しようとします。

宇野　潜在性という言葉はとてもややこしいけれども、暗喩、換喩というコントラストよりも重要だと思いますよ。潜在性を形成するものは何かと言うと、これはドゥルーズが一生をかけて考えたことで、超越論的次元とか、内在性、器官なき身体ということにも深く関わります。もちろんこういう思考は、ドゥルーズひとりのものではなくて、フーコーについても言えることです。フーコーの理論は、むしろアメリカとはまったく異なる文脈で、徹底したプラグマティズムを含んでいるわけですけどね。ぼくはこの頃また、フーコーを読みなおさなきゃと思っていますが、よくわからないところがあるんです。フーコーの追究は、闇の歴史、負の歴史、狂気の歴史、監獄の歴史、性の歴史というものをずっと読んでいくと、ある潜在性、ある果てしないものを扱っていることが見えてくる。主体を粉々にした後に、晩年の数年は、自己関係をいかに練り上げるか、主体の形成とはどのようなものか、ということばかりやっているんですね。それは生き方の美学とか、新しいコンテクストでのエチカといったニュアンスもあるけれども、決してそれに還元できないところもある。ぼくはそれをさしあたって「果てしないものへの感覚」と言っていますが、フーコーにはそれがずっとあるなという感じがしている。それと潜在性と、詩的な問題と、言語の果てしない奥行きということ。それらはぼくのなかではすべてリンクしています。

宗近　フーコーは最初、臨床医だったでしょう。臨床から出てきて、なぜ臨床医学というフレームワークが誕生したのかと問いかけた。『臨床医学の誕生』ですね。同じように、精神疾患が狂気と分節されるメカニズムを明らかにしようとした。同時期の『狂気の歴史』では、中世末期までは「阿呆船」へと送り出され、分割線の向こう側に監禁された狂気が、一八世紀になると、理性に無媒介に対立する非理性として監禁を解かれるとともに、躁病、うつ病、神経症などの形象に分類されるかたちで社会のなかに遍在する「歴史」が描かれます。ただ、『狂気の歴史』の「歴史」は、レヴィ＝ストロースの言う「可能的な歴史」、いわゆる共時的な歴史なんですね。流れている歴史ではなくて、ある空間、現存性のなかに布置される「歴史」として狂気を分節する構造が現れる。そのもともとの発想は、彼の臨床経験にあって、狂気と狂気以外、たとえば、患者と医者の対位、さまざまな極性の分節の構造を見出す初期の発想が後期フーコーの権力論の原基を形成していると思います。

宇野 初期はまだ現象学的な精神分析ですが、それを結局粉々にしてしまいますね。狂気の問題を、患者、病院、医者の配置、関係のなかに生起するもの、というふうに徹底的に追いつめていったのが、初期のフーコーです。それで『狂気の歴史』が出てくる。

宗近 分節する、切り分けるということ。ある意味でこれは反コギトというか、デカルト的な認識への反措定とも言えます。それを『言葉と物』で徹底的にやって、そこから後期フーコーの世界が展開する。分節する力がどこから来るのか、というところから、いわゆる生政治、生権力的な世界に行く。彼のなかに切断ではなく、連続性があります。初期、中期のフーコーから後期、晩年のフーコーへと関心、課題の推移とコンシステンシーがある。最近、フーコーの『性の歴史』の四巻がフランスで出たんですね。

宇野 『肉の告白』が二月に出ましたね。

宗近 ぼくはヘッドラインしか知らないんですが、フーコーは一九八四年六月に亡くなっていますから、没後三四年を経て、『肉の告白』が公刊された。フーコーがこれを書きはじめたきっかけは、カフカの日記だったというのをどこかで読んだのですが、小著でもカフカは遍在しています。カフカは、作品、行為、生活、関係、神、ユダヤ性、法、告白などに亘り、無限に解釈を誘惑する源泉です。『肉の告白』もそこから触発されたとすれば、それはどんなところなのか関心があります。

宇野 原始キリスト教直後の、初期キリスト教の告白は、修道院のなかでの自己の陶冶、点検という面がかなりある。修道院は厳しい苦行に耐えるある種宗教的エリートたちの世界ですね。そこで凝縮されていった厳格なキリスト教の時代をまず読み解いて、それがいかにアウグスティヌスの思想にまで世俗化されていくか。その過程はすべて自己との関係のもち方の問題であり、主体形成への関心であるというふうに読み解いてギリシャに移るわけです。

一体になった巨大な機械を論じる

宇野 もう少し精神分析の話をしましょうか。吉本隆明が、幻想論として、対幻想と共同幻想と自己幻想はそれぞれ切り離さなくてはいけないという議論をして、これは精神分析に対するひとつの批判的な対応でもあったわけですね。フロイト自身も、第一世界大戦のおびただしい死から、死への欲動ということを言い出す。そのあと、フロイト左派でライヒ、フロムなどの優秀な人が登場して、精神分析を社会的な水準に応用していくわけです。ラカンはとてもシャープで本質的なフロイトの読み替え、新しいバージョンをつくりえた人で、語り口や文体の問題でも、ラカン自身が非常に詩的なセンスをもって、そのまま分析の実践になるようなテキストを書いていきました。その影響が広まれば広まるほど、それが社会的応用にシフトしていく。ジジェクはそれを非常に巧みにやっていますが、ドゥルーズ＝ガタリの批判はそこにあったわけです。精神分析の基本単位はあくまで家族で、家族のなかでの子どもの成長のプロセスを思考したときに出てくる図式が去勢に至って完結する。ラカンは、とくに臨床的な観点から現実界、象徴界、想像界という三つの分類を設けた。松本卓也さんの本（『人はみな妄想する——ジャック・ラカンと鑑別診断の思想』青土社）を読んで少し納得した点は、ラカンの議論の本体はおおむね精神病と神経症がいかに違うのかということを定義するための分析でもある。精神分裂症というのはかなり不可解な病気でありながら、臨床医はほぼ確信を持って識別すると言われます。一方で、器質的な研究が格段に進んで、精神病と神経症の違いがあまり明瞭でも重要でもなくなってくるけれども、現場の臨床医にとって精神病と神経症は明らかに違う。ラカンの思索は、それをどう定義するのかという問題にぶつかったときに出てきた切実な分析過程であるということが、松本さんの本に書かれていたと思います。

そして社会的な機械の分析は、資本主義の分析も含めて違う水準にあるわけですよ。社会的なリゾーム、アレジメントというのは、もちろんそこには権力の次元があり、貨幣の問題もあり、宗近さんがよく知っている金融の世界がある。それと切り離せない戦争、暴力、国家──。それらを、家族を原理とする無意識の領域に還元するのは、明らかに荒唐無稽ですが、それでもわりとまかり通ってきました。

この頃、日本の憲法についてセミナーで考えてきたのですが、GHQによる日本国憲法の最初の案文で面白いのは、国家主義はすっかり反省されて「日本国は……である」というべき日本国の特性はひとつも書いていない。進駐軍の最初のテキストの一三条は「自然人ハ……」という言い方をしていたんですね。「一切ノ自然人ハ法律上平等ナリ……階級又ハ国籍起源ノ如何ニ依リ如何ナル差別的待遇モ許容又ハ黙秘セラルルコト無カルヘシ」と。日本国憲法には、九条の戦争放棄や従来の天皇制支配の解体など、アメリカが絶対的な条件として要求したことがありますが、日本の国会で修正したところもあって、この条文によって外国人を平等に扱うというのでは困ると、日本側はすぐに直してしまった。アメリカもそこまでは介入していない。あの時代はそれほど国家という枠組に対する強い警戒があったけれども、それはまったくフラジャイルなもので、いまでは新しいタイプの国家主義がどんどん復活しているわけです。そういう国家と戦争と暴力と金融と資本と技術と情報と、さらに自然破壊と、ぜんぶ一体になったひとつの巨大な機械をどう分析するかというとき、やっぱり象徴界、想像界、現実界って冗談だろうと言いたいですよ。ジジェクの言うことはそれこそ比喩であって、考えるヒントは与えてくれるけれども。

宗近さんが論じている戦争映画は、まさに資本のなかにあって、いろいろな暴力との関係がある。国家の戦争のわけだから、国家と資本との複雑な駆け引きのなかで映画自体も生まれてきて、ドラマティックに描いて収益をあげることがいちばんの目的でありながら、もしかしたら監督さえもハリウッドさえも無意識であるような部分を映して出してしまう。そういうことも書いていらっしゃいますね。ただ、その無意識は、もはや去勢に関わる無意識ではなくて、もっといくつかの要素が組み合わさった巨大なマシンをどう分析するか、というところに入っていかなくてはいけない。『千のプラトー』のとくに後半は、不十分とはいえ、そういう方向の示唆をいっぱいしているわけです。案外そのような本はまだきわめて少ない。経済のこと、金融のこと、政治のこと、国家のこと、一人ひとりが専門のことしか展開できないなかで――それも冗談みたいなことですが――実はそれらがすべて連動して動いていることに対応しきれない。とてつもなく難しいことだけれども、その連動しているマシンを論じなければいけない。宗近さんの精神分析はそういう方向へ開いていると思うんです。閉じている感じはしない。精神分析も、ひとつの道具としてあくまでドライに扱っているところがあるんですね。

宗近 精神分析の誘惑。それは、関係性を記述することが、そのまま世界模型になることへの誘惑かもしれません。ラカンについては、主体の裂け目に生じる享楽が他者の享楽であるシニフィアンの表象として換喩を捉えたところを導入しましたが、松本卓也さんは近著『享楽社会論』（人文書院）で、資本主義ディスクールにおいて、われわれは剰余享楽の奴隷になっている、享楽の復元が知らず強制されていると展開し、とても戦闘的です。

金融からその対極の文学まで、あらゆる力の関係を含む世界論。それは当然、時代論ではないし状況論、あるいは平板な資本主義批判とも違うものです。詩論や批評が単独的にそれらであることはいまや困難である。ラカニアンが戦闘的に振る舞うしかない時勢。その困難の背後にある表象の相互関係や内在的な連関を統覚するというのは思想の大きい課題ですね。

世界論へのチャレンジを近代のレンジで見ると、ヘーゲルの『精神現象学』が思い浮かびます。包括的なひとつの言説の体系性を示した。しかし、体系性の錯誤というか、体系的であろうとすることによって逸してしまうものがあって、ドゥルーズ＝ガタリの『千のプラトー』や『アンチ・オイディプス』は、体系性を壊しながら、しかし、ノマド的遊動を包みこむという世界論の新たなチャレンジとも言えます。しかし、「包括」と言うこと自体が拘束を呼び込むことは否めません。ツリーとリゾームの揺動のなかで、世界をどう統覚していくか。たとえばラカンの「現実界／想像界

／象徴界」と、吉本隆明の「自己幻想／対幻想／共同幻想」のトリアーデは微妙なアナロジーがあると思います。「自己幻想」と「現実界」、「対幻想」と「想像界」。これは鏡像段階を含みます。「共同幻想」と「象徴界」。世界を読み解くという場合に、三次元、四次元のベンチマーキングを暫定的であれ設けざるをえない。するとすぐにその思想は世界統覚の臨界へと再帰する。世界論について考えると、その枠組みをどう乗り越えていくのかと感じるんですね。

宇野　乗り越え、というのは難しいですけどね。もちろん詩論が世界論たりえるか、ということは気になります。ドゥルーズ＝ガタリは、とりわけドゥルーズですが、ある意味でやっぱり世界論なんですね。とくに『アンチ・オイディプス』と『千のプラトー』は、まれな世界論と言ってもいい。その二冊のパースペクティヴを踏まえた本として、代表的な例はネグリ＝ハートの『〈帝国〉』でしたね。アメリカのグローバリゼーションと情報社会に焦点をシフトさせて応用する新しいバージョンのような試みですが、やはり俯瞰的なんです。理論とは俯瞰することだ、と言わんばかりに上から状況をのぞき込んで地図を描いている。でもこの点でドゥルーズ＝ガタリは、きわめて例外的で、絶対に俯瞰だけではないんです。プルーストのテキストをクモの巣の比喩で言う箇所がありますが、眼のない（実際はある）クモが巣の隅にしがみついて、世界から伝わってくるかすかな震動を待ちうけているようだ、と。分析対象とのこういう触覚的なアプローチと俯瞰像のあいだを、ドゥルーズ＝ガタリはずっと往復するのです。戦争機械、国家装置と言うときも、そういう記述がいたるところにあって、引用もいろんな事例をもってくる。これができる状況論、世界論はそんなにないですね。若手ドゥルーズ＝ガタリ研究者で、ぼくもフランスの研究会でよく会ったことのある、ギョーム・シベルタン＝ブランの『ドゥルーズ＝ガタリにおける政治と国家』の訳書（上尾真道／堀千晶訳、書肆心水）が最近出ました。ドゥルーズのとくに国家論、戦争論についての本格的な読解です。『千のプラトー』の後半は、世界史的な展望で国家と資本主義を考えるこころみが続きますが、そこをかなりきちっと読み込んでいて、アルチュセールや他のマルクス主義的な思考と、あるいはクラウゼヴィッツの戦争論と対照して、ひとつの地図をつくっている。「国家に抗する社会」（クラストル）の潜在性という考え方や、ノマディズム＝遊牧が、いかに夢物語なんかでなく本質的で必要な思考であるかということに、かなりこだわって書いています。その意味で目が覚めるところもあったのですが、それにしても全体の印象は、やはりマルクス主義的な俯瞰図なんです。訳文はかなりよくできているのですが。読んでいてちょっと退屈するわけ。

宗近　イデオロギーにおいては、戦後のユーロ・コミュニズムがあったし、現代思想のコンテクストで言うと、もちろんサルトルがいますが、背景にはマルクス主義と冷戦がありました。冷戦構造のなかで、ヨーロッパの言説はコミュニズムに広く深く覆われていた。同時代性で言うとドゥルーズ、フーコーがいて、吉本隆明と同じくらいの年齢ですが、デリダは少し後ですね。マルクス主義はやはり圧倒的に彼らの世界観に沁みている。マルクス主義の原テキストは、もちろん『資本論』です。戦後派作家の武田泰淳は『資本論』を大河小説と呼びましたが、交換に根ざす価値論からはじまって、最後は資本循環の総過程という時空的な世界を描き尽くした。あのなかに潜在する世界論は、恐慌を契機とする革命という志向性に貫かれていて、恐慌が無限に差延され、革命は不可能だけど志向性としては可能である。革命は挫折の蓋然性に追い立てられているが、それゆえに、マルクスへの回帰というかたちで志向性が純化される。『千のプラトー』や『〈帝国〉』におけるマルクス主義の潜在性と乗り越え、そして、現代世界の状況との相互連関における「これから」が気になります。ギョーム・シベルタン＝ブランより十歳年上の、カンタン・メイヤスーの『有限性の後で』を読むと、カントの形而上学に集約される相関主義、すなわち「世界‐への‐関係」における必然性を暗黙に絶対化する思考の布置を脱中心化して、非理由律による偶然性のもとで祖先以前を包む射程で数学的絶対者を定立しようと言っています。この思弁的展開には、マルクス主義や世界模型を含むアナロジーへの痛烈な批判が伏在します。一方、メイヤスーと同世代のトマ・ピケティの『21世紀の資本』は、相関主義云々とは無関係に富の再配分のところだけを極めてプラグマティックにやっているので、マルクスの『資本論』を掲げながら、それとは発想も何もかも違うものだと思います。

宇野 あれはとくに所得の分配の問題に集中した議論でしたね。

宗近 分配の問題だけですね。現実的には税務政策に帰結します。『資本論』のごく一部、機能的なアスペクトに絞った政策提案です。むしろ『資本論』を継承しているのは、『千のプラトー』であり『〈帝国〉』だと思います。一方で、メイヤスーのように西洋認識論と思考全体の前提である必然律の有限性に「事実性」の背後にある絶対的な偶然性を対置して、観念をすべて否定するような思弁が起こされている。批評行為にとって、順風とは決して言えません。

宇野 メイヤスーの論の印象を言うと、真理を審判するという哲学の権利のようなものを保守しようとする点では、むしろ哲学のアカデミズムのほうに逆行している感じがしました。ぼくが哲学に求めてきたのは、そういう種類の「審判」ではない、ということは言っておきたいと思います。もう少し読み込んだら、別の意見をもつかもしれませんが。

終わりに

宇野 ぼくはこの頃『肉の告白』を読んで、晩年のフーコーはいったい何をやっていたのか、もう一度追いかけているんです。精神分析が出現するはるか以前に、肉や性に関してどういうタイプの主体化が行われたか、それが最初のモチーフです。アウグスティヌスが非常にチャーミングな思想家として描かれていますよ。キリスト教のひとつの問題として、主体性を構成する独自の技術の形成という問題がある。ギリシャ人が問題にしなかった「意志」の問題を導入したことなど、面白いことがたくさん出てきます。告解の意識や非常に厳しい自己検閲というかたちで、ある種の超越性が形成されると同時に、超越性でなく、むしろ内在性の方向に社会（ソシエタス）が構成される。そこで結婚を肯定的にみる視線がアウグスティヌスからはっきり出てくる。結婚を敵視する最初の厳しい訓練の時代が数世紀続いて、それを経たあとの肯定的な転換を考察しています。

いちばん印象的なのは、フーコーの、理論に対する態度です。啓蒙時代の理論は人民やブルジョワジーを解放し抑圧を退けるものとして一定の役割を果たした。また、プロレタリアートを定義し、資本主義を分析し、搾取を分析して革命の理論をつくりあげる。その後にはまた新しいタイプ、たとえば現象学なんかが出てくる。ハイデガーの存在論のように、むしろ主体を否定する主体の理論が生まれた。しかしフーコーは、ある世界観に基づいて、世界をトータルに変革しようとするような思想の立場そのものに疑問を投げかける。最後には、理論的な態度とはいったい何なのか。ある理論に基づいて社会を変える、その仕組みとはいったい何なのか。そういう理論と現実とのあり方はもう終わりじゃないか、というふうに、かなりラジカルなことを漏らしています。だから晩年はずっとプラトンやディオゲネスを読んで、ひたすらテクストと対話している感じになっている。晩年の講義は、主体の解釈学と、「真理の勇気」という例のパレーシア問題、そういう問題意識でぜんぶ貫いていて、それはそれで身につまされます。決して鵜呑みにするわけにはいきませんが。

宗近　フーコー自身が自分の命を数えながら思想と実践を問う切迫感がありますね。

今日はいろいろなことをお話ししましたが、すべて詩学、詩論にリンクします。詩学、詩論が世界を模倣するのではなく、むしろ世界が詩学を模倣するという偶有性を追走したい。宇野さんは、詩学は死滅しているように見える、とお書きになっていますが、たしかに、たとえばハイデガーはギリシャ性に準じて作品が大地に生起する不伏蔵性（アレーティア）をあれだけ強調しておきながら、現実的には、アリストテレスやホラティウスの詩学や詩論のエッセンスをゲルマン的な揺るぎなき大地に埋葬してしまったのではないか。まだまだ多くのことが隠されているのです。宇野さんの言う詩学的な思考態度が、世界論への通路の多数性を裂開する糸口を今日はうかがうことができました。ありがとうございました。

「現代詩手帖」二〇一八年八月

III

Critiques

「批評」というジャンルが問われる
——橋爪大三郎『小林秀雄の悲哀』

講談社選書メチエ、二〇一九年

本書は、一一年余りの連載を経て一九七七年に刊行され、小林秀雄のライフワークと称される『本居宣長』を精緻に読解し、仏教―儒学―和歌や賀茂真淵―本居宣長―平田篤胤などに関連する実証的なファクトを重厚に積み上げながら、その「批評」としての不全を完膚なきまでに剔抉（てっけつ）した一冊である。だが、著者・橋爪大三郎は、「批評」としての不全性を明らかにし、ドラスティックに指弾しながら、小林秀雄をその不全性において批判するというアプローチは採らない。そのような批判的文脈は最後まで現れない。そのかわりに、彼は、小林が成し得なかった「批評」を、小林に成り代わるようにして、しかし価値判断を極力抑えた社会学的なファクトの分析を駆使するかたちでカバーするのである。一冊の大部分が、小林秀雄のテクストの批評（批判）ではなく、橋爪によるファクトの集積と分析で占められている。読者は、小林秀雄の言説を介してではなく、橋爪の記述によって直接的に宣長の『古事記伝』や古言に触れることになる。つまり、『小林秀雄の悲哀』と題された本書は、小林秀雄論というよりも、橋爪大三郎による、もうひとつの本居宣長論という趣を呈している。

著者は、まず、五〇章からなる小林の『本居宣長』を一章ずつ、原文にはない表題までつけて要旨を丹念にまとめ（第2章）、次に、章の順序にしたがうかたちで要旨に応じた本文からの引用（抜き書き）を列挙する。通常の文芸批評では、批評する者のモチーフに準じるかたちで、引用は、そのモチーフをサポートするように恣意的に行われるが、本書では、a、b、c、あるいは、イ、ロ、ハ、1、2、3、というように原文の順序通りに抜き書きが淡々と列挙され、著者のコメントは概ね所要最小限である。この記述の手順は、いわゆる批評というよりも、学術研究のそれに近い。ゆいいつ、契沖（けいちゅう）の「大明眼」について、小林が「体感のような《學問の極意》」と言って済ませていることを「反知性主義」、「精神主義」と揶揄し、契沖における漢籍（儒学）、仏典（仏教）、歌論（和歌）の断裂、再配置における「実存の叫び」（103）が宣長に継承されたと内在的な解釈が施される。

ともあれ、小林のテクストを辿るトーンは「第4章　源氏物語のほうへ」まで続くが、本書全体の四割くらいのところ、「第5章　『古事記伝』を読む」、『本居宣長』では第二八章に相当するあたり、小林が宣長の『古事記伝』の足跡をたどるくだりから、著者の小林に対する口吻は俄然厳しくなる。それとともに、抜き書きの列挙にコメントが挟まれるという形態は、橋爪じしんの見解を軸に行論するふうに変化する。

「小林秀雄は、社会状況や、社会構造や、歴史についてのべるのを、避けようとする。／その代わり、のべようとするのが、「人間」だ。／なぜ小林は、歴史を避けようとするのか。／それは、マルクス主義を避けているのだと思う。」（132）と第3章でエピグラムのように置かれた述懐は、第5章では、「小林はその（宣長の「古学の眼」が秘める政治的社会的文脈のうねり——評者）ほんの入り口のところを、右往左往している。」（243）、「ボールをぐるぐる横にパスしているだけ。すでにのべたはずの論点を繰り返し、確認するだけ。手詰まりが明らかである。新しい論点が、種切れになっている。」（252）、「小林は、古学をほとんど、神秘的不可知論のようなものに近づけてしまった。」（254）、「小林秀雄は、本居宣長に立ち向かうのに、科学の要素をことさら無視して、文学のやり方に頼り切った。（中略）あえて無手勝流に、著者の「肉声」を聴き取るという手法だけを引っさげて、本居宣長論を書こうとしたのだろうか。無謀と言うべきである。そして、批評というものを知らない、と言うべきである。」（263）というドラスティックなものになる。

ここまで言い切って、橋爪は第6章で、自ら宣長の『古事記伝』に対峙する。ドラスティックな語り口で、小林秀雄の「批評」の過誤や弱点を批評性において否認し糺すのではなく、これは「批評」ではないと断定している。通例の「批評」のパターンにはない展開である。

では、橋爪における「批評」とはどういうものか。

「批評とは、何か。／批評とは、作者の創作の現場と、批評家の読解の現場とが、運命的に出会い、火花を散らし、作品が批評のなかに再生することである。（中略）批評は、作品のなかに語られていない、本質的なことがらを、言語化する。読者は、批評を通じて、作品の新たな貌に出会う。」（25）

創作と読解の激しい出会いによる作品の再生、そして、ハイデガーの芸術論に現れたような、作品に伏在する本質の剔抉による作品の再現前。かくして、「批評もまた、作品である」。この定義はエシカルで厳格である。よく知られているように、小林秀雄は、「様々な意匠」で、「批評とは竟に己れの夢を懐疑的に語ることではないのか」と啖呵を切っており、文芸時評では、「他人の作品をダシに使って自己を語る」と言い放ったこともある。小林秀雄が初期から中期に見せた対象に託すかたちで「己の夢」をむき出しにするという逆説を駆使した文体のアクロバシーは、自ら切った啖呵の強度に符合する。橋爪がこのことを知らないはずはないが、本書では、初期小林のトピックに言及されることはなく、橋爪じしんの厳格な「批評」への定義に照合されるかたちで、小林秀雄を「プレ批評家」(263)と断じる。

かくして、小林秀雄の「批評」を見限った橋爪は、小林の批評の限界に触れながら、自力で宣長の『古事記伝』の「批評」を遂行する。三つの相互連関的なポイントがある。

まず、古言読解の基本である漢字への対処において、万葉仮名に現れた漢字の音価の復元と表意との兼ね合いをめぐり、宣長が『古事記』の漢字テキストという多元連立方程式の多元変数を解く=「訓み」の確定のために払った膨大な科学的かつ実証的な作業に注目する。それは、漢字テキストから「漢意(漢字訓読のあらゆる可能性)」を除去して残差として「大和ごころ」が狂信としてではなく実在として立ち上がるシークェンスと張り合わされている。「大和ごころ」は中国の影響のない〈原日本共同体〉の心性=「もののあはれ」の原基である。

次に、著者・橋爪大三郎は、正典としての『古事記』というテクストを解釈した宣長の『古事記伝』=「古学」がロマン主義的ナショナリズムの苗床となる経緯を、儒学・朱子学との比較だけではなく、橋爪が研鑽を深めた分野であるキリスト教におけるカトリック/プロテスタント(聖書原理主義)の対立や原典(テキスト)―教義(注釈)―信仰/読解の交叉関係にも目配りして、神と人との間に切断を設けて超越性が確保されるキリスト教とは異なり、「アマテラス－ニニギ－神武天皇－歴代の天皇、の系譜が、統治の正統性を与えるとするのが、『古事記』の絶対のドグマである」(376)、すなわち、統治者は「カミの子孫」であるという「「神話的過去との連続性」によって「われわれは純粋な日本人だ」をうみだす精神運動」(308)の実証につらぬかれた非形而上学的メカニズムが明らかにされる。

三つ目は皇国史観、超国粋主義、天皇制イデオロギー、大東亜戦争の起源へのアプローチである。つまるところ、「宣長の思想の本質は、武士／町人／…といった身分の制約を越え、社会的現実である幕藩制の制約を越えて、神話〜上代にさかのぼる、日本人のナショナル・アイデンティティを描き直すところにあった。自分がなにものであるかも、この図柄のなかで摑み取ろうとした」(418)ということになるが、『古事記』(古言)を三〇年かけて実証的に読解＝「訓み」を決める作業(386)において、「漢意」を離れて「大和ごころ」＝「もののあはれ」が純化され、『創世記』によってユダヤ民族の特殊性が普遍性に埋め込まれたように、「価値的でイデオロギー的な当為命題」(386)が導かれ、国学と儒学がハイブリッドに接着された後期水戸学が、「天皇は、日本こそが世界の中心である、という確信のシンボルである」(402)尊王思想を確立した。

天皇制イデオロギーの淵源を『古事記』―『古事記伝』のテクスチュアリティに見出す著者・橋爪のアクチュアルな問題意識は、ここに集約されるに違いない。

このような作業されたスクリプトとしての『古事記伝』へのアプローチ＝もうひとつの作業の欠如について、橋爪は、第6章に「小林秀雄の悲哀」という小見出しを設け、「小林は、「著者の肉声に耳を傾ける」ことを、読解の決め手とした。『古事記伝』は、作業である。作業からは、「著者の肉声」が聞こえてきたりしない。けれども、作業には、見通しと、方法と、思想とがこめられている。（中略）見通しと、方法と、思想を見て取り、評価するのが、批評ではないのだろうか」(298)と容赦なく問いかけている。橋爪の口吻は、ここでも、極めてエシカルである。本書の中枢に置かれた小林批判である。かつて、丸山眞男が『日本の思想』で戦中期の小林秀雄がいったんはマルクス主義に傾斜しながらファシズムを容認し「葉隠れ」の世界に遁走したことを批判したのに対して、小林は、「反省するやつは反省しろ。僕は反省しない」と事後的進歩主義を揶揄する話法で開き直って見せたが、晩年の大著においても「葉隠れ」を反復したということができる。宣長の顰に倣うなら、いまは黄泉の国に在る小林は、「小林秀雄のことを、私は「批評家」だと認めない。批評めいた文体を繰り出すだけの、哀れな文筆家にすぎない」(298)と断じる橋爪にどんな反語で応答するだろうか。

その可能的な応答に思いを馳せることで本書の書評の締め括りにかかることにしたい。というか、その応答の半分は、再び「小林秀雄の悲哀」と題された第7章で、著者・橋爪によって記されよう。まず『古事記伝』において仏教、儒学に拮抗するかたちで国学が形成された過程が確認される。小林秀雄は、「向かうところ敵なし」の批評家の境涯の不充足感を払拭すべく、「日本近代の集合的で無意識の運動（ナショナリズム）の全体とわたりあうために」、勘を働かせて、「生涯の最後に、時代の魔物と格闘してみたいと思った」(436)。だが、本居宣長の『古事記伝』から尊王思想が現れる階梯は、ホッブスの『リバイアサン』から社会契約思想が析出される総過程に匹敵し、到底、「作者の肉声を聞く」という方法論の他に何の用意もない小林が太刀打ちできるものではなかった。つまり、小林にはファクトが欠如していた。「漢意を拭い去れ」という「宣長の、自己批評の構造を取り出すことができなかった」(460)ことは、小林が自らのそれを見据え得なかったこととひとしい。

本論の最後の五ページで、著者のトーンは、劇的に転調する。橋爪は、『本居宣長』の二三、二四、三五章から「歌〜言葉〜動作の連続体」、言葉のルールと自由、「初めにふるまいがあったので、そこに意味が宿るのだ、という洞察」、「言語の秩序」と「私達の身體のやうなもの」の相互性の箇所を抜き書きし、「小林秀雄は、人間が言葉を用いるという出来事の、根源に触れる場所を手探りしている。言葉を用いることの根源に触れようとするのだ、言葉を用いて」(465)と述べる。『古事記』の古語と『古事記伝』の江戸話法のアンチノミーに伏在する「宣長の思考の臨界」を書き留める「小林の、批評家としての力量」じたいが予め「挫折」に張り合わされている。

どういうことか。『本居宣長』―『古事記伝』における小林秀雄の敗北=挫折とは、「批評」という行為、「批評」というジャンルが、同時代の稜線の極北に臨みながら、ファクトの集積をついに身体性によって代行しえないという蹉跌である。だが、ファクトが底をついても、「肉声のない肉声を」聴く身体が残余するなら、「批評」が、ジャンルの危地を賭して、「負けるが勝ち」と無頼に応答する偶有性は確保されるということだ。

「飢餓陣営」五一号、二〇二〇年六月

自由＝主体性＝公共性が途絶えた後で（断章）

——大澤真幸、バトラー、ドゥルーズに出現するフーコーの述語

1

自由は、ヘーゲルにおける全体、サルトルにおける主体性のように「真理」なのでしょうか。いや、これは、どうも逆で、「真理があなたがたを自由にする」とヨハネ福音書で述べられたように、「自由」は、目指される、成し遂げられる状態のことではないか。それは、つねにすでに未遂であるというパラドクスを孕みます。このパラドクスから始めた大澤さんの『自由という牢獄』は、「自由」に関して悲観的なポジションを維持します。リベラリズムをめぐり、「自由を定義する選択の可能性（の強化）が選択の不能性と等置されている状態が、「自由の牢獄」なのだから」（＊1：6）と述べられたように。

そう、悲観的であらねばならないのです。「自由」への防備が敷かれねばならない。近代性のイデオロギーであるリベラリズムは、一九八九年ベルリンの壁倒壊、一九九一年のソ連崩壊において、

社会主義に勝利しましたが、現在の格差社会は、「自由」の「平等」への勝利の苛酷さを反証しています。リベラリズムは「勝利を勝利する」ネオリベラリズムに変異したのです。

2

ここで、自由という概念を主体性にシフトしてみます。行為における主体性です。現実的には、あらゆる行為は選択性のなかにあり、主体性は主体的選択において実践されます。

ところが、二つの問題が出てくる。一つは、選択する主体はほんとうに主体的であるのか、なにものにも強制されることなく自由に選んでいるのか、ということです。フーコーの権力論との回路が現れます。大澤さんの『生権力の思想』の集約的なところをいきなり拾って来ると、「フーコーの権力論の論理的な含意は、抵抗の不可能性、抵抗の根拠の不在であるように見える。繰り返せば、抵抗の拠点となるべき、個人という主体は、それ自体、権力の産物と見なされるからである」（*2：241）。

つまり、主体＝抵抗的主体は不可能である。

もう一つ。選択という行為は、それによって過去―現在―未来という時間性（クロノロジー）を前提とする。ところが、選択は、ドイツ観念論のシェリングの「先験的過去」に準じるなら、「既に終わってしまった」選択のことにならないか。

これについて、『自由という牢獄』では、芹沢俊介さんの「イノセンス」議論が導入されます。

子どもに象徴される人間のイノセンス、本源的な受動性は、全面肯定されることによって、イノセンスから解放され、責任主体へと書き換えられる契機を得る、ということです。「「オフ」の声」＝匿名の声によって、生まれながらの名前を肯定・承認されることで、現実への能動的な責任主体に転じるのです。この「「オフ」の声」が、超越的かつ抽象的な「第三者の審級」によって、他者として現前する自己が選択＝承認される（＊1：43）。

やや混み入った行論になりますが、自己の他者性において、自己が自己であることが、選択主体を形成する。つまり、「先験的過去」という拘束のなかにある自己における「選択可能性」が「自由」として現れるということです。「自由」は、拘束においてのみ出現するというパラドクスが再確認されます。

3

繰り返すふうになりますが、『生権力の思想』では、フーコーの権力論の画期性について、「権力そのものが、性や主体性といった、権力への抵抗の拠点を産出している、という事実を見抜いた点にある。だが、それは、実践的には抵抗の不可能性を含意しているように見える。権力へと抵抗しているつもりでも、権力の手の内にあるからだ」（＊2：256）と述べられます。「選択」という行為が何かに従属しているということであり、責任＝他者への応答可能性を困難にします。「あらゆる倫理の可能性の基底」である責任概念が生成する循環が、知らず切断されているのです。

たとえば、ウルリッヒ・ベックの『リスク社会』では、「第三者の審級に属する超越的視点の存在を想定しえないからこそ、リスクが、つまりその確率についての判断をくだしえない脅威が、現れる」（＊1：81）ということになります。不安が生のままむき出され、自己決定、選択ということが総体的に失効する。

第三者の審級の不在は、「リスク社会」からインフォームド・コンセントにも及びます。「純粋な自己決定」において、責任は形式－無根拠に凋落し、責任は蒸発するということです。

この隘路を裂開する方途として、大澤さんは、固有名における「同一性」が、そのまま、差異性であり、つまり、「同一性」が「根源的偶有性」――「他でもありえた」（訂正可能性）――と張り合わされている事態に注目します。これを、多重人格に敷衍すると、複数の自我の「間」には、「何もなさ」の次元しかない。つまり、偶有性がつらぬかれることにより、人格とは「他でもありえた」ということの「外観」でしかない。

責任概念を「根源的偶有性」の位相で再補足します（＊1：108）。つまり、「他でもありえた」をテコにして、戦争における友・敵、殺す・殺されるという相反的な事態を〈同一性〉へのコミットメントにおいて捉え返す。実践的に、憲法（共同体の規範）を「偶有化しつつ引き受ける」（＊1：113）。生命倫理学、環境倫理学において、「救済の場」を先取り的に想定するのではなく、「根源的偶有性」に身を挺するように「生きていたかもしれない他者」を未来の世代に置き換え、開放性を導く。「根源的偶有性」において、「抵抗の拠点」を奪還するということです。

4

主体化＝服従化について、ジュディス・バトラーを押さえて置きます。

「フーコーの示唆によれば、囚人は外的な権力諸関係——ある制度が所与の個人をその従属化という目的の標的として捉えるような——によって統制されるのではない。反対に個人は、囚人として言説的に構成された「アイデンティティ」を通じて形成、あるいはむしろ定式化される。主体化＝服従化とは、文字通り主体を作ることであり、主体を定式化あるいは生産する統制原理である。こうした主体化＝服従化は、支配の形式として一方的に所与の個人に対して働きかける〔act on〕だけでなく、主体を始動させる〔activate〕、あるいは形成する一種の権力でもある。従って、主体化＝服従化とは、単に主体の支配でも生産でもなく、生産におけるある種の制限、それなしでは主体の生産が生起しえないような制限、それを通じて主体の生産が生起するような制限を意味している。」（＊3：108）

「フーコーは抵抗を、それが対抗するとされる権力そのものの効果として定式化している。法によって構成されると同時に、法への抵抗の効果でもあるという二重の可能性のこうした強調は、ラカン的枠組みからの訣別を徴しつづけている。というのも、ラカンが社会的権力の概念を象徴的領域に限定し、抵抗を想像的なものの領域に委ねているのに対して、フーコーは象徴的なものを権力諸関係として解釈し直し、抵抗を権力の効果として理解するからだ。」（＊3：125）

5

ところで、倫理 ethics は、公共性と孕み合います。アーレントによれば、公共空間とは、「自由が、そこにおいて可能になる空間」であり、公共性とは「徹底した開放性」が特徴である。カントによれば、思考の自由とは、世界市民の一員として、理性を公共的に使用する自由である。「「われわれ」の内的な対立、内的な分裂」(＊1：130)をめぐり、「われわれは開放的でありうるか?・」(＊1：128)と大澤さんは問いかけます。「無限の開放性を備えた公共性は、いかにして可能なのか?・」(＊1：133)。

一方、フーコーによれば、パノプティコンにおいて、「権力に対して見られる(監視される)経験が普遍化したことによって、個人は主体化される」(＊1：141)。「経験の普遍化」＝公共化は、「われわれ」における分裂(敵)の伏在の不安による個人(情報)の公開(監視)(＊1：142)と直通しています。

アーレントにおいてオイコス(家共同体)とポリス(都市国家共同体)の二層があるように、アガンベンにはゾーエー(動物的生)とビオス(善き生)の対位があります。二極性には、内的敵対性が孕まれます。公共性の困難を克服するには、二分法が、何らか、逸脱されねばならない。

そこで、「カント対サド」という転倒が導入されるのです。フランス革命において一七八九年に発せられた「人権宣言」への相補性、というか、反措定としてマルキ・ド・サドが同時期に著した『閨房哲学』のなかでドルマンセが読むパンフレット「フランス人よ、共和主義者たらんと欲するならば、あと少しの努力を」が参照されます。

大澤さんのポイントを辿りますと、「人権」のもとに提起された「普遍的な価値」は、カントとの相補性を、サドのテクストにある「身体を用いて快楽を無限に享受する権利」(＊1：151)に求める。「すべての市民は、閨房に、他の市民を召還することができる」、すなわち、閨房がポリスに取って代わるのです。ハーバーマスやアーレントにおける公共性の「崩壊の原因」が、サドにおいては、公共性の源泉へと転倒される。

コントラストは明らかです。しかし、アーレントの言うポリス＝「公共空間」―「自由な行為」VS「家」(家の中の家：閨房)＝経済・「社会」・「労働」(生理的身体)という二分法は、揺らがないのでしょうか。「アーレントが理想化するポリスの公共性は、オイコス(私的家族)の排除を前提にしていた。だが、「社会」の膨張についてのアーレントの立論が反照的に含意していることは、公共空間は、まさに、そこからの排除という形式によって、私的領域に依存している」(＊1：167)というパラドクスをどう始末するのか。「公共的な水準と私的な水準の分離」は、「身体の私的な快楽に最終的には接続している」(＊1：170)。「判断の働き」＝ロゴス的なるものの限界は明らかです。アーレントもフーコーもギリシャ回帰で挫折するということでしょうか。

6

ドゥルーズによるフーコー権力論の読解は次の通りです。

「〈権力〉(pouvoir)とは何だろうか。フーコーの定義は実に簡潔にみえる。権力は力のある関係なのだ。あるいはむしろ、どんな力の関係も、一つの「権力関係」なのだ。まず、権力は一つの形態ではない、例えば国家という形態などではないということ、そして権力関係は、知のように、二つの形態のあいだに成立するものではない、ということを理解しよう。第二に、力は決して単数で存在するのではなく、他の様々な力と関係しているということが、その本質である。したがってどんな力もすでに関係であり、すなわち権力なのだ。」（＊4：111）

「権力は本質として抑圧的なものではない（……）、権力は所有される以前に、実践される、（……）権力は、被支配者も支配者も、同じように貫通する（権力は、関係するあらゆる力を貫通するからだ）。一つの深いニーチェ主義。」（＊4：112）

＊

＊1　大澤真幸『自由という牢獄』岩波書店、二〇一五年

＊2　大澤真幸『生権力の思想』ちくま新書、二〇一三年

＊3　ジュディス・バトラー『権力の心的な生』佐藤嘉幸他訳、月曜社、二〇一九年

＊4　ジル・ドゥルーズ『フーコー』宇野邦一訳、河出書房新社、一九八七年

「飢餓陣営」五三号、二〇二一年七月

名づけられた「表面」の不死の戯れ

――倉本修小論に宮川淳とメルロ＝ポンティを呼んでくる

倉本修さんは油画を学び、一九七四年に銅版画を始め、相前後して、装画本を刊行している。翌七五年には、H・ミショーと吉田修の詩画集を発表している。このことは、手元にある『一本の指もまたたっている』[*1]の奥付のページで確認できる。その本は、概ね縦横一〇〇㎜以内の版画（ミニアチュール）をさらに八掛けくらいに縮めた一八葉の図版のそれぞれに、一行のスタンザが配されている。最初の版画には〈親指ほどの鳥に天啓が降る〉とある。本の冒頭には、〈自然の霊的な一撃は／天(あめ)つちの箱を型どる／そのようにして／一本の指もまたたっている／／だれでもが／指先で試される状態／儀式的に／鴉(からす)たちの／尾ひれをつけて／いつ何刻であろうとも〉（＊1：5）という警句的な詩行がある。瀟洒(しょうしゃ)な一冊である。図版のあと、佐々木幹郎さんが「時間の箱」と題された友愛に充ちた解説文を書いている。過去の協働のエピソードでは、エルンストの絵をコラージュし、図柄の鳩を塗りつぶしたこと、倉本さんが仕事の机の上の疵をコピーした勢いのある無数の描線の大きな絵をひろげたことが録される。

新著の画文集『芸術のルール』[*2]について述べねばならないのだが、間口を広げてみる。というか、小池昌代さん、阿木津英さん、四元康祐さんとともに栞文を書いた折、〈それぞれの章に配置された画像をきちんと脳裡に刻んで、ギンスバーグ、ロルカ、クレー、ランボー、サルトルのエピグラフが掲げられた五つのパートから成る三十の詩的散文を辿るということだろう。すると、それらは有機的に連関し、画像によって攪乱され、アラベスク的な反復性がゆるやかに掘り起こされ、螺旋状に縺（もつ）れ、やがて、モネの「ルーアン大聖堂」のような伽藍の光彩が出現する。観る‐読むという行為が接合し、構造化され、ひとつの形態へと導かれる〉と書き起こして、基本的に、テクストの「読み」に徹してみたのだが、数多の引用を重ねて、テクストの有機的連関と構造に接近しようとして、強引にオチをつけてみたものの、遂に「接合」は果たせなかったと言わねばならない。

「ルーアン大聖堂」は像を結ばなかった。小池昌代さんが、〈「わからない」ということが、このテキストの命であるかのように、わからない、ついにわからないと、わたしは何度でも言ってしまいそうだ〉と言いながら、〈トンマはこの本を支配している〉と言い切り、阿木津英さんが、〈もうわけがわからない〉と記しつつ、〈空を飛ぶ欲望に駆られてあれ。技を失うことなく素朴のかたちに戻らなければ。それが「芸術のルール」である〉と明言したような団円を結べなかった。中心線や輪郭線を見出しえないまま、〈天と地をつなぐ重力という恩寵に行き着く端緒〉などと記したのである。

こんど、出来上がった本をもらって、きちんと「わからない」と明記できない気風の弱さを自覚したただけではなく、著者の次の言葉に遭遇した。〈世紀を振り返ると、デュシャン [Marcel Duchamp] 登場以降、「芸術」自身を問わない芸術はない。また、普遍をもって「消滅」を期さない芸術も存在しない。過ぎ去った在り処について、スロウ・ダダ [Slow dada] の断端として、この作品集が若い手によって自由に切り取られること、それが希いだ。〉(「あとがき」より)

つまり、絵も文も任意的に切り取り、かつてエルンストの絵を彼自身がそうしたように、コラージュしていい。『芸術のルール』は、それじたいの再帰性(芸術じたいへの問いの芸術化=作品化)をプロットに落とし込んでいるのである。テクストの有機的連関や構造へのアプローチというのは、従って、テクストの(差異の戯れとして在る)テクスト性とは相反している。大文字の父の名を解いて、ようやく、間口を広げる態勢になる。わかろうとするのではなく、意味を画定するのではなく、わからなさを保存して、テクストの以前と以後とを遊動する差異の裂開を射止める。

デュシャン以降、と倉本さんは言う。そこで、倉本さんが銅版画を始めた一九七四年に刊行された宮川淳の『紙片と眼差とのあいだに』[*3] のページを繰って「マルセル・デュシャンの余白に」を開くと、〈なぜ記号(意味)作用なのか。記号(意味)作用が問われなければならないとすれば、それは超越的なシニフィエが不在だからである。意味は記号(意味)作用、この差異と移送のシステマティックなたわむれの外に、それに対して超越的には存在しないのだ〉(*3:37)と記されている。

意味が偶有的に配置された「作品」は超越的な存在ではない。この大凡半世紀前の言葉は、『芸術のルール』の「あとがき」の〈残念ながら、表現が「本」に成就したとき、「私」はすでに其処にいない。(……)此処に過去と未来との追走劇が始まる〉という述懐と符合する。

つまり、『一本の指もまたたっている』の解説文で佐々木幹郎さんが描いた協働のシーン、エルンストのコラージュ・ロマン「カルメル修道会へ入ろうとしたある少女の夢」の一葉の絵を切り抜き、図柄を塗りつぶし、コラージュするという作品―意味(超越性)―(創造/統合)主体というトラディショナルな範列を異化するパフォーマンスは半世紀近くにわたりつらぬかれているのである。

この、倉本さんが持続するオーソドキシーは、宮川淳が同じ章で述べた、〈これまで文化は人間のものを創り出す力として、つまり創造、技術という文脈において語られてきたとすれば(homo faber)、記号学的アプローチは文化を人間によるたえざる意味の分泌として、いいかえれば人間をhomo significansとして捉える〉(*3:38)という考え方に通底する。デュシャンが「便器」を「泉」と名付けて展示したとき、「便器」=オブジェは「引用」されたのであり、オブジェの物自体としての本質が再発見されたのではなく、「名づけ」の導入によって、シニフィアンとシニフィエの相互関係が転倒されたのである。今や、芸術家は創る人としてではなく、「名づけ」によって「意味を分泌」し、オブジェをめぐる意味生成の全体性に打撃する非-主体として現れる。

『芸術のルール』の三十の詩的散文には、夥しい固有名が現れ、崖っぷちから落下し、海底は隆起し陥没し更なる海底があり、神々たちの闘争がある。目まぐるしく戯れる。それらを、連関するもの、構造するもの、意味する機序としてわかろうとするのではなく、著者がタネを明かしたように〈意図もなく突然、現れた〉と腹に落とす。かつ、それらの固有名の現れ＝「名づけ」＝称名において、とくに、アンディ、デイビッド、ブオナロッティ、マルセル、ヴォルス、エドヴァルドなどのファーストネームにおいて、世界の裂け目からの「意味の分泌」に立ち合うということである。

もうひとつ。『一本の指もまたたっている』、『芸術のルール』、そして、後で触れる『美しい動物園』[*4]の画のポーションの多くは「版画」である。銅版画や石版画（リソグラフ）である。テクニカルには、自作の水彩やペン画や銅版画などをアッサンブラージュやデジタルプリントで「版画」に仕立てる。知られているように、倉本さんは、書物や雑誌のブックデザイン、装画を数多く（筆者のもの二冊を含む）手がけており、京都の画廊ギャラリーヒルゲートでの個展と永田和宏さんとのトークにも出かけたが、作品の多くは石版画（リソグラフ）である。「創り出す力」を確信し、芸術の再帰性の作品化に強い疑義を呈するモダニストたちも仰け反るほどの、驚くべきデッサン力（技）を倉本さんが持っているにもかかわらず、である。つまり、倉本さんには「版画」という形態の選択の強度があり、その選択は彼の方法意識と張り合わされている。

どういうことか。まず、「版画」では奥行き（遠近）が消去される。生涯奥行きを追求したと言われるセザンヌをめぐり、メルロ＝ポンティが〈それぞれの物が相互に隠し合うからこそ私がそれらをそのそれぞれの位置に見るのだということ、また、それぞれの物がそれぞれの場所にあるからこそ私の眼前でそれらが競い合うのだということ、それこそが謎なのだ。言いかえれば、物の内包において知られる外在性、その自律性において知られる相互依存性が謎なのである〉(＊5：286)と述べた「謎」を解消して、見る主体である「私」の複数性が、隠し合わなさ＝輪郭線においてむき出しになる。

そして、「版画」は複製を前提としてつくられる。「複製メディア」が「先在的なシニフィエ〈全体性の観念〉の空位」を画定したことについて、宮川淳は、「タブローの物質性と奥行き」との関係をめぐり、〈奥行きはタブローの本質的構造《背後》であった。それに対して、複製メディアの次元は表面である。それは表面のメディアであり、表面化するメディア(引き伸し、反転、……)なのだ〉(＊3：56)と記した。そのように、作品の唯一性＝奥行きがタブローから消えるとき、現前する「表面」＝複製メディアにおいて、見る／語る主体として前提された「私」という「芸術のルール」が問われ、流動化するということである。

ところで、『美しい動物園』では、どんなアレゴリーも寄せ付けない異端的な動物の物語の束と抽象的な挿画が戯れる。その冒頭の寓話では、「わたし」＝母の名「プランゾ」を冠するウイルスが香草鳥とともにユーラシア大陸要衝の都市ユルムチを通過し、ユルムチは衰滅する。ウイルスは、〈ヒトを棲み家にし効率よく伝染〉し、〈傷つけあう静かな狂乱を愉しみながら人々は逝った。友を殺し恋人を殺しそして子は親をも弑いた。過去や未来を愛でながらみな朗らかに殺しあう情景はそこかしこで目撃された〉（＊4：14）。ユルムチの運命は世界の運命である。〈ユルムチはわたしよりも先？　それとも……香草鳥はすこし不機嫌な顔になり黙りこんだ。　かあん　かあん　かあん　遠くで鉄器を打つ音が聞こえる。母も打たれているのだろう〉（＊4：24）。そして、ついに、「わたし」は香草鳥を切り裂き、〈手元のグラスには高麗の赤葡萄酒が注がれ〉（＊4：26）、食べ始める。〈香草鳥の旨さはわたしを棲み家にしてこの物語をその無名をとわに残すだろう……〉（＊4：26）。

物語はウイルスである。いや、自己複製においてのみ生きているゼロレベルの命であり、生の欲動の不死のイロニーでありうるウイルスこそ、物語である。倉本さんが「版画」を選択した方法意識はコロナ禍の現在の彼方に届こうとしている。

＊

＊1　倉本修ミニアチュール『一本の指もまたたっている』白地社、一九八一年

＊2　倉本修『芸術のルール』七月堂、二〇二〇年

＊3　宮川淳『紙片と眼差とのあいだに』エパーヴ、一九七四年

＊4　倉本修『美しい動物園』七月堂、二〇一五年

＊5　M・メルロ＝ポンティ『眼と精神』滝浦、木田訳、みすず書房、一九六六年

「イリプス IInd」三二号（澪標）、二〇二〇年一一月

アソシエーションを「原理」と「現場」から未来へとキャリーする

――柄谷行人『ニュー・アソシエーショニスト宣言』／吉永剛志『NAM総括　運動の未来のために』のリンケージをめぐって

始まりの「原理」は終わりの「現場」的混乱の本質と相互的である。「原理」の天上性と終わりの地上性の偶有的合力において、社会運動は、可能世界への反復性を残余しうる。この二冊は、是非とも、併読することを薦めたい。

NAMとは、二〇〇〇年六月に組成され、二〇〇二年一二月に解散されたNew Associationist Movementのことだが、『ニュー・アソシエーショニスト宣言』[*1]（以下、『宣言』）で、M＝Manifesto（宣言）と言い換えられ、固有なアソシエーションの運動が、「FA（フリー・アソシエーション）宣言」とともに、いわば普遍理念（一般名詞）として未来に送り込まれようとする。宣言と言えば、共産党宣言、シュールレアリスム宣言などが想起される。態度と実践への意志表明であるが、大概は反時代的で予め危地（アポリア）を孕む。いや、その危地において宣言という挑発的な当為が現れるのである。「コロナ疫病」の「困難とともに、新たなアソシエーションの可能性が向こうからきた」（＊１：11）と冒頭に記される。

つまり、『宣言』は、NAMのダイジェストでも歴史化でもなく、「資本＝ネーション＝国家（ステート）への対抗運動」を賦活するという現在性につらぬかれる。インタビューと講演による二部構成の本文の「I　NAM再考」はアソシエーションの契機の確認である。

NAM創設経緯に因み、歴史の目的性をめぐり、カントの「超越論的仮象」を批判したヘーゲルの「事後」の立場を転倒したマルクスが、共産主義は資本主義の「胎内」にあると言った位相から、社会構成体における複数の交換様式（A：互酬、B：略奪と保護、C：市場、D：普遍宗教）の接合が強調される。DがAの「高次元の回帰」であることについて、「定住以前の人類がもっていた「原遊動性」は定住以後に抑圧されたが、それが反復強迫的に回帰した」件（くだり）はNAM以降の「態度変更」であると明言される。次に、生産様式よりも交換様式を重視したこと、現実的に消費者運動に軸足を置いたことについて、資本主義社会との関係で、「内在的対抗運動」と「超出的対抗運動」を腑分けし、「非資本主義的な経済圏を確保」（＊1：81）する見地から「生産＝消費協同組合」（＊1：74）において流通過程が重視される。

聞き手は高瀬幸途。大阪でのNAM創設の中心人物にして事務局長。太田出版のインフラでNAM運営を支え、二〇一九年四月に急逝した。

具体的な「NAM再考」に関し、柄谷は「アソシエーションのアソシエーション」としてのNAMにおいて、「地域通貨」をめぐるメーリング・リスト（ML）での「不毛な論争」がトリガーとなり、「（……）どうするか。むしろNAMを解散したほうがいいと私は思った。電子的な地域通貨を開発したい人は自分らでやってくれ、と。それが解散の具体的なきっかけですね」（＊1：97）と述べる。

また、「関心系」、「地域系」、「階層系」で運営されたＮＡＭ組織を検証するふうに、武井昭夫の「全学連」、柄谷自身のブント経験を辿る。ネグリ＆ハートの「マルチチュード」の誤謬、ＳＮＳ（ソシアル・ネットワーク・サービス）の排外性が語られる。「デモで社会は確実に変わる。なぜなら、デモをすれば、日本は人がデモをする社会に変わるからだ」（＊1：118）というトートロジックな断言がアソーシエーショニズムに循環する。

それにしても、柄谷によるＮＡＭ解散、「ＦＡ宣言」は唐突感が否めない。『ＮＡＭ総括』[＊2]（以下、『総括』）でも、そのシークェンスは非線形的である。だが、ＮＡＭ「関心系」のＬＥＴＳ（local exchange trading system＝地域交換取引制度）の連絡責任者だった著者・吉永剛志の重層的かつ螺旋的なクロノロジーを成す克明な「記録」によって、「原理」とは対極の「現場」の視線でＮＡＭ解散の懸崖が照射される。つまり、「市民通貨Ｑ」をめぐる「不毛な論争」の実態が明らかになる。

「資本と国家への対抗運動」としてのＮＡＭが「非資本制的な市場経済を作り出す」（＊2：131）という実践に踏み出すには、オンライン市民通貨Ｑ（円／¥に球＝Ｑを対置した所以）の決済システムを確立し、資本制企業にも働きかけるのが不可欠という判断があり、ＬＥＴＳを考察したマイケル・リントンも関与するかたちで、二〇〇一年一一月に「関心系」のプロジェクトとして本格稼働し、会員登録を開始した。

ところが、評者なりにまとめると、四つの問題が生じた。一つは、NAM会員に対するQ加入の義務化における、本人確認（情報開示）への反発。二つにはQハイブ（管理運営委員会）がNAM以外への拡大を推進したことにより独立性／中立性が志向され、NAMとQとの組織論的な捻じれと混乱が生じた。そして、システムの保守管理、バグ対応、セキュリティの脆弱性の補強作業などが特定の個人に集中したが、専従を置く規模にならなかった。さらに、これらの問題を討議する場において決議機関としてのインターネットのMLとオフライン会合の議論が交錯し、感情の衝突と「政治」が起こり、「中心があって中心がない」システムが「暴走」を生んだ。

二〇〇二年八月、Qハイブ代表が辞任し、同年一二月、会員投票によるNAM解散決議となる。それでも、著者は、「NAMはたいしたものだった。私はそう思っている。「歴史」を意識した運動だった。また一般に思われているよりも広がりのある大きな運動だった」（＊2：7）と『総括』の冒頭に記している。

事実、NAM結成に向かう柄谷の『トランスクリティーク』、『倫理21』などの著作のインパクトと『批評空間』の諸活動とのシンクロニシティが「倫理的―経済的な運動」を掲げる『NAM原理』に集約されるダイナミズムは心躍るものだ。著者の俯瞰力はスタンダリアン大岡昇平を彷彿させるくらいに怜悧かつフェアであり、様々なフリクションを内視鏡的に描きながらNAM当事者たちへのリスペクトを忘れない。気風のいい、歯切れのいい語り口をつらぬく。

『宣言』の「II　さまざまなアソシエーション」では、まず、アメリカのヘゲモニー国家としての没落と世界戦争の可能性、フロイトの反復強迫と憲法九条（戦争放棄条項）の無意識が説かれる。

次に、日本にデモがない現状から、「個別社会・中間勢力がなかった」（＊1：180）という日本近代史の特異性、「専制国家の状態」が手繰られ、柄谷は、アソシエーション構築の必要性と「アセンブリ」の理念を導く。日本の学生運動の衰退を踏まえ、「闘いやすい時と所で、闘えばよい」と反芻される。

付録として、「NAMの原理」、「NAM結成のために」、「FA宣言」の文書がNAM結成および解散当時のまま収められている。単なる資料ではなく、「原理」も資本制の分析も陳腐化するどころか、格差の拡大や環境問題の切迫などをすでに射程に収め、益々アクチュアルであり、参照必須である。「代表選出のくじ引き制」による権力の場への偶然性の導入の設計（フレームワーク）には改めて瞠目させられる。交換の型（タイプ）をめぐる箇所では、その後の柄谷の交換様式論の展開における「態度変更」の軌跡を辿ることができる。

『総括』の末尾にも、「『トランスクリティーク』、その実践への転形」と題された補論が付される。カントの実践理性におけるアンチノミーを乗り越える「超越論的統覚」は、NAMの組織論の根本にあり、『トランスクリティーク』では「義務に従うことが自由である」＝定言命法という「統整理念」を画定するが、その対象は「ヌーメノン」＝可想的存在であり、「倫理的にも政治的にも、具体的な現実性をついに持つことができない」（＊2：365）。カントの「世界共和国」の（非）現実性は、ヘーゲルの『法哲学』によって批判されただけではなく、「対象との出会いの先送り」（＊2：372）によって、ラカンの言う「享楽せよ」という超自我＝サド的症候へと倒錯化した。ジジェクやバディウを導入した渾身の思弁でＮＡＭの思想の中心を問う。
『総括』が土壇場まで「実践の場を再構成」するように、柄谷行人も『宣言』でアソシエーション運動の歴史的現在の検証を未来の可能性へと不断にキャリーする。「原理」と「現場」が刺し違えるだけではない。そのコントラストにＮＡＭという「出来事」の一回性を回収するのではなく、高瀬幸途という死者との結節にも支援されて、相互性の彼方に「希望の原理」が現れる、と言うべきだ。

　蛇足だが、評者は、この二冊が、世界変革への劇薬として、書店のビジネス書コーナーのど真ん中に、檸檬のように置かれる光景に焦がれたりする。

＊

＊1　柄谷行人『ニュー・アソシエーショニスト宣言』作品社、二〇二一年

＊2　吉永剛志『ＮＡＭ総括　運動の未来のために』航思社、二〇二一年

「図書新聞」三四九九号、二〇二一年六月一二日

気候危機が「使用価値」＝「交換価値」という〈コモン〉を召喚する

――斎藤幸平『人新世の「資本論」』を読み込む

集英社新書、二〇二〇年

環境（公害事案を嚆矢とする）問題、地球温暖化、気候危機は、過去半世紀以上のレンジで私企業の活動が対処すべき公共的な課題のメインストリームにあった。これらへの対応は、一義的には企業の負担になるが、社会関連費用に措置されるかたちで損益計算や投資に折り込まれ計画化もされた筈である。その文脈は社会（体制）‐内‐存在である企業の生存原理と均衡していた。私企業は、気候危機を与件として繰り込みながら、資本主義社会と相互的な利潤拡大―成長という公理に身を挺してきた。つまり、ミクロな私企業とマクロな経済／資本主義‐体制は、気候危機に公理遵守のための協調的（共犯的）な施策を重ねた。

斎藤幸平の『人新世の「資本論」』は、その「成長」という公理だけではなく、グローバル資本主義の乗り越えを提唱する。人新世（ひと‐しんせい）Anthropoceneは「人類が地球を破壊しつくす時代」と定義される。

まず、ポイント・オブ・ノーリターンは切迫しており、気候変動へ今すぐ対処せねばならない現状認識が詳述される。次に、資本主義に張り合わされた先進国の生活様式＝「帝国的生活様式」がグローバル・サウスに代表される遠隔的な「外部化社会」からの「収奪や代償の転嫁」と「不等価交換」によって成立し、「内面化」されている実態を直視する（31）。「経済成長」という公理のもとでの再帰性は、グリーン・ニューディール（気候ケインズ主義）のもとで、Sustainable Development Goals（ＳＤＧｓ持続可能な開発目標）をメルクマールとする施策を掲げるが、デカップリング（経済成長とCO_2排出量抑制の分離・両立）には効率化による環境負荷拡大などのパラドックスが伴い、市場原理主義的な機能論理は拝金主義にすり替わる。これらは、「経済成長の罠」に連関する「神話」や現実逃避であり、著者は、「脱成長」という選択肢を提起する。「脱成長」じたいは、一九七二年のローマクラブによる「成長の限界」もあり、目新しくはない。本書でもラワースの「ドーナツ経済」概念や社会的欲求と持続可能性との相反、資源配分の不公正のフットプリントが辿られるが、既往の議論の限界を見極め、「平等」に軸足を移し、「環境危機に立ち向かい、経済成長を抑制する唯一の方法は、私たちの手で資本主義を止めて、脱成長型のポスト資本主義に向けて大転換することなのである」（119）と明言される。ジジェクによる「空想主義」というスティグリッツ批判を踏まえて「脱成長」の意味を問い直し、マルクスの「コミュニズム」を導入する。

　マルクスの復権、あるいは、再解釈である。『資本論』三巻のうち、マルクス自身の筆によるのは第一巻だけで、第二巻、三巻は没後にエンゲルスが編集・発行したことはよく知られている。本書では、『資本論』の未完により、マルクスの思想を単線的な「進歩史観」=「史的唯物論」に基づく「生産力至上主義」と「ヨーロッパ中心主義」と捉える考え方を修正する。第一巻においても、自然の循環過程が「自然的物質代謝」として認識され、資本主義が「人間と自然の物質代謝」を攪乱し「修復不可能な亀裂」を生み出すと警告した。また、『資本論』第一巻刊行以降、一八八三年に亡くなるまでの一五年間、マルクスは、ロシアのミール（農耕）共同体などの研究から歴史観を複線化し、「資本主義がもたらすものは、コミュニズムに向けた進歩ではない。むしろ、社会の繁栄にとって不可欠な「自然の生命力」を資本主義は破壊する」(186)というエコロジカルな考えに至る。ここから、「原古的な類型のより高次の形態である集団的な生産および領有へと復帰」(195)することによる資本主義的危機の乗り越え、「脱成長コミュニズム」=「経済成長をしない循環型の定常経済」が導かれた。

「私たちは資本主義に取り込まれ、生き物として無力になっている。商品の力を媒介せずには生きられない。自然とともに生きるための技術を失ってしまっている（……）資本による包摂が完成してしまった」(220)。資本主義は、囲い込み、「本源的蓄積」の継続、私有、そして、商品化によって、豊かさではなく、「希少性」と「欠乏」を人工的に生み出すシステムだと著者は言う(230)。貨幣の「希少性」において「絶対的貧困」が現れる。

対置されるのは、「否定の否定」を経た〈コモン（共）〉の再建による「ラディカルな潤沢さ」の回復である。ワーカーズ・コープ=アソシエーションにより、新自由主義時代に亢進した商品化（貨幣）領域=「剝き出しの国家権力」が縮小し、自己抑制としての「自由」=相互扶助が拡大する。

「コミュニズムか、野蛮か」という選択肢が提示されるとともに、『21世紀の資本』で累進税を提唱したピケティが、二〇一九年刊行の『資本とイデオロギー』では「参加型社会主義」へ「転向」した事例が紹介される(288)。

現実的に、どうするのか。「経済成長をス・ロ・ー・ダ・ウ・ン・させるという文脈」だけでは足りない。「使用価値」を重視し、大量生産・大量消費から脱却する。「構想」(精神労働)と「実践」(肉体労働)の対立を解消し、生産プロセスを民主化する。「使用価値」を殆ど生まないブルシット・ジョブ(マーケティング、広告、コンサルティング、金融などの高給職)よりも、ケア労働などのエッセンシャル・ワークに資源を配分する(315)。

「人権、気候、ジェンダー、そして資本主義。すべての問題はつながっている」(347)。「〈コモン〉、つまり、私的所有や国有とは異なる生産手段の水平的な共同管理こそが、コミュニズムの基盤になる」(355)。「「資本主義の超克」、「民主主義の刷新」、「社会の脱酸素化」という、三位一体のプロジェクト」(356)による社会システムの大転換に一刻の猶予も許されない。

『資本論』第一巻と晩年に至るマルクスの再解釈により、「自然的物質代謝」と「自然の生命力」の修復という課題を現在の気候危機の衝迫と交差させ、「成長」という公理と資本主義とをともに超克する処方をめぐるプラクティカルかつクリアな展開である。数多の環境対策論の大半が、SDGsのように、資本主義延命のイデオロギーを帯びていることへの痛烈な反駁でもある。

思想的フレームワークとしては、ジジェクとネグリ＝ハートの固有名が上がるが、既往の「マルクス主義」には準拠しない。むしろ、未来への「実践」に軸足を置くことでイデオロジカルなバイアスを回避している。

〈コモン〉に関わる件(くだり)で、アソシエーションの導入とマルクスの「原古的な類型のより高次の形態」で「復帰」という述懐への言及(190)は、柄谷行人の「交換様式論」に連関しうる。本書で、権力と平等を両軸に、四象限のマトリックスが駆使されたが、柄谷は「交換様式論」において、カントの「超越論的仮象」を批判したヘーゲルの「事後」の立場を転倒したマルクスの、コミュニズムは資本主義の「胎内」にあるという考えから、社会構成体における複数の交換様式(A:互酬、B:略奪と保護、C:商品交換、D:X)の接合を強調する。D:X=アソシエーションがAの「高次元の回帰」であることについて、定住以前=「原古的」人間の「原遊動性」は定住以後に抑圧されたが、それがDで反復強迫的に回帰する、と言うのである。

だが、柄谷が資本主義の乗り越え=「世界同時革命」について「交換様式」に注目したのとは対照的に、斎藤幸平は、生産関係と「使用価値」から資本主義―気候危機の隘路を打開しようとする。「交換価値」=商品(市場)価値は行論には現れない。

価値論を「使用価値」に一本化するのは、カント的=超越論的だが、資本主義において「もの」が「命がけの飛躍」によって商品(交換価値)になるとマルクスが述べたことと、剰余価値、人間の欲望の任意性は不可分である。欲望において、人間は人間-存在としての不完全性を示現している。逆に言えば、「交換価値」を除去し、人間的欲望の爬行性を排除するには、人間の完全性が条件となる。
つまり、斎藤幸平の『人新世の「資本論」』は、二重の挑発を孕む。ひとつには、地球環境を万事休す寸前で踏み堪えるための、資本主義システムの乗り越え、「脱成長」とコミュニズムへの転換。さらに、そのために、人間はカント的な（倫理的）完全性に到達せねばならない。後者は、内在的に困難であり、まずは、前者からアプローチする。それでも、「使用価値」＝「交換価値」＝完全なる人間、という等式をめぐる終わりなき闘いが残余する筈である。

「正友」九一号、二〇二一年一〇月

「風」は何処に召喚されるのか

——村瀬学〈講演〉録からコロナ問題に接近する

村瀬学の「風をたずねるものはもういなくなったのか——吉本隆明の発想の根源にある「風」のイメージを探る——」と題され、二〇二〇・三・二二という日付のある誌上（仮想）講演録が[*1]「北海道横超会Ⅱ」から送られてきた。その語り／記述は、末尾のところで「新型コロナウイルス感染の広がり」の問題に触れている。本稿では、まず、そこから辿り、コロナ問題をめぐるいくつかの言説と照合し、筆者の課題へと敷衍した後に、村瀬の講演のメインストリームに戻ることにしたい。

講演録の表題に「風」が冠されているように、村瀬は、「風」に集約される吉本隆明の自然観を丹念に描き、コロナ問題に関しても、やはり、「風」をキーワードにして、空気感染という現象から「感染」に注目する。ウイルスは「粘膜」において感染し増殖する。粘膜、粘液から「原生的なエロス」の問題を繰り込む村瀬は、吉本思想の「初源のエロス」への触覚を再確認する。ウイルスはさまざまな動物を宿主とし、共生する。その宿主の生態系が壊れると、つまり、アフリカやアジアの「段階」では維持されていた動植物の交感の均衡が壊れると、ウイルスの「危機感」が「感染爆発」として現れる。

イタリア、スペインでの「感染爆発」をウイルスの「都市化の文明への逆襲」と解釈した村瀬は、中国における民主化運動のエピソードを示して、「うつる」という現象の主体をウイルスから「観念」や「思想」に広げる。歴史的に「パンデミック＝感染爆発」とは、フランス革命やソ連崩壊であるが、レッド・パージやポルポトの虐殺という反動もあった。イエスという「一人の感染者」は処刑された。そのように、「観念」も観念特有の「粘膜」において感染し増殖するのではないか。「原生的な生命活動」として、ウイルスの観念も「性的＝エロス的なもの＝官能的なものとして「うつり」をしているのではないか」（＊1：35）。「うつり」＝「渡り」から、鳥、風というイメージが再帰する。

「感染」をめぐって、いくつかの隠喩化が起こっている。「粘液」、「粘膜」は、宿主における「感染」の身体的な部位であるが、その部位は、生殖の部位でもある。そこで、ウイルスの「原生的なエロス」との連関が現れる。また、「観念」や「思想」もウイルスのように感染し増殖する。ということは、それらにも「うつり」の局面で「粘膜」に相当するエロス的な部位があり、「風」に相当する媒介があるのではないか。この隠喩化を駆動するアナロジーは、思想化の契機でもある。

逆に言えば、そうしなければ、「新型コロナウイルス感染の広がり」という状況の思想化は困難なのである。言語行為において、隠喩化無しにコロナ問題にベタで応じていく場合、コロナ問題は、その感染拡大の現場での対処ということに集約される。つまり、どう感染を回避し、感染した個々の病状を軽微に抑えるかが焦点になる。現実的には、免疫力の強化、ワクチンの開発、病床の確保など医療現場の具体策である。これらには、思想化などは邪魔なばかりであり、的確適時にそれぞれの専門領域において事態に即応し、テクニカルに統轄される以外にない。そこには、批評も政治も、ヒューマニズムでさえも余計であり、個々のミッションに半畳が入れられるべきではない。

思想化は、現実のうねりに一歩いや半歩遅れてやってくる。この半歩遅れるという言語と分有する差異性において、おそらく思想という行動が成立する。本稿において、思想化の件（くだり）の精緻な展開は措き、現実のうねりは、隠喩化を介して思想化されると短絡して置く。ローマン・ヤコブソンやイェルムスレウに準じて、隠喩の性格を換喩との対比において系列化すると、共時態—選択—相似性—範列—隠喩—圧縮となるが、アナロジー、例えば、ウイルス感染について、「うつり」、「粘膜」、思想・宗教へと類比することは、選択—相似性—範列の隠喩の実践であることは明らかである。そこから、何が統覚されるか。

ジュディス・バトラーはコロナ問題をめぐり、「世界の表面の人間の痕跡」[*2]と題された論文を次のように書き起こす。

「私たちは世界の表面を共有している——以前は知らなかったとしても、いまそれがわかる。あるひとが触れた表面にはそのひとの痕跡が残る。表面はその痕跡を受け入れて伝播し、次にそこに触れたひとに影響を及ぼす。表面といってもさまざまだ。プラスチックは長く痕跡を残すことはない。だが、多孔性の素材にはっきりと痕跡を残すものもある。人間やウイルスのようなものは、短時間あるいはより長く、私たちが共有する物質的な構成要素となる表面に残り続ける。」（＊2：172）

無機的で淡々とした、ムージルのような「特性」を除去した叙述は、強度な抽象を孕んでいる。長くはない論攷で、「表面」、「共有」、「痕跡」、「伝播」、「物質」などの言葉を配置しながら、バトラーは、世界の「表面」（地表、身体、肌、粘膜＝多孔性）において相互に結びつけられた人（私たち、他者）が、コントロール困難な近接性のなかで、これまでになく可傷的になり、偶有的な死に遭遇するパンデミック状況を描き出す。それは、モノに関して言えば、「主人」と「奴隷」において仮装された相互依存性の臨界で、商品形態（交換価値）のなかに労働が抹消されても、「労働者の身体は商品形態によって完全に抹消されることはない。なぜなら、労働者は目に見えない身体の痕跡をモノに残しており、また仕事と生活のなかで労働者自身が他者の痕跡を運んでいるから」（＊2：174）という事態である。ウイルスも人間も「表面」に作用し、移動し、モノの多孔性によって相互関係は相互浸透性として現れる。

「表面」の結ぼれと相互依存性が混乱しむき出しになるなか、野放図な資本主義がパンデミックを捕捉するか、パンデミックが資本主義の組織的不平等を牽制するかが賭けられていると、バトラーは、隠喩を（世界への）能動性へとキャリーする。異常気象による先住民の生活世界の圧迫、アメリカなどでの人種主義的対応を指摘しつつ、バトラーは、「ウイルスが道徳的な教訓をもたらすことはない。ウイルスは道徳的な正当性をともなわない苦悶なのだ。だがそれは、グローバルな相互接続という別のところから光を当てる視線をもたらしてくれる」（＊2：177）と述べて、能動性と「生存の平等」への闘争への回路を確保する。

ウイルスと人間とは、「表面」をめぐって相似的である。この相似性から、徹底的に意識に踏みとどまることによって、隠喩の過程は、相似性のシニフィアンにおける圧縮の機制による抑圧を振りほどくように現実に回帰する。バトラーは、ウイルス以前の状況では見えなかった種々の構造的脆弱性が可視化されることにより、「人間の顔をした野蛮」との闘争の回路を追求することが道徳=倫理を賦活することでもあると言うのだ。

スラヴォイ・ジジェクの近著『パンデミック』[*3]は、冒頭のところで、ヨハネの福音書の復活したイエスに近づこうとしたマグダラのマリアへのイエスの応答を置き、「キリストは、信者の間に愛がある時には、いつも自分はそこにいると答えた。触れることのできる人としてではなく、人々の間の愛や連帯の絆として存在する。だから、「我に触れるな。愛の精神をもって他者に触れ、他者と関わりなさい」と」(*3：5)というシーンから、隔離、身体的距離、ロックダウン、予想される経済のメガクライシス、社会倫理のさらなる喪失のなかで、相互信頼と連帯をエンカレッジしコミュニズム(共産主義)賦活の契機を唱導する。

ウイルスについて、ジジェクは、生きても死んでもいない「リヴィング・デッド」、生の欲動を寄生性・感染性によって反復する「最下位の生命という残余」でありながら、ヘーゲル的な「最低と最高の同一性」において、「精神はウイルスである」と述べ、言語による寄生性・感染性・増殖性・宿主との共生を踏まえて、「自然がウイルスをもって我々を攻撃している時、ある意味、我々自身のメッセージが我々に送り返されているのだ」(*3：68)という報復の摂理を隠喩化する。さらに、ブルーノ・ラトゥールを参照し、人間による環境破壊と気候変動の相関から、人間が多種多様な集合体のなかのアクタンactantのひとつに過ぎず、ウイルスは人間である、という寓喩に到達する。

だが、その（人間主義の）奈落においてこそ、精神などにすがるのではなく、「恥じることなく自分の症候と同一化する努力をせよ」、「長期的に考えすぎるな。今日だけに、今夜寝るまでにすることだけに集中せよ」（＊3：95）。この「同一化」という能動性、ジュディス・バトラーでいえば「生存の平等」への闘争を分節する能動性は、多分、二つの公理と相補的である。一つは、市民社会という相互了解の構造であり、もう一つは、「自然」と人間世界との対位的二分法である。

ジジェクは、「今こそ真の政治が必要なのだ。連帯に関する判断とは、極めて政治的なのだから」（＊3：78）、「人々が国家権力に責任を負わせるのが正しいのだ。権力を持っているなら、何ができるか見せてみろ！　と」（＊3：63）と言い放つ。逆説でもイロニーでもない。同じ舟に乗っている皆でこの危機を乗り越えようという提言であり、ロックダウンでは全然足りない、「権力」をきちんと行使せよという挑発である。

だから、コロナ問題について、ジョルジョ・アガンベンの、エピデミックを発明し、「メディアや当局が全国で激しい移動制限をおこない、生活や労働のありかたが通常に機能することを宙吊りにして正真正銘の例外状態を引き起こし、パニックの雰囲気を広めようとしている」（＊4：9）という見方に神秘化されたイデオロギーだと異議を呈し、思想の糸を手繰るように、「新型コロナウイルスで必要になった措置を、フーコーのような思想家が示す監視や管理の通常のパラダイムへと、自動的に縮小するべきではない」（＊3：63）と説く。フーコーを一方的に批判しているのではなく、

「通常」からの態度変更という「哲学の革命」を要請するのである。

これは、極東アジアの列島弧にある者たちにとって、驚くべきプロポジションではないか。「生権力」を行使して、環境問題（「自然」との均衡関係）に遡るかたちで、現在の非常事態に臨め、と言うのだ。列島弧に較べて、欧米での新型コロナウイルスの感染拡大が深刻であること、ジジェク自身の状況認識やウイルス感染への畏れに帰すべきではない。

繰り返すと、市民社会の了解（公共性、統治の認識）の構造と「自然」をめぐる二分法との孕み合いにおいて、ジジェクやバトラーの思想化の隠喩過程から現実的課題に対する能動性への転換が起こっているのである。逆に言えば、極東の列島弧では、コロナ問題において、ロックダウンに合意し遵守し、連帯して状況に対応し、「人の顔をした野蛮」と闘争する契機が現れない。

「緊急事態宣言」以降のこの国のデマゴギーが蔓延（はびこ）るなかでの行政の利権優先の行動、PCR検査をめぐる拙劣な対応の連続、官僚や専門家の自己保身という情勢を見渡して、宇野邦一は「生政治のレベルにさえも達していない」（＊5：149）と述べる。「生政治」―「生権力」は現場の諸局面にかかわりつつ、（潜在的な）感染者を助けるだけではなく、死なせることもできる。監視・管理を含む生のシステムの組織網を制覇するそのような権力の要件をこの国の行政は充たしていないということである。それにもかかわらず、政権与党の「帝政復古」の夢が密かに紡がれている。どうなっているのか。

「「強制」ではなく、世界でも稀有な「自粛」に成功した日本（モデル）は、まさに「自粛」によって権力の夢を実現しているのだ」（＊5：150）。「強制」とは、一方的な力の行使ではなく、それが、市民社会によって受諾されているという意味で社会契約的である。ロックダウンも、そのような公共的な合意によって遂行された。ところが、この国では、そういう合意が成立しない。その代わりに「自粛」が染み出すのである。「「自粛」という、厳密に法的ではない要求の無法性（あるいは例外性）が、いとも簡単に、かなり完璧に実現されてしまう」と懸念しつつ、宇野は、「じつは憲法に新しい条項など設けなくても、この国民は「自粛」という特別な美徳をもっていて、つまり帝国的支配などいらぬ世話なのだ。自粛の帝国？」（＊5：150）というイロニーを放つ。

「自粛の帝国」、あるいは、「自粛」という「日本モデル」。宇野のイロニーは、ロラン・バルトの日本論『表徴の帝国』が典拠だと思われる。そこで、バルトが東京の風景を粗描した際のよく知られた一節を書き抜いてみる。「わたしの語ろうとしている都市（東京）は、次のような貴重な逆説、《いかにもこの都市は中心をもっている。だがその中心は空虚である》という逆説を示してくれる。禁域であって、しかも同時にどうでもいい場所、緑に蔽われ、お濠によって防禦されていて、文字通り誰からも見られることのない皇帝の住む御所、そのまわりをこの都市の全体がめぐっている。」（＊6：54）。

数多の注釈や解説やバルト理解云々はここでは措いて、「自粛」─表徴─空虚な中心という範列から現れるものは何か。それは、コロナ禍の状況に付会するなら、無法的理法（原初的例外性）─自然─天皇制という隠された範列である。「自然」をめぐる二分法において、ジジェクやバトラーは抵抗思想の実践へと旋回する。理法との相互性において、例外性を排除したかたちで（例外性を保存し励起するアガンベンとの差異を際立たせながら)、現実へと回帰するのである。

ところが、この国に伏在する範列では、かつて一木一草に宿っていると言われた天皇制が「自然」によって代行されるかたちで、無法的理法と偶有的な例外状態とを共犯的に行使するというメカニズムが「自粛」という行為(統治)形態、あるいは、行為(統治)以前の「自然」への全権委任となって現れるのである。「自粛」は、「自然」との同一化ですらなく、同一化の自己認識が「自然」―例外状態という口実のもとで解消してしまう事態である。

最初の「自粛」は、度重なる「下血」の果て、自らの血液の全てを列島弧農耕民の血液と入れ替えた昭和天皇裕仁が命尽きた後に起こった。二度目の「自粛」は、三・一一の大震災と原発事故の出来事を経た列島弧に棚引いた。そして現在、「自粛の帝国」では、「生政治」未満の統治以前の統治と折り合ったかたちで、「われわれ」は依然として「自然」(=空虚なる中心)に身を委ねている(めぐっている)。

市民社会の理法が過剰になり、野生化した「砂漠の帝国」アメリカが感染者九二五万人、死者二三万人(二〇二〇年一〇月末時点)を公表しているのとは、対照的な、だが、本質的には、その対照性において同質的な事態である。つまり、「自然」がその神聖な無において君臨するか、「自然」からの遠心性の極で「自然」の報復に迎撃するか、という背中合わせに張り合わされた「自然」の団円である。

これでようやく、村瀬学の講演録に戻ることができる。コロナ問題に即するなら、新型コロナの感染拡大という「自然現象」が、隠喩化され、思想化され、先端的な世界思想では現実世界への能動性への回路が画定される一方、列島弧では「自粛」が呼応され社会を平定するシークェンスの中心に在る「自然」認識の輻輳、ゾーエー（生物的な生存）とビオス（生活世界の生存）を結節する「自然」が、吉本隆明における「風・光・影」で内在的に交差する姿に接近できるからである。

講演録末尾のコロナ問題に触れる手前の「東日本大震災と吉本隆明さん」と題されたパートに抜粋された宮沢賢治に因む当時のインタビューからピックアップしてみる。

「何か自然との影響関係があるとすれば、風の影響がいちばん大きいだろうと思いますね」、「日本の天候現象というのは以前と同じように考えちゃいけないんじゃないか。そういった変化のひとつの結果として今回の震災があったと考えられる」、「風と水（川も海も）が著しく変わっていて、その変化が東北だけじゃないとすれば全体的に、世界的に何か変化が生じていて、地震や津波もそのなかのひとつとして現れている」、宮沢賢治の思考について「宇宙論的な考え方というのは非常にはっきりしたものです。（中略）全体的な変化として捉えるわけです。そのときに人間や地域を宇宙的な視野から見ている」。（＊1：31、32）

「自然」を「全体としての自然」を媒介に再定義した瀬尾育生の顰（ひそみ）に倣うなら、人間の行動に由来する環境破壊や惑星レベルでの周期的変動など天地の変化や揺らぎは「濃度」と「襞」に包み込まれ、因果律において「対置」されはしない。つまり、「自然」=「全体としての自然」は、その変化に対して（人間によって）何らかの手が打たれる対象ではなく、「全体」がエンテレケイアと同一的なのである。「全体」が現前してしまえば、「自然」と人間世界の二分法において能動性に転換するような契機はなく、襞列の先端＝「全体」じたいで知行合一が果たされる。かつ、「全体」は「巨視的な宇宙からの視点」（「世界視線」）において時空の序列を包括している。だから、震災も新型コロナ感染拡大もリニアな時間における一回的な出来事ではなく、内在的な変化として、つねにすでに起こりつつあるのだ。変化し、起こりつつある「全体」は「風」によって表徴される。

このことを押さえて、〈講演〉録の冒頭から辿ってみる。

村瀬学は「小さな発見」から語りはじめる。吉本隆明の最初期の大凡五〇〇篇から成る『日時計篇』の冒頭に置かれた作品「日時計」の、全集・全著作集・全詩集版ともに「日時計の文字盤はれんげ草の敷物であり　アラビヤ数字は花々を編んで少女たちが　こしらへあげた団杖とよばれる武技のための杖をぼくらは中心に直立させた」（＊1：2）と収録された詩句のわからなさから吉本の自前の罫線のオリジナル原稿にあたり、「数㎜の空白」から「少女たちが、こしらへあげた　団杖とよばれる」という区切りを「発見」する。そうするとわからなさから、「花の文字盤＝女の性」と「直立する団杖＝男の性」から「日時計としての性」＝「四季」（「太陽」の恵みを受けながら、生きものが生殖の周期をクロスさせ合う生態の総体）（＊1：7）が現れる。

それと、後に本稿で掘り下げるポイントになるが、このようなある種の誤植に近い出来事の背景として、全集・全著作集・全詩集いずれの収録においても吉本は『日時計篇』と『固有時との対話』の初期詩篇への否定感が極めて強く、復元にあたっての取り決めもいたって「大雑把」であったという事情が録される。

「日時計」＝「四季」＝「全自然のエロス」というモチーフを確認した村瀬は、太陽の動きに準じて刻々と動く「影」は、地球上の生命体の動きそのものであり、「団杖」よりも重要な役割を果たすと言う。「「影」が生きものの比喩であるということ以上に、実は生き物同士が「性的、エロス的」に交流し合うために発している「初源のことば」の比喩にもなっている」（＊1：8）と述べる村瀬は、『日時計篇（上）』から「泡立ち」という詩を採り上げ、「影が泡だつ」、「泡立つ影」において「「自然物」が「既成のことば＝人間のことば」では捉えられないような次元で「感知」されはじめた（中略）、「生きもののエロス的なことば」、つまり「初源のことば」のレベルに向かう指向性をもっていた」（＊1：9）と続ける。「泡立つ影」は、「人間のことば」ではない「初源のことば」、すなわち、敗戦により「日本語」の喪失を通過した吉本の「影としてのことば」＝ポエジーに他ならない。「風」は、『日時計篇』、『固有時との対話』に亘り、「人間の作り出した「建築＝観念の総体」を揺るがすもの」（＊1：11）として登場する。その「起爆力」は「どこから」という問いを残余させる。建築に差す光が「影＝詩」を与える。かくして、「風と光と影」という現存的な感覚の原基が組織される。

解読は、横展開されて、まず、ホフマンスタールの『チャンドス卿の手紙』との比較では、観念あるいは地上的な概念からの疎隔によって「生命的なもの」が感知され、「未知の言語」が語りはじめる局面が確認される。次に、吉本隆明の『宮沢賢治』に擬音の導入によって「無機物や有機体の生命の世界が高度になり、ひとの世界にまでひきあげられることになる」という一節を引く。さらに、「荒地」との出会いを契機に、『固有時との対話』と『転位のための十篇』を刊行する頃をめぐる芹沢俊介との対談からの抜き書きには、「今さら言えるようなことはない」、「一種の行き詰まり感」、「ただ逃げようとしていた」、「過渡的なものとしても意味があるとはちっとも思ってなくて」（＊1：22、23）という当時の吉本の自己否定的な述懐があからさまに語られる。

「「風」の存在論」というパートが最後に置かれる。「渡り」をする蝶たちの習性から、「地球」には「風」が吹いており、「風」で覆われており、つまり、「地球」は「風」であるという隠喩が掲げられる。そして、生き物は「匂いを運ぶ風」によって「出会い」を求め、衣食住を決める。「「匂い＝エロス」は「風」がないと実現されてこなかった」（＊1：24）。「生物の生態系の根源に「匂い＝エロス」の仕組みがあって、その仕組みを支えるものとして「風」がある」（＊1：25）という「まとめ」が、「大気」―「風」＝「気象」、個人の「息」「呼吸」、プネウマ、九鬼周造の「風の流れ」を旋回して、「風」の四つの次元へ集約される。

　その次元は、Ⅰ「地球的、惑星的な次元」、Ⅱ「生物的、生態的な次元」、Ⅲ「言語表現される次元」、Ⅳ「詩としての「風」」である。Ⅳ次元について、Ⅲ次元と対照して、ヴァレリー―堀辰雄のテクストから、「「風」が勃起したように「立つ」」（＊1：29）というエロティックな表記の「起爆力」のイメージから「「規範体系になる言語表現」が足かせになって、「沈黙」の「有意味性」を発揮できなくなったときに、その規範性を毀す意識が芽生えてきます。それが「詩」という次元の表現ではないか」（＊1：30）という問いが、「初源のことば」、「未知の言語」と接続し、「小さな発見」＝「全自然のエロス」の発見に循環する。

先に触れたように、吉本隆明は、初期詩篇『日時計篇』とそのエッセンスである『固有時との対話』への否定感が極めて強かった。それはなぜか。村瀬学は、「風」というシニフィアンをめぐる周密な遡行によって、「日時計」＝「四季」＝「全自然のエロス」というモチーフを抽出し、敗戦により「日本語」の喪失を通過した吉本の「影としてのことば」・「初源のことば」＝ポエジーが、生き物のエロスのように「起爆」する姿を描き出した。毎日書き続けられた『日時計篇』の大凡五〇〇篇は、吉本にとって、言葉以前の言葉＝「未知の言語」が「起爆」する欲動＝エロスの貯水池（詩的無意識）に他ならなかった。

この欲動＝エロスの痕跡は、「荒地」との出会いを含む思想言語への形態化において、「今さら言えるようなことはない」ものへと抑圧された。どうしてなのか。

「日本語」を喪失したアドレッセンスの吉本は、「初源のことば」をエロスに身を挺して「起爆」するが、その「未知の言語」は、もういちど喪失されることにおいてのみ、「日本語」へと回帰しえた、ということではないか。その、エロスがタナトスに転じる局面は、「原生的疎外」に通底する吉本隆明の倫理＝思想原理の生成原点である。加えて、瀬尾育生が「自己表出」概念を脱構築的に画定した「全体としての自然」（ピュシス）は、『日時計篇』で堆積され抑圧された「起爆」（エロス）の倫理＝原理としての回帰なのだ。

だから、『日時計篇』の解読から「初源のことば」に遡行した村瀬学の探究は、二〇一八年三月の加藤典洋の講演「戦中と戦後をつなぐもの」が、吉本原理論のキータームである「原生的疎外」、「共同幻想」、「自己表出性」を駆動した「自己中心性」から敗戦を契機とする欲望への肯定性の経験を剔抉し、その前年に瀬尾育生が「吉本隆明の詩と〈罪〉の問題」で、やはり主に『日時計篇』の解読から吉本の「婚約破棄」の内在的な痕跡＝下降倫理を探り、「関係の絶対性」を画定した行論と全円的かつ多元的なシンクロニシティを描くはずである。

だが、「全体としての自然」でいいのか。コロナ問題の最中、「われわれ」は「自然」に抱懐されたまま、ついに隠喩から能動性に転じる回路がないのか。手詰まっていたところ、〈講演〉録の冊子から、栞に使っていた同封の紙片がはらりと落ちた。見ると、村瀬学から発行者に寄せられた礼状の抄出であり、そこでは、ボブ・ディランの歌について書かれていた。

「答えは、友よ、風に吹かれている／答えは、風に吹かれている」。

＊

＊1『村瀬学〈講演〉録』北海道横超会Ⅱ、二〇二〇年七月
＊2「現代思想」二〇二〇年八月号所収
＊3 中林敦子訳、Pヴァイン、二〇二〇年
＊4「エピデミックの発明」高桑和巳訳、「現代思想」二〇二〇年五月号所収
＊5「ペストとコロナのあいだ」、＊2と同じ
＊6 宗左近訳、ちくま学芸文庫

「飢餓陣営」五二号、二〇二〇年一二月

累積夢もまた、物質＝ことば＝記録、に殺到する

――山本育夫『HANAJI　花児 1984-2019』（思潮社、二〇二二年）の稜線に接近してみる

この一冊では、山本育夫という固有名が蕩尽されようとする。そういう形態を纏った本として現れる。山本は、現在もウェブで「毎日詩」を公表しており、進行形で詩的エクリチュールのただなかにあるが、表題に明示された三五年というレンジで山本育夫という固有名が括り出されるということである。まず、一九八四年刊行され二〇一九年に復刻された詩集『ボイスの印象 1984』（「水の周辺」、「憎悪の行き場」、「ボイスの印象」の三つのパートから成る）、一九九一年に造本計画があり、二〇一八年に再編集された詩集『新しい人 1991』、そして、二〇一九年刊行の『花児 2019　HANAJI・水馬（あめんぼう）』が、詩集それぞれで異なったフォントとカリグラムで束ねられる。

通例、これで詩集という形態が完結するが、本書（「注記」を参照）では、続いて、吉本隆明、神山睦美、谷内修三、河津聖江、松下育男、川岸則夫による山本の詩作に関する批評、雨宮慶子との書簡、インタビューが収められる。雨宮とのインタビューは、美術家としての来歴、詩集制作の経緯が詳述され、ネタバレもあって、批評行為を先手でカバーするものだ。さらに「つづれ織り」と

して個人誌「博物誌」に連載されたエッセイで山本自ら最果タヒの詩作を読み込む。その読解では、最果の詩語の「平面に監禁されたことば」や「フロッタージュのあり方」の詩の不在に自らの沈黙／詩的空白が投影される。

詩集（詩作）、山本に関する批評、インタビュー、自身の批評行為すべてが、「博物誌」に掲載されたものだ。つまり、「博物誌」とは、文字通り、山本育夫という固有名をめぐる博物誌であり、山本育夫を「記録」し尽す媒体なのである。

ルナールの『博物誌』には「蛇、長すぎる」というような諧謔があるが、山本育夫の「博物誌」は、ユーモアなどのマチを認めず、山本育夫を「記録」することに徹している。詩作も、詩作をめぐる他人の批評も、インタビューも、自らのエッセイも、ある種、「記録主義」につらぬかれる。どうして、山本育夫はかくも執拗に「記録」されねばならないのか。

一つは、本書の末尾に記された「いささかの事情」である。特に、二〇一八年一二月の大腸ガン手術の一年後に多転移となり、抗ガン剤治療に踏み切って奏功したが、腎機能の低下で治療をいったん中止、二〇二一年一月に再開するという切迫的な身心状態のなかで、山本に、三つの詩集を「三部作」と捉えるモメンタムが析出したということだ。三五年という詩的歳月を事後性において俯瞰するだけではない。そのパフォーマティヴな志向性に、自らの詩的エクリチュールの未来が賭けられているのである。

もう一つは、「三部作」のモチーフとして、「花児」というキャラクターの「兆し、出現、召喚の物語」と山本が機序を画定してみせるクロノロジーの背後に、一九八四年、一九九一年、二〇一九年という極私的刻み目を入れられた三五年は、詩作の危地がうねる歴史的・状況的な三五年でもあったということである。その因果は、結ばれるものであり、解かれるものでもある。一九八四年は、『ボイスの印象1984』の端緒のネタであるドイツの前衛美術家ジョゼフ・ボイスJoseph Beuysが来日し、東京藝大で三時間に亘り学生たちとの対話集会を行った年であることが、前記のインタビューでもウィキペディアでも確認できるが、それに尽きるものではないということだ。

詩的エクリチュールの周囲を旋回するように、つまり、作品群の実質とは懸隔するように書いているが、本書の形態と張り合わされた山本育夫じしんの「記録主義」は、心的な形象の記述を記述する、あるいは、叙景を叙景するという詩的展開の二重性と不可分である。本書のエディターシップは、詩的エクリチュールと相互的である。記述の記述であるという二重性は、詩作の構造であり、書物の構造でもある。そのように、山本育夫は、山本育夫という固有名を捕獲するのである。

どういうことか。まず、山本の詩篇は、近作「水馬（あめんぼう）」を除き、ほぼ、途中から書き始められている。始まりという構成が拒まれている。むろん、あらゆる詩作には一行目が存在するが、一行目に加重される構成、いかに平叙的であっても、始まりが要請する意味的・非意味的な包括が拒絶されているのだ。言い換えると、詩篇が時間という連続性におけるトルソのように切り出されている。形態としては、主格、目的格が抜き去られている。何がどうか、が描かれるのではなく。何かが、動き、ざわめいている。あるいは、状態が夢のイマージュのように投げ置かれる。

その捉えにくさは、七〇年代後半から八〇年代にかけて、荒川洋治や平出隆の詩作が省略や脱臼的な統辞を効かせて既往戦後詩のオーソドキシーを攪乱した様相とは、ニアミスのように接触ぎりぎりのところで、交差しない。ここで、その差異を精査することはしないが、山本育夫の詩語がファルスと吃音に満ちていることは確かである。荒川や平出の詩語は無臭で操作的だが、山本の言葉には生きものの臭いが染みついている。

〈不明な市(いち)から、騒騒と気配だけは伝わってくる。背後から、あるいは背後へ、位置の点性にぐるりの全くの無に、自在ではない、その、位置の不安に、打たれ続けていることは間違いない、だから「どこへ」、あるいは、「どこから」という由来への執着は、激しく薄い、けば立って、くる、精神の薄毛よ、そよぐ闇の音よ、風の由来も、実は不明なのだ、宇宙風、とそう繰り返す、不明な市から、こうして、気配だけは充満しているが、市の只中にいれば、行き交う人は誰もいない、〉

(「意志する破片」冒頭部分)

何がどう、なんだろう、と問うことでは意味も非意味も追い込めない。象徴や比喩を媒介とする解読を受け付けない。その、遡及困難な断片の連鎖へ、読点によって織りなされるリズムに乗っていく他ないのである。すると、「位置の不安」、「不在の不安」を記録する視線の在り処に漸近してくる。詩として励起される寸前の理念の稜線が現れる。「気配」とは、そのような、決してやってこない「出来事」を待つ者だけに現前する信憑の感覚である。

〈うつむいているいつもの頭部/とも出逢うことになる/咬みすてる/余りのぞかないで/と　声/緑色の衣類が/まき散らかされている/幾つかはにじんでいる/窓辺にさがっているものもあり

／手早くとりこむ／汗ばんでくる　うしろから／立ったまま／あいだ中／木立の向こう側の道端で／日傘がずっと動かずにいる／午後なのに／澱んでいる／海の方からばりばり陽射しが／届いている頃が／懐しい／／弟たちがわいわい帰ってきて／／姉の顔に／ゆっくりと戻っている〉（「晩夏」）

この懐かし気な昼下がりのスナップショットは何を隠しているのだろう。いや、隠されている何かに目を凝らすのではなく、やはり、始まりと終わりという機序に拘束されずに、短く折り返される詩行に乗っていくということだ。すると、映画におけるモンタージュのように、散文によってフレームされてしまうより多数的だが、太くくっきりした描線で、元型としての「姉」や「出来事」の稜線が浮き上がるはずである。「出来事」そのものよりも、その稜線にたどり着け、と詩句が告げている。

『ボイスの印象1984』から、形態として、かつ、詩語のイメージとして対照的な二篇を書き抜いてみたが、任意に切り取られた時間のトルソのように、未遂の「出来事」の「気配」に満ちながら、稜線だけが彫りこまれていく言葉の痕跡は明らかだ。言葉が彫りこまれていく時間は、そのまま「記録」の時間でもあるはずだ。その話法は恐らく、リンクし合う三つのエレメントから循環している。

一つは、山本が美術家としてのキャリアを重ねていることとの連関である。美学的な知見や感覚を鍛え上げているということではなく、ましてや、それらを詩作に応用しているということでもない。そうではなく、破片、木質、材質、線条、溝、壁、砂、臭気を含む物質性、物質的恍惚が詩語に侵入しているということである。現実的には、造形美術の作業過程が、直接的に、詩語の生成に重ねられている。
〈突くと、その力の押しだけ、／へこむ、／ふくらむといったっていい、／向こう側では、／柔らかいが、粘性である、〉（「作業の、闇間」冒頭）
〈追う、線描に沿って、／意味から離れて、／追う、物、語らず、うたわず、〉（「体表の、悪寒」冒頭）
〈つぎあわされているので、／それは、異なった材質であることが、／わかる、つるつるとかもさもさとか、／そういった形容を言葉にあげてみる、〉（「形相。」冒頭）
　といった具合である。
　途中から書き始められるとは、詩作者である以上に、山本が、常に物質＝材質と向き合う作業の途上に在る、その時空を生きているということである。作業の偶有的な断面で、生起した詩語が「記録」されるということである。
　この件（くだり）について、山本は、雨宮慶子によるインタビューで、〈つまり、ぼくの詩って、まず舞台があり、そこでぼくのある感情を表そうと考え、それに必要なことばを集めてくる。その際、表そうとする感情が優先であり、意味はとりあえずは重要ではない、むしろ集まってきたことばたちが意味を生じさせようとすると砕いてしまう。（……）つむぎながら意味が生じようとすると砕く。この繰り返しの運動みたいな感じ、〉と自己解説している。運動性＝反復性は、物質から「感情」へと直通しようとする。詩作は、その運動性を「記録」し、自己解説が詩作のメタ記録として重層する。

二つには、前記の自己解説から引っ張るふうになるが、山本にとって、言葉／ことばもまた、破片や木質と等価な「物質」である。この等価性を追走することが山本の課題であり、詩法になっている。それは、山本の美術家である以前の資質＝原質から由来する話法だと言うこともできる。

言葉／ことばが「物質」であるとは、どういうことか。ソシュールに傾斜するが、個々のことば‐語は、一義的には、記号である。Chien（シャン）（フランス語）、イヌ（日本語）という有節音と犬🐶の実態（意味、イメージ）との関係は恣意的であるが、国語において、語‐記号が孤立していることはあり得ず、一般的に探究すべきは、語（記号）ではなく、語の体系（構造）である、と言われる。シニフィアン‐シニフィエの恣意性は体系（構造）の探究（画定）において必然性へと転倒されうる。

ところが、山本の場合、ことば（記号）＝物質（実態、イメージ）であり、シニフィエ（意味されるもの）が実在しない地平を造り出そうとする。シニフィアン（ことば）＝シニフィアン（物質）という等価性が詩作を駆動するのである。実存思想が流行した頃に刊行された『物の味方』の著者フランシス・ポンジュには、フィリップ・ソレルスとの対話『物が私語するとき』があり、それらをサルトルは生命を「物質の屍衣」に包み込む「死者偏愛の夢想」だと評したが、山本の場合は逆だ。物質が語りはじめることによって「死」がむき出しになるのではなく、シニフィアンが、ことば＝物質の等価性の徴として、つまり、ことばはことばだというトートロジーを励起する意味破壊（無化）の衝動として、句読点（主に読点）や擬態語、擬音語を席捲して荒れ狂う。その「舞台」に、言葉が、素材のように、集められる。

造本計画は一九九一年だが、『ボイスの印象』から継続的、再帰的に二、三年で書き上げられたという『新しい人』において、この課題と詩法にドライブがかかったと思われる。
〈なおもその物質の壁に、次第に真向かって歩んでいくと、どうやらその稜線は、ある種の人工的な直線や曲線が見られるようでもあり、この巨大な塊における、ある種の謎めいた装いは、さらにも増殖していく気配である。〉（「不思議な物質」末尾）
〈「精神、が、物質化、したとしたら」、この、一行だけが、この書き込み、から、滲みだして、いる、ものすごい勢いで、私の、手、は、書き込みを、休めることも、しない、で、続けて、いるのだが、勢いで、書き込みを、書き込みの、手、を、休むことは、しないのだが、その、動いている、私の、手を、見ている、私の、手、を、私、の、手、を、わ、た、し、の、て、を、わ、〉（「精神の、物質。」末尾）
〈ぴちぴちと音立てているのも、活字、こぼれ落ちるのも、活字、こぼれ落ちるのも、活字、のような、印象を押し付けてくる、ここでは、この沼そのものが例えようのない、言葉なのだ、恐らくは、発語の、始まりのような、立ち会い、なのだろうか、愛、と愛、とあ、い、と、愛おしさはいつも、隠されねばならない、〉（「沼の、面。」部分）
言葉の物質性をめぐる格闘が身体感覚に翻訳され、理念的な叙景が叙景される。デュシャンが、「便器」を「泉」と名付け、オブジェ（便器）の本質（意味）を裏切って見せた「名づけ」によるシニフィアンとシニフィエの転倒とは真逆の冒険が、言葉 - 詩語 - 物質の系列において遂行されるようである。物質への慄き（おのの）が、それを記す言葉への慄きとして、ことばに殺到する。

三つめは、夢の叛乱と累積である。夢の繰り込みは、『花児2019　HANAJI・水馬（あめんぼう）』で顕著になる。『ボイスの印象1984』でも、作業の偶有的な断面が、物質の蠢き、ざわめきとして、稜線へとたどり着こうとする光景には、夢の気配が棚引いていたが、三〇年以上を経た近作では、いくつかの詩的な態度変更がある。まず、作品に始まりが現れる。始まりが構成される、ということは、詩作に終わりに向かう機序と文脈が現れるということである。機序に伴って、現実の時間と風景がクリアに打刻される。そして、大半の作品において「ことば」という物質が方法的に犇めく。「ことば」の物質性が切り分けられて、詩行に配置される。

同じように、夢は気配としてではなく、夢として対象化され分節されるようになる。だが、そのために、夢は現実との境界で身体を鞭打つように作用しはじめる。『花児2019』所収の一篇。

〈ぼくのからだは／だんだん痛んでく／あちこちから／ことばがふきでものになって／それを伝える／それぞれがそれぞれの役割を／不思議な夢の中で果たしてきたんだな／だれも疑いもせずに／見つづけ演じつづけている／いまも進行形で／（これは夢なんだ／ぼくは夢からさめた夢をまた見る／という夢をまた見るという夢をまた見る／この国は〉（「水国」）

これを『新しい人』所収の、次の二篇と比べてみる。

〈眠りから覚めると、ひどく肩がこっているのが、わかる。背中に、重い鉛が、食い込んでいる。剝がすこともできぬまま、立ち上がり、人の形に、どうやら戻ろうとしていると、〉（「断層の、仮眠」冒頭）

〈三たび目覚めると、砂埃の中である、白い、白い、一面の、白い、白い、一面の、瞬きも出来ぬ

まま、辛い昼食をとる。袋を被り、うずくまり、乾パンを噛る、〉(「舞い、砂。」冒頭)

話者は目覚めても、まだ、夢の中に在る。夢の「途中」で目覚めているに過ぎず、夢は継続している。カフカの言説展開と似ているが、山本の場合、一気に全現実へと裏返されるというかたちにはならない。夢がエクリチュールを呼び込むのである。ところが、「水国」では、累積夢が対象化されている。つまり、話者は目覚めていい。エクリチュールが夢を導入することになる。だから、身体が「だんだん痛んでく」というのは、直接的な現実である。また、「この国」という抵抗性が表示される。

「錆びたことば」でも、〈何度目かの夢に目覚め、また夢に戻る、切っ先から砂ぼこりが西方に長くたなびいている、懐かしい光景の中で男は知った、この世界では、けたたましく飛び跳ねることもできない、できない、それどころか監視カメラが縦横無尽に張り巡らされている、〉(前半部)という世界への反感表明が記される。

『ボイスの印象』、『新しい人』では、ガストン・バシュラールが『水と夢』で、水、土、風から物質的想像力を構想したように、言葉の物質性を担保にして、夢が覚めた後も夢は終わらない、という話法がつらぬかれた。『花児 2019 HANAJI・水馬(あめんぼう)』では、夢は叛乱し、累積するが、それは、覚醒した話者によって記される。この詩的な態度変更は、山本育夫の詩的行為の往路と帰路を描くのではないかという批評的ドラマツルギーを誘惑する。

ところが、山本のエクリチュールは、『新しい人 1991』の前半から、ダダイズムを裂開するようなキャラクターを仕掛けており、そのキャラクターは詩行の中心には登場しない端役のようでありながら、『花児2019　HANAJI・水馬（あめんぼう）』に至って不気味に勢いづき、エクリチュールの爬行性を確証してしまうのである。

むろん、「花児」である。〈かさぶたが剝がれた後は、美しい、桃色／桃色、幻のように、そう言い放った花児、自分の指十本、粕漬けにして、喰っちまった、愛すべき花、〉（「這う」部分）というシークェンスに「花児」は登場する。「花児」は、翁童的に、崩おれ、笑い転げ、〈花児のばやいね、やばい、、、花児の大きな、花、鼻血、ブッ〉（「悲しみ」部分）、〈そうこうしながら、花児は、後ろから鋭利な刃物で首掻き切られて、死んでしまったのです。〉（「花児刺殺」部分）。それでも、「花児」は、擬音、擬態音を放散しながら、ゾンビのように暴れまわる。

「水馬（あめんぼう）」以降の詩作品は、いったん『花児Ⅱ』という表題で纏められたが、「花児」は、そこには、現れない。「花児」は、どこに潜伏したのか。もしかすると、遂に「花児」は、詩語の話者に成り上がって、「水と夢」を賦活しようとするのではないか。

「花児」の復讐かもしれない。「ことば」がその標的となるのは当然だ。だが、再帰的に標準化する詩語には、〈ことばを転がしているうちに、肉体に出会う〉（「水分補給」より）という危うい「意味」の徴候も否めない。それは、山本育夫という固有名の危地であり、「記録主義」の隘路かもしれない。詩的エクリチュールの往還を切断した、つまり、山本育夫から詩的還相を奪い去って戯れる「花児」は、話者として、あるいは、アブジェクトな分身＝翁童として、この「意味」という罠を粉砕できるだろうか。

注記

本稿の初めのあたりで、「吉本隆明、神山睦美、谷内修三、河津聖恵、松下育男、川岸則夫による山本の詩作に関する批評、雨宮慶子との書簡、インタビューが収められる」と記したが、その後本書の、構成が変更され、詩作品以外は、吉本、神山のボイスの印象の栞文と雨宮のインタビューに絞られることになった。ただし、本論では、当初の構想を「記録」する意味で、当該記述を存置することにした。

「博物誌」五一号、二〇二二年四月

「第三の性」は何を黙秘したのか

――森崎和江『第三の性』からフェミニズム批評のアポリアを辿る

『第三の性』は、一九六四年に書かれ、著者・森崎和江が下書きを携えて東京の版元を行脚するというフォローもあり、翌年に公刊された。森崎の実像に近い病弱だが活動的かつ思弁的な沙枝と歩行も困難なくらいに身体を患う律子との「交換ノート」の形態を採る。沙枝から律子への通信に始まり、一五往復目、三〇回目（N30。以下同）の律子の短いノートの後、最後の、N31の沙枝のノートは死んだ律子に宛てられる。つまり、律子は、N30の後、呼吸不全でこの世を去っている。

一九九二年六月発行の河出文庫版の「あとがき」で、森崎は、「産んだ女と産めない女の対話という形をとらせた」（211）と記した。この対位には、執筆当時、苛酷に女性に加重され、現在に至っても解消されないジェンダー問題が孕まれるが、「対話」が析出する「対位」は、それだけではない。「男女共同社会」＝「自由」への道を手探るためには、森崎の実像＝分身の実践が徹底検証されねばならず、沙枝の息の長いエクリチュールに対して、紙数で言えば「対話」全体の三割に満たない律子の応答は、思弁に対して情緒や気分、歴史認識に対して現在の（死に向かう）臨界感覚、存在の類的統覚に対して個をめぐる直観的こだわり、というコントラストで沙枝のモチーフを攪乱する。

例えば、沙枝が、「人間の意識は、具象を観念へ固定させた以上は、その観念と存在との関係をさらに追求しようとしますから。しかも、はじめて集団内の人間関係を性交渉をとおして分離的規律へもちこみ、集団原理ともしようとしているときです。男たちの抽象能力はめざましく開花したろうとおもいますね。その意識界の活躍は飛躍的で、女体土偶などを生産に関する集団規律の象徴として造型し、また抽象で世界へせまる通路を開こうとしたにちがいない。／それだけでもわたしは、男っていいやっちゃとおもってしまうんです。女をお日さまに仕立て上げずにおれない生理機能を武器にして、抽象領域を切りひらいたのですから」（N11：72）と記すとき、沙枝は男の論理（抽象力）に同調しているのではない。男（ロゴス：自然体とイデアの分離）への親和を仮装しつつ、「性トーテム」＝「普遍的な性交渉の形態」(75)を相対化する契機に接近しようとする。そのためには、自力の言語形態によって情欲の形成をめぐるロゴスの定常性を凌駕しなければならない。

これに対して、律子は、「「女」のほしい男は金を出して「女」を買いました。「男」のほしい女も買えばいい。あり金はたいて買えばいい。買っていいんだと思うんですよ。そういう時代じゃありませんか、今は。（……）女もやっぱり強姦する。しているんじゃないか。そんな気がします。ねえ、そう思いませんか。性の自然性でもって、相手の意志をねじまげる」（N12：79）、「男のイデエをえがきながら、買えばいいと。いまはこの分裂を利用する時代じゃないんですか」（N12：80）と返す。資本制社会の運動性の中心にある売り買い＝交換の条理の基底で相克する等価性と剰余価値がむき出され、交換における存在倫理を痛撃する。この転倒は、一九六九年に公刊された『苦海浄土』で石牟礼道子が記録したチッソとの東京直接交渉における「今度貰ったお金で、あんたの長女を買いますから、うちは長女を死なしとりますから。そすっと水銀飲ましてクタクタになしてあなたに看病させますから」という坂本トキノの発言に通底する。

沙枝と律子の食い違いについて、本書について精緻かつ的確な解読を展開した今村純子は「分断」と捉え、男女の「分断」に加わる「分断」の二重構造、人間における「分断」の連鎖と捉えている。[*1]

「性交は微妙に存在がその瞬間にとらえている意識次元をあらわすんです。そして意識の流れから生理がとびたつときの高さをつたえ、もはや肉体の波調にゆだねるほかないころ、その存在の原基にしみている色彩を形而上的な心象の裸形としてふりかからせてくる」（N22：153）という沙枝の詩的とも言いうる渾身の論理に、律子は「それはどうにもならぬ人間のあぶらなんだ。人間そのものが現実におしまげられずに生きるためににじみ出させる分泌物なんだ。思想とはそんなものなのだ」（N23：162）と応じる。この位相の違い、「分断」の重層性が、他者性によって捕獲されるかどうかは予断を許さない。何故なら、「他者性」じたいがロゴスの表徴であることは否めないのである。

しかも、確かに、「対話」なのだが、律子は、いや、沙枝も果たして「応答」しているのだろうか。二人は、対偶関係のように、直列的には交差していない。行き違っている。だが、むしろ、その行き違い＝ディスコミュニケーションを辿ることによって、直列的に交差すれば、その「交差」（他者性のテクニカルな強度）からやってくる共苦（コンパッション）が、「対話」自体の前提である言語体の基底にある象徴秩序に回収されることを免れているのかもしれない。
沙枝はロゴスを突破するために、ロゴスを研ぎ澄ませようとする。そのために、出自を含む歴史認識への目配りも怠らない。一方、律子は、そう遠くない自らの死を感知し、「このノートを遺書を書くように書いているの」(N16:125)と記し、日常性の文脈と生理感覚(「産めない女」の底なしの劣等感)に軸足を置く。この「分断」は著者・森崎による仮構であり、象徴秩序の罠をかいくぐるためには、性=エロスを旋回する女性原理が引き裂かれねばならないというぎりぎりの方法的選択だったのではないか。それは、「人は女に生まれるのではない、女になるのだ」というボーヴォワールの措定の背後の整然とした普遍理性を覆すポジションでもあった。

何度か沙枝のノートが二〇ページ前後の長広舌になっているが、N25では、「集団的なエロス」について弁証される。「人類の男女が類としてもつ性の特殊性と個の固有性の、凝縮力を愛しあうんです」(179)、「互いに主体的な自己運動を行ないつつ対応しえる方法をさがそうとする、心情的連帯なんです」(181)と述べ、律子にも同意を促す。ところが、律子は、「しんとした恐怖のごときもの」、非女群として内向し、「個体というのはこれは、過去から未来へかけての、また人間と人間との非連続的連続であり、また連続的非連続なんだな」(187)と呟き、「性とプライバシイの関係」に思いをめぐらす。つまり、律子は、蹉跌の体験をあくまで「個体」によって受け止めている。N17で沙枝が「わたしたちの間によこたわる真空地帯は、その両側にいる女たちが、まだ本質的な交流を持ちあっていないことからでてくるのではないでしょうか」(130)と迫った「真空地帯」は「真空地帯」のまま残余し、「共有」も「止揚」も画定されずに、律子の死がやってくる。
これは、「真空地帯」というアポリアであるだけではなく、森崎の仮構のアポリアでもある。「産んだ女と産めない女の対話」は、男女の「共通のことば／概念」(210)生成の端緒として企図されたはずだ。「分断」の重層性は、死に至る「個」から歴史の可能的な(不滅な)「類」への「凝集」という弁証の轍によって乗り越えられようとした。その果てに「真空地帯」が残余してしまうなら、つまり、仮構性においてもそれを消去できないなら、「対話」のベースである二項の相関性(連鎖の必然性)をスクラッチに戻すというもうひとつの冒険が要請されるだろう。

富岡多恵子は、『わたしのオンナ革命』に続く、一九八四年刊行の『藤の衣と麻の衾』で、『モア・レポート』のアンケート調査の報告を参照しながら、オヤ(母)と子供の「関係」(育児)に注目する。まず、「親子関係」というのは、子供を生んだという(偶々の)立場に伴う「契約」である。次に、「関係」(育児)の過剰(一点集中主義)は「女性のほとんどが、子供を生み育てる以外に、オトナになってからすることがないからである。(……)「育児」に於ける「野蛮」或いは「野性」がなくなって「文明」になったからである」(＊2：189)。産む産まないに連関する「育児」をめぐる「関係」の重力が一気に偶有化される。さらに、オヤが「「しなくてもいいこと」をする余り、オヤが「しなくてはならないこと」をしなくなる」(＊2：190)ために、子供は「野蛮」のままオトナになる、と言うのである。「関係」の偶有化は、「産む」・「育児」という「自然」を動物の地平に引き直し、「自由」の在り処に「はぐれもの」を召喚する。

『第三の性』と富岡の発言には二〇年の隔たりがあるが、その間に男女の「分断」が埋まっているとは言えない。「男と女は、それぞれが世界のへりに追いやられていく。世界のへりで、それぞれが男の世界と女の世界をつくり、それぞれの世界から、おたがいが男と女を求めてその間に立つ市に相手を買いにいく」（＊2：200）。売り買いの条理が、依然として、「性」（共通言語）の不全をカバーしているのである。

ところで、『第三の性』の「対話」には、最後まで「第三の性」というタームが現れない。では、「第三の性」とは何か。それは、両性の彼岸であるのか、沙枝と律子の「対話」によって引き裂かれた女性原理に呼応する超越論的な「他者」であるのか、あるいは、現在の「LGBTプラス」の可能性をも抱懐する「もうひとり」であるのか。一九七一年の改装版の「あとがき」でも、女であることが「世界の今日的な苦悶」として捉えられ、森崎はまったく楽観していない。ただ、女が「世界（苦）」であるという統辞において、フロイト主義への抵抗と「女」の主体形成のアポリアが符合する。

だが、沙枝がN9で引いた旧約「創世記」で神エホバがアダムから取った肋骨で女をつくりアダムのもとにつれてきてアダムが語るくだり、「エホバ神言いたまいけるは、人独りなるはよからず（……）アダムいいけるは、これこそわが骨の骨、わが肉の肉なれ」（50）という言葉の孕む両性（ヒト）の「単独性」と「両極性」の原初的な同一性と「n個の性」（ドゥルーズ＝ガタリ、一九七二年）とを途方もなく縺れた線分で結びつけ、可能的に接合する1からnへの数列の最初の秘数のように「3」は、布置されるはずである。それは、「はぐれもの」のように、第三項であることを踏み堪え、希望の原理を黙秘している。

＊

＊1　今村純子「沈黙における対話の可能性」
http://www.hmn.bun.kyoto-u.ac.jp/dialog/act9_imamura.html

＊2　井上輝子・上野千鶴子・江原由美子編『リブとフェミニズム』岩波書店、一九九四年
「比較メディア・女性文化研究」七号（国際メディア・女性文化研究所）、二〇一二年三月

IV

Reviews

「文学システム」批判のスペクトラム

――ジョ・ヨンイル『柄谷行人と韓国文学』

高橋修訳、インスクリプト、二〇一九年

『近代文学の終り』という本は、二〇〇四年辺りに、「定本　柄谷行人集」刊行のため、『日本近代文学の起源』が改訂された際、「近代文学」は、すでに歴史的な制度でさえもなく、もはや過去のものだと考える柄谷が、「文学の現場」からすでに降りていた自らのポジションを確認するように講演やインタビューをもとに編んだ著作である。したがって、柄谷行人の主著の系列には属さないが、これが韓国で翻訳刊行されると、「文学の終焉」というテーゼが、同国の小説家、批評家に、日本においてよりも、日本で考えられているよりも、はるかに痛烈な衝撃を与えた。その結果、柄谷行人は韓国で最も参照される思想家となった。

著者ジョ・ヨンイルは、この事態を多面的に検証することによって、「文学の終焉」のインパクトが多分メタレベルに留まった日本の文学・思想シーンからは見えない問題群を描き出して見せる。現実的に、柄谷の「近代文学の終焉」テーゼに韓国の批評家たちが感じた「居心地の悪さ」は、「終焉」の認識じたいは決して新しいものではないにもかかわらず、それが断言されることで、批評の役割の終焉が告げられ、生活をアカデミズムと「読者」に依存する批評家の限界性＝制度性が露わになるからだ。「(原稿)依頼」がなければ「批評」もない。直接的で気風のいい「受動性」認識において、ポストモダン以降の日本での症候であるメタレベルへの償却が回避されている。抽象を踏み堪えることで、ゴシップへの横展開を含め、実証的にファクトを堆積し構造を抽出する話法がつらぬかれる。

本書において可視化の端緒を成したポイントを四つ指摘できる。

まず、第三章「批評の運命――柄谷行人と黄鍾淵(ファンジョンヨン)」で、黄の柄谷批判に絡めるかたちで、著者は、柄谷の「近代文学の終焉」が「経験的自覚」に因ることに、ヘーゲルの「芸術の終焉」が哲学の体系的必然であることを対置し、ポストモダン的な「美の回帰」がヘーゲル的な「芸術の終焉」に等しいというフレドリック・ジェイムソンの主張と柄谷との符合、「歴史の終焉」以後の「動物的」状況と日本のスノビズムとの位相差をめぐる黄の言及への一定の同意を経て、柄谷の「否定性」の強度が再確認され、「いまの韓国文学が、どうやって近代文学とは異なるやり方で「形式化された価値」を超えて人間の尊厳性を擁護しているのか、黄鍾淵は明らかにしなければならない」と問う。

次に、第四章「批評の老年――柄谷行人と白楽晴(ペクナクチョン)」では、「終焉」と白が主張する「価値＝甲斐(ボラム)」の可換性、「文学」の力そのものが歴史的に例外的な現象であるという柄谷の考えを押さえながら、「民族」概念に関し、戦争被害者への謝罪主体(ネーション)の構築にかかわる加藤典洋の「ねじれ」議論と白楽晴との親和性に伏在する柄谷との対立点が明らかにされる。

第五章「「語り」対「批評」——柄谷行人と黄晳暎（ファンソギョン）」では、韓国の国民的作家でノーベル賞候補でもある黄晳暎の新作長篇『パリデキ——脱北少女の物語』が失敗作であると著者は明言し、ダンピングなどによって人為的にベストセラーが生み出される同国出版界のマーケティングの実態が抉り出され、『パリデキ』に集約される「自己‐完結的‐コード」、「癒し」という「解決（プリ）」、「韓国文学ルネッサンス」と黄晳暎の狡猾な語りの背後に「根底」の確信（幻想）と「口承物語（または寓話）」＝原物語への退行が見出され、これらと「批評の論理」との差異が強調される。

もうひとつ。日本文学に席捲されている韓国文学における「村上春樹という問題」である。著者は、村上春樹に「近代文学の終り」を見る柄谷が「転倒により発見された「風景」が、村上春樹によってもう一度転倒された形で再発見され」自明化されたと述べた件（くだり）をめぐり、「終焉」の孕む歴史の反復と「自己‐完結的‐コード」（ロマンス）との共犯関係を見出す。

これらのポイントをつらぬくかたちで、既往の韓国「文学システム」（『創作と批評』、『文学と知性』によって形成された文壇体制）における制度（ネーション）‐内‐批評、および、「（近代）批評の終焉」への抵抗をめぐり、「文学的であることは、高度に政治的であること」という柄谷の述懐を梃に、村上春樹と村上および柄谷を否定する黄晳暎がともに回収されている「「近代文学の終焉」という問題の枠組み」からの再帰的な逸脱が試みられようとする。

どのようにしてか。それは、終りなき物語の「「苦痛」は解消されないが「交換」はされうる」という血のような循環を絶つことによってである。

著者は、柄谷行人の韓国文学へのコミットメント、すなわち、〈日韓文学シンポジウム〉主導のそもそもの契機となった中上健次と尹興吉(ユンフンギル)との出会いと友情に遡り、尹の『長雨』の衝撃力について、個性や人間性や民族を重視する尹に対して中上が「〝個性〟とか、〝作家存在〟とかが破砕されていたということの発見」、「人間というのはイデオロギーです」(傍点は著者)と応答する行き違いに注目する。韓国と日本の相互性から各々の「自己同一性」＝絶対的差異という物語を解消していくこと、雨がいかなる象徴的意味にも拘束されない雨そのものであるように、相互の「根底の不在」に届くことによって血のような循環もまた解消されるのだ。

本書は、韓国において柄谷への反発が喧しかった二〇〇八年に刊行された原著からの邦訳であるが、柄谷を介して透過される韓国文学のシークェンスと、刊行後一〇年余を経たラカンのいう「事後性」とのアマルガムにおいて、柄谷行人の現在の可能性の中心が象徴界に打刻されるという回帰的な仕掛けになっている。それは、著者ジョ・ヨンイルの「文学システム」批判というアプローチが、「形式化」＝無‐根拠の思考の実践に他ならないからである。

「図書新聞」三四三五号、二〇二〇年二月一五日

大阪という対象a（オブジェプチター）が誰かに語り出される

——倉橋健一『人がたり外伝　大阪人物往来』

澪標、二〇二〇年

本書の形態は、「人がたり外伝」とある通り、いわゆる本伝・正史、真っすぐに大阪について述懐されたものではない。僅かな例外を除き、大阪出身者ではなく、大阪を通過したり、暫時滞在したり、大阪に因む作品や行跡を残した四十三人の主に作家や詩人のピンポイントの境涯をオムニバスふうに列挙した一冊である。著者・倉橋健一は、小林秀雄、金子光晴、伊東静雄、谷崎潤一郎、三島由紀夫、野間宏、夏目漱石、野坂昭如、開高健、真継伸彦、永瀬清子らの姿を描きながら、そこに結節される大阪がモンタージュの果てに浮かび上がってくるという仕掛けである。

逆に言えば、大阪を中心にした大阪についての語りではなく、大阪が様々な境涯の周縁に非中心的に現れる。野坂昭如の章の言葉を借りるなら「原体験、私小説風ではなく、外化された大阪」が現れるという語り＝騙りの方法が選ばれた。

それはどうしてか。こんどは、少女歌劇の舞台に在った田中絹代の章から引くなら、「雑ぱくな天王寺界隈の最下層生活のなかで、絹代はしかしごくわずかながら、周辺部とはちがうずれを意識しつつ成長していた」、あるいは、「下関ナマリに大阪ナマリがまじった、なんともいえない甘い雰囲気の声で人気をかっ攫う。これもまた生粋の大阪ことばを想定すればずれの産物であった」と描かれる「ずれ」の現れである。

つまり、大阪＝浪速は、「ずれ」（少女歌劇と貧困）を感覚する場所であり、「ずれ」がナマリの甘い声のアマルガムを析出する場所であり、小林秀雄は、「僕の乱脈な放浪時代の或る冬の夜、大阪の道頓堀をうろついてゐた時、突然、このト短調シンフォニイの有名なテエマが頭の中に鳴つた」と記す。「外化」された「ずれ」そのものとして「外伝」に馴染む逸話が堆積する場所なのだ。さらに敷衍するなら、大阪商人の気風と市場経済、小出楢重のいう「温気そのものの如き大阪弁」と「標準語」（東京弁）、ひいては大阪と東京の「ずれ」そのものとして大阪が現れるということである。

ラカンの顰（ひそみ）に倣うなら、大阪は対象a（オブジェプチター）である。去勢から生じた対象a（オブジェプチター）は、欲望の原因であるが対象ではあり得ない。欲望は、いつも対象a（オブジェプチター）の周りを旋回するが、対象a（オブジェプチター）にたどり着くことはない。空虚な幻想が投影されるスクリーンのような対象a（オブジェプチター）は、非中心的であるがゆえに中心的な位置、すなわち、三界（現実、想像、象徴）が接しあう臨界に位置している。そのように、誰もが、大阪‐を‐生きる、のでも、大阪‐に‐生きるのでもない。「ずれ」としての大阪‐が‐誰かに、非中心的な中心として生成する。

だから、金時鐘（キムシジョン）の『猪飼野詩集』をめぐり「長く猪飼野の名でしたしまれてきた、鶴橋を起点とする、二世三世と代をつないできた在日朝鮮人の一大集落地が、隣接する町に併合されて、その名を失ったこと」を、小野十三郎の「短歌的抒情の否定」について「音楽的（情緒）手法から絵画的

（イメージ）手法への転換」を記録する著者において、「奪われた地名」への抵抗や「天皇の時代に背を向けた」姿の背後に隠された大阪という脱‐主体が語り出すと言うべきである。大阪は、否定性のもとに滞留しうる場所として、東京に求心されたとたんに画定されてしまう均質な主体とは対照的に、動乱と無調和な直接性と「何となくわんわん吠えているような大阪駅」（内田百閒）を保存している。

福井県が故郷だが大阪暮らしが長い著者は、巻末の対談で、他所者に「大阪人が見ない大阪が見えてくる」ことをめぐり、坪内稔典に、「大阪で一番嫌いなのは何ですか」と訊ねられ、「ようさんあるわな（笑）」と返しながら、結局、嫌いなこと（もの）を特定していない。

これは、件（くだん）の僅かな例外の一人である折口信夫が、「故郷びとの薄情・喧噪、さういふいろんな悪徳をそなへた、わづらはしい町の人事」を厭わない「故郷に對する私の底意は、町びと達には訳らない」と記したことにつうじる。「大阪が見えてくる」のであって、大阪‐を‐「見る」のではない。語り＝騙りにおける脱‐主体が四十三人の口承を抱懐し、「古代研究」のように、大阪という「底意」を紡いでゆく。

練達の話法という他はない。

「図書新聞」三四四五号、二〇二〇年四月二五日

歴史‐現在認識の支配的パラダイムからの断絶を図る
――鵜飼哲『テロルはどこから到来したか　その政治的主体と思想』

インパクト出版会、二〇二〇年

「テロリズム」という言葉は、とくに九・一一の出来事以降、いわゆる民主主義あるいは自由を標榜する政治的地平において、「暴力を犯罪のコードに」一方的に転写した、「敵」に対する「一種の罵倒語」として流通している。罵倒される「敵」は現実的にイスラームである。本書は、この言葉とそれにかかわる政治的行為の由来を、その言葉を分節した威力の実態との相互性を明らかにしながら、植民地主義の淵源に歴史を遡り、グローバリズムに汚染された列島弧（日本という国家）において見え難い（隠されている）もう一つの認識の布置を鮮やかに描き出し、支配的パラダイムからの断絶を図る。

フランス文学・思想、とりわけ、ジャック・デリダやジャン・ジュネを継承・骨肉化しつつ「抵抗」・「応答」・「主権」に現れるシークェンスを越境的に裂開し行動する著者は、二〇一五年一月のシャルリ・エブドの事件、および同年一一月のパリ地域六箇所同時襲撃事件に至近で遭遇したトピックを掘り下げるにあたり、「歴史的類比（反復）」の視点を導入する。すなわち、「共和国の理念の防衛」というリアクションの自家中毒をめぐり、二世紀前のカトリック王党派による「白色テロル」、一九八八年に銃撃された長崎市長本島等と谷川雁との「情念の交信」に底流し現政権の「積極的平和主義」に同伴するキリスト教－「世界のラテン化」(デリダ)がイスラームの「共同体の超自我への、超同一化」の契機に連関するモチーフを手繰る。

また、二〇一四年七月のパレスチナ連帯デモがＰＩＲ(フランス移民運動の左派組織『共和国の原住民党』)によってオランド政権の禁止令を粉砕して完遂された経緯が報告され、大凡一〇〇年前の帝国主義の欺瞞的策動からガザ虐殺に亘る「中東の不幸」、「植民地支配に起源を持つ政治＝社会状況において、容認し難い暴力的事態や抑圧的行為が発生すると、そのことを口実に、歴史的被抑圧者の側が「身の潔白」の証明を迫られ、分断を強いられることになるという構造」において、ハマスなど武装闘争支持の抵抗運動が植民地主義的な謀略に晒されるなか、「テロルの時代」を生き抜くための「明晰な認識」の重要性が確認される。

それらに先立つように、「体制派が使嗾する「反テロリズム戦争」への動員に屈することなく、逆流に抗して、もうひとつの「テロリズム批判」を分節する」ために、「個々の出来事」の「諸要素間の異質性」に留意すべきだという考えの下、所収の論攷で三つのリテラシーが示される。

一つは、現在一六億人を擁するイスラームは、欧米諸国やこの国では、冷戦以降の「不安定要因」としての政治＝社会現象と思われがちだが、「現在のヨーロッパは、大体キリスト教暦九世紀前後に成立したと考えられている。これは、イスラームの台頭に対する反作用としてヨーロッパが形成されたということを意味する」。つまり、イスラームは、ヨーロッパが分節される本源的な地勢認識の「地」であり、「イスラームがなければそもそもヨーロッパは存在しなかった」。

次に、しばしば「差別的なまなざし」とともに喧伝される「イスラームの名のもとに行われている、女性の隔離、人格否定、隷属化」という現象について、「千年以上前にコーランが、女性に財産の管理権を認めていたこと」が聖典から明示され、「都市生活のなかでムスリムの家系がその財産の分散を回避する究極の手段、それが女性の隔離だったのではないか」、つまり、「女性隔離という社会的、イデオロギー的上部構造」をめぐり、「経済的要請」という下部構造からの規定性を踏まえた「異文化理解」への回路が召喚される。

三つ目は、「罵倒」の標的でもある「自爆攻撃」について、著者は殉教―昇天という俗説を退け、「イスラームでは基本的に自死を禁止している」と指摘する。「その禁忌が、八〇年代以降、急に解かれていった」、「伝統的なイスラームがむしろ解体しつつある過程」の背景にある「イスラエル＝パレスチナの抗争」における「聖戦主義者の闘いの理念、スローガンの中には「復讐」の思想が認められ」ることについて、ブラックパンサー党のヒューイ・ニュートンの「闘いに命を賭ける」、「革命的自殺」という言葉が参照され、「「復讐」の観念に内在している大切なものを、暴力一般を否定する時代の傾向に抗いつつ救い出す」方途、「生きてやつらにやりかえせ」の実践のエチカが模索される。

さらに、二つの状況が接続している。一つは、中東、アフガニスタン、アフリカ諸国における「戦士社会」、すなわち「戦争のなかでしか生きられない」という事態が、ピエール・クラストルが『国家に抗する社会』で示したプロセスを反転するかたちで、暴力を「再発明」し、グローバル化の内部に「みずからの現状の責任の所在を、つねに探し求めている」。二つには、イラク国家の実質的な消滅に象徴される「ポスト植民地国家」の脆弱化と「イラクとシャームのイスラーム国」(ISIS)に代表される「非国家的交戦主体の出現」である。そんななか、「元祖「ならず者国家」」である日本の湾岸戦争以降の「「正戦」イデオロギー」への関与性(目論見)は、対米従属とは異なるコンテクストで見極められるべきである。

本書は、一九八六年に書かれたフランス大学制度における「右派内閣の改革案に反対するデモ」の報告から、二〇一五年のパリの事件への一連の論攷、アーレント『ユダヤ論集』の解読、「マクロン勝利」のポピュリズムが「国民戦線」(FN)の脅威と共犯的であるという現状分析、死刑を徹底して政治的に捉える辺見庸の著作の解説文(二〇一八年八月公表)までの二〇ほどの多彩な時事的な言論をカバーする。いっかんして「テロ」「テロル」「テロリズム」という言葉の政治性を統覚しつつ、「世界がどれほど苛酷であろうと、それをあたかも自分が作ったものであるかのように見つめ直す」という可能的な「当事者」性につらぬかれる。

ブッキッシュな思弁や抽象や挑発に与することはなく、著者は、デモや出来事の現場のそこから思考を立ち上げ、出来事の因果に伏在する政治力学を解き(ほど)、定常のラディカリズムにはない異教的とも言いうるアプローチで、既往の歴史——支配者(植民者)の物語——のパラダイムを相対化し、覆すのである。その意味で、政治‐状況論という枠組みを超えて、認識論の臨界を刷新する類例を見出し難い斥力のポレミックである。

「図書新聞」三四五一号、二〇二〇年六月一三日

「分断」から社会的包摂へ転轍する契機を追求する

――佐藤幹夫『ルポ　闘う情状弁護へ』

論創社、二〇二〇年

「情状弁護」というのは、刑事事件の裁判において、「被告人の苦境をくみ取り、被告人に有利な事情を探し出して立証」することだが、「有利な事情」とは、生育歴や犯罪理由など過去に属することだけではなく、未来＝「その後の更生」の確実性が弁証されることが繰り込まれる。その未来の弁証と更生の推進のためには、「司法と福祉の協働」が不可欠なのである。

本書の主題は、「司法と福祉の協働支援」であり、著者が二〇年来取り組んできた「自閉症スペクトラム障害・知的障害と刑事事件」という課題、すなわち、「「障害と犯罪」の背後にある見えにくい問題」を可視化して「「障害／健常」などという分断の必要のない社会」の可能性を追求する志向的実践の集大成である。

だが、「福祉は「社会的弱者の権利の保護」を目的とし、司法は「社会的逸脱者・法益の侵害者への非難と科刑」を目的とする」、あるいは、「福祉は意思決定の支援であり、より良い人生、生活の質を向上させることが大きな目的」であり、「司法はあくまでも刑罰の発動」である。さらに、刑事裁判では、被害者、被告人のリアリティよりも国家のリアリティが優先され、「「国家のことば」が隠しもつ暴力性は、マイノリティ問題であればあるほど前面に出てくる」。

加えて、「障害をもつ犯罪加害者への支援」は、本人の「自立」を損ねることがありうる。このように、パラドックスは多重的である。

第Ⅰ部（第一章～五章）は、二〇一二年に大阪市で起きたアスペルガー症候群の男性による実姉殺害事件の裁判員制度に基づく地裁判決で、求刑を上回る量刑の判決となった出来事を辿る。量刑判断の背後には、「保安処分の理念」と「発達障害の特性及び発達障害者支援法」への無理解がある。著者は、供述鑑定のスペシャリスト、当該事案の地裁、控訴審の弁護士などに取材し、惨劇に至る加害者男性の足跡を追うとともに、「発達障害がどう裁判員に理解されるのか」、「刑事施設での処遇が長くなればなるほど、社会的回復を困難にさせる」、「再犯防止」という目的性に隠された危うさという問題を確認しながら、「更生支援」と「情状弁護」の相互性に「司法と福祉をつなぐ実践」の回路を見出そうとする。

具体的には、「知的障害」をもつ人の刑事弁護において、地域生活定着支援センターによる「更生支援」の実効性が確認される。例えば、被告人に対する「更生支援計画書」を情状立証の論点に据え、「適切な量刑判断」と「責任非難」を導く。

本書の形態は、文字通りルポルタージュであり、徹底した取材において多くの固有名が掲げられるが、なかでも、二〇〇一年四月の浅草「レッサーパンダ殺人事件」、一九九七年の国分寺知的障害者通所施設放火事件に遡り、「差別観のうえでつくられる知的障害者の〝犯罪者像〟」と「闘う情状弁護」を展開した副島洋明にフォーカスする。第Ⅱ部（第六章〜九章）では、「無罪で強く争う」副島の姿勢を契機とし、「かりいほ」と「ふるさとの会」というふたつの現場での取り組みにおいて、「基本的信頼関係」、安全・安心な「居場所」、社会との「つながり」を確保することによる「自閉症スペクトラム障害」（広汎性発達障害）の「更生支援」の協働モデル＝本人の「生き直し＝回復」＋当事者の「相互変容過程」が描かれる。

イデアルには、「知的障害」をもつ人が施設と（地域）社会の狭間で刑事事件を起こし、司法によって裁かれ、服役し、（地域）社会に戻るという過程——時間制（事件の前と審判、その後）——において、その人の境涯を公正（フェア）なコンテクストにキャリーするべく、「律法によって罪が作られた」とパウロが言う律法を地上的に語り直し、市民社会では司法と福祉に分裂した公共性の始原を実定法の中心に召還する。そのためには、まず、刑事事件（犯罪）の因果律を最大限に転倒する。つまり、どうしたら、その事件が起こらなかったかを考え抜く。そういう社会資源の配分（福祉）を検討する。次に、起こってしまったこと—起こしたその人について、律法以前のイノセンスを回復する機会の事後的な実現可能性を法廷弁証する。これを詰めていくと、「知的障害」があるかどうかは偶有性のなかに解消されるはずだ。

むろん、現実的には、簡単でも単純でもない。まず、刑事事件には被害者がいる。また、「弁護士は基本的に裁判の始まりから終わりまでしか見ていない」。さらに、ダイバージョン（非刑罰的処理）と無罪推定原則（有罪判決前の処置）との緊張関係、ダイバージョンの生活支援としての実効性の困難、社会福祉士が刑事司法において権力を持つことの錯誤、福祉予算や契約関係による制約、「入り口支援」推進による検察庁の権限拡大の目論見など、枚挙にいとまがない。だが、この連綿する苦難こそが、著者のモチーフを駆動するのだ。
「司法と福祉の協働」は、公共性の始原を賦活することによる両者の文化の違いの揚棄というだけでは不十分で、「支援が必要ではなくなる支援、という感度」、つまり、「その先」において「支援」(「自己決定」を阻むもの)の解消を射程に入れるべきである。本書をつらぬくこの「通奏低音」は、「支援」じたいが過渡的であるという認識において、記録（ルポルタージュ）という行動／言説が、現場（フロントライン）の数多のアポリアの底にある「分断」を「包摂」へと転轍しようとする間（つながりへの）―当事者性の符牒である。

「図書新聞」三四五二号、二〇二〇年六月二〇日

「普遍主義」の廃墟

——飯島耕一『アメリカ』

思潮社、二〇〇四年

とても奇妙な、この数か月である。新型コロナ（邦訳・太陽冠）ウィルスによる感染性呼吸器疾患が世界中に蔓延し、夜ごとYouTubeでチェックするCNNでは、アメリカでの感染者数は二〇〇万人、死者は一一・三万人（二〇二〇年六月七日公表値）。極東の列島弧では、「緊急事態」というのが解かれるや「不要不急」の外出を諫める街宣はやんだが、大半の人々の顔（ヴィサージュ）は依然としてマスクで覆われている。周囲に感染した人はいないが、どこもかしこも、「自粛（服従の内面化）」という毎度（政権御用達）（裕仁崩御、震災以来か）ながら他に類例の無い態勢が生活感覚の根っこを占拠している。感染拡大を回避する（感染しない責務）という「正義」が完膚なきまでに到達されようとする。

つまり、コロナはイデオロギーと化している。どういうことか。まず、ひとは病み、苦しみ、ときに死に至る。その個別性が類的な「出来事」によって排除される。次に、共同社会において感染しないという「正義」が優先され、結果的に、可傷的な、本来的に非-共同社会的な領域が打撃され、その相関に誰も抵抗できない。

厄介なのは、信じていないが信じている（擬態への同意（黙契））というジジェクが多用するイデオロギーのパラドクスとは異なり、可能的な「感染」も「死」（一定の致死率）も信じない（怖れない）わけにはいかないのである。だから、可能的＝偶有的であるという存在論的な両極性が消去され、誰もが「普遍主義」に加担するようにして自己中心性に退行してしまう。

ここでいう自己中心性とは、欲望論的（ヘーゲル主義）な考え方や利己主義（資本）とは異なり、ピアジェのいう「乳幼児の思考様式」、すなわち、他者性・相互性・複数性を欠き、ものごとを自分の立場からしか認識・判断しない状態である。この発達心理学における相対関係判断の困難という「乳幼児の思考様式」は、アメリカ＝世界という汎式がとっくに終わっているのに、それでもアメリカ＝世界だと一人合点している現在のアメリカ国家を熟思するための符牒になると考えられる。つまり、アメリカ＝世界という思考の枠組みは、利害の問題ではなく、主観の拘束‐幼児性からの離脱の問題である。

今回のコロナ騒動で、震源（エピ・センター）が中国、ヨーロッパからアメリカに移（染）ったことで、「普遍主義」の盟主のように振る舞っているアメリカの自己中心性が多重的にむき出しになったが、敗戦国‐属国（終わらない戦後）というパラダイムに馴致されたまま、ぐんぐん微細化する日本語のなかで、二〇〇四年一〇月に飯島耕一がまとめた『アメリカ』（思潮社）の、アメリカ＝世界という構図の空虚を問う、武骨とも言える叙事的詩語の奇跡のような神話作用を召還してみたい。

鮎川信夫が「われわれのアメリカはまだ発見されていない」とうたってから半世紀。「おれは一体何に渇いているのだろう。詩を書こうなどとまだ思い立つのは」という呟きを挟み、飯島は、九・一一以後の東京で患ったヘルペスからの恢復期の「肉欲」のような「発語の衝動」から、コルトレーンやバド・パウエル、ソニー・ロリンズらの馴染み深い残響、マレンボというコンゴの悪霊やヴードゥー寺の秘儀などの逸話、土方巽の「肉体の叛乱」をめぐる回想を旋回し、ヘミングウェイの自殺以降のアメリカの凋落を「武器の谷のアメリカ／悲しいアメリカ／それは私だ／私から癒えようとするアメリカ　決して私にはなれない／私を恐がっている」という複数化する「私」への語りかけとして打刻する。

　プライヴェートなファクトに堆積された時間を「気分」（快・不快）で手繰る反リリックで粗削りな行分けの話法は、「行っても行ってもアメリカには辿り着けない夢」の果て、ウィリアム・カーロス・ウィリアムズの詩句には残余していた希望から、ロルカのような「空は　欺かれ　るのに慣れ」という一行（リフレイン）を経て、パウンドが「死者たちが歩きまわり／生きている者たちは厚紙でできていた」とうたった絶望へ、砂漠に駆り出される兵士の姿にヨーロッパで生成した「普遍主義」の廃墟を見出す。だが、見出された「普遍主義」の廃墟は、「私」の廃墟、日本語（半分アメリカ語）の廃墟、ついには詩作の廃墟と孕み合う。

　再帰性は寸止めされ、反時代性よりも「気分」を投射した喪の言葉が繰り出され、感性のスケール、あるいは、極私性において「大人であること」（主観の拘束からの離脱）が見せたのは、「二という数」への慰藉のように「アメリカ」と「戦後」の総体を抱懐し慨嘆する父性（ファザーシップ）の最後の背中だったのかもしれない。

「現代詩手帖」二〇二〇年七月

牢獄の穴の底で愛と知と力をうたう

──トンマーゾ・カンパネッラ『哲学詩集』

澤井繁男訳、水声社、二〇二〇年

カンパネッラ（一五六八年〜一六三九年）は、一四歳でカトリックのドミニコ会士となった。その後、パドヴァ大学でガリレイ（一五六四年〜一六四二年）らの知遇を得て近代自然科学に目覚めたが、一五九九年、スペイン圧政下の南イタリアの故郷カラブリアで革命を企図し発覚、逮捕され、ナポリの牢獄を転々として一六二六年まで二七年間収監された。テクストは、獄中で書かれた詩作品をカンパネッラの信奉者であるサクソニアの人文主義者トビア・アダミ（一五八一年〜一六三四年）が、カンパネッラ自身からの口述筆記による解題とともに、一六二二年にドイツで出版した。

本書は、その訳者である澤井繁男の責任編集による「イタリアルネサンス文学・哲学コレクション」の第三巻として刊行され、従来、抄訳として紹介されていたカンパネッラの詩篇が初めて全訳として届けられた。前記のカンパネッラの来歴やテクストの背景の大半は訳注と訳者解説に拠る。

カンパネッラにはやはり獄中で執筆された主著『太陽の都』（一六〇二年）があり、詩篇における解題では同著に加え、しばしば『形而上学』やダンテ『神曲』への言及があるが、それらを措くかたちで詩篇を読むことに徹してみるにしても、詩篇が獄中という過酷な環境で書かれていること、検閲などの可能性を意識した言説であることを考慮しないわけにはいかない。つまり、詩人の本音が単純には見えないということだが、たぶん、カンパネッラは、本心を隠すのではなく、拷問などの極私的な痛苦を含む出来事性を、とことん抽象することによって、自在な記述を成し遂げただけではなく、超越性と合理性と地上性の臨界で揺らぐ心性を書き留めえたのだと思われる。

どういうことか。カンパネッラは、デカルト（一五九六年〜一六五〇年）に出会い損ね（デカルトのイタリア滞在中、カンパネッラは獄中にあった）ながら、神の存在証明においてコギトに到達するという合理主義の端緒へ、デカルトとは対極的な杣道を歩んだ。すなわち、ともにローマの異端審問をかいくぐりながら、デカルトは諸国の彷徨を思考の契機としたが、カンパネッラは、長きにわたり幽閉された獄中の孤絶の憶想、その苦難によって抽象力が駆動したのである。

さて、五三〇頁を超え片手では持ち倦ねる本書は、詩作品に1の「序」から89までの番号が振られるが、一つのカンツォーネは一〇篇前後のマドリガーレで成立しているため、全部で二二七篇の詩をその多くに解題が付されたかたちで収める。その序列は、時系列ではなく、カンパネッラの意図に基づくアダミのエディターシップによるものと考えられる。とくに章や節の区分はないが、全篇を辿ってみて、大きく言って三つのうねりが見出される。

まず、詩人による創造主＝第一の存在（思慮）＝至高善への信仰告白と、力、知、愛という三原理（プリマリタ）の画定、必然、運命、調和の誕生、至高善の国家理性に対する優位、「世界という劇場では霊魂が、／肉体と情熱で仮装し、／神のみ業である自然という舞台に立って、／究極のみせ場を準備する。」（14より。以下、このかたちで引用表示）など様々な概念の階層が確認される。三原理では、愛あるいは力が優位に立つ。さらに、愛の対象であり善の徴＝外観である美をめぐる諸説がうたわれ、至高善をめぐるカンツォーネには「森羅万象は第一の存在の陽光だ、／その裡にぼくが見出すのは、／世界、美徳、理念、」（31より）とある。「すべての実体を超えてゆく」神の無限性を前提としながら、その半世紀後のスピノザにおける汎神論（神即自然論＝無神論）、そのまた一世紀後のカントの三（理性、格律、美）批判書の系譜に連なる理神論の端緒が伏在している。

つまり、カンパネッラには、創造主を認めながら、超越性の認識には微かな揺らぎがあり、そのことが、信仰と身の潔白の確信との間で、祈りと問いかけのうねりを描く。「ぼくの肉体は労苦にたいして、／ただ服従のままに生き、」（72より）、「五十の牢獄を巡り、七度の拷問を受けた。」（73より）という「ぼくの長く無慈悲な幽閉が、終わりを告げるように祈る。」（75より）。彼は、救いと自由を求め、祈るが、地上における必然、運命、調和の不全に傷つく。「ぼくは条件をつけずに祈るが、／祈ったことと異なる応えをぼくの天使から受け取るのが常だ。」（73より）というヨブにも通じる嘆きが、「諸部分は全体の生のために、／一なる生へと結合する、／ぼくの肉体に死や生が往き来するように。」（73より）と記す再帰性に循環する。

「生を寿ぐ四つのカンツォーネ」以降は、牢獄にあるという苦痛を肉体の否定によって乗り越える心性に傾きつつ、「あなたの恩寵を望んでいたいと強く願う。」」。三原理を確認しつつ、ヘルダーリンを彷彿させる「神を賛美するよう促す聖歌」、「神の摂理を明らかにする聖歌」が綴られる。「あなたの光がぼくに届きますように。」（89より）が全篇の結句であるが、繰り返すと、神の超越性は微妙に異化されており、カンパネッラは、信仰と一体化はせず、促し、明らかにするように、祈りの「裂け目」をうたうのである。ラカンのように言えば、カンパネッラにおける神は対象a（欲望の原因）、つまり、「私が求めるもの」ではなく、「私が私であるために」しがみつく何かである。

カンパネッラは、ガリレイが『星界の報告』（一六一〇年）で唱えた「地動説」がローマの異端審問に晒された際、獄中からの著作で、ガリレイの観測による客観知を擁護しながらも、「地動」（地球が回転していること）じたいが「神慮」（神の摂理）であると述べたという。この引き裂かれ方、あるいは、合理精神と摂理認識とが刺し違えた傷痕は、三三年余り投獄された革命家ブランキの『天体による永遠』（一八七二年）が断言した無数の地球と可能的存在の無数を経由するふうにして、獄窓―幽閉の孤絶から見上げた星々からの啓示のように、現在をつらぬいている。

「図書新聞」三四五六号、二〇二〇年七月一八日

〈うた〉の可能的な歴史(いま・ここ)がきり拓かれる

——藤井貞和『〈うた〉起源考』

青土社、二〇二〇年

本書は「起源」という言葉を書名に冠しており、歴史の起源＝古代歌謡、個人の起源＝和歌、現在の起源＝「うたう」ことという腑分けにも怠りない。また、「重要な取り組みとしては『万葉集』と『源氏物語』とを一つの視野にいれるということがある」という開示もある。すると、体系的な原理論を想定し、身構えて臨みたくなるが、そして、そのようにテンションを高めた読者の態勢を裏切るものでは全くないが、展開としては、著者自身が「詩歌集の趣」をした「舞文」を期したように、一つ一つの〈うた〉に寄り添い、読者とともに味読し、「うた状態」を直視し、一編一編を「取りもどす」志向のスペクタクルで成り立っている。言い換えると、原理を先行させるのではなく、実証を重ねて〈うた〉の現場の深層に降りてゆくのである。

六部構成のうち、序章と第Ⅰ部から第Ⅲ部にかけて、本質論に軸足が置かれる。古典語の〈うた〉を底光りさせる「懸け詞」、「一語多義的用法」あるいは「一語が二語へと分離する瞬間を狙った技法」をめぐり、屈折（転轍）＝文の分裂を経て本句において統一へ向かう古代からのメタフィジックスの構造が確認される。ここで、著者は、「深層」を現存的に描くという方法をとり、構造主義者として振る舞う。〈うた〉の始まりについて、「等時拍から音数律へと、一歩進んださきに〝詩〟はあるという理屈」に加え、「うた」の語源、折口信夫の律文神授説への懐疑、歌謡—類／和歌—個の対位を経て、そのポエジーが「うたう」いまの現場性にあることが強調される。

〈うた〉の〝詠み手〟に関しても、構造主義的アプローチが採られる。まず、詠む人の主体＝〝われ〟は「ゼロ人称」である。「〝真の主体〟はそのようにして詠み手の表現行為そのものとなる」。次に物語歌における「われ」＝四人称（物語人称）を措定し、自然詠をめぐり自然称、擬人称に敷衍して、「懸け詞とは本来、〝称〟を越えて懸けられる橋ではないか」と問う。つまり、古代において「うたう」ことの説話的〝現在〟に近代的な主体認識は符合しない。

「〈うた〉は叙事歌謡でない限り、いまという時、ここの時間から未来時へという集約点で、会話のように瞬間となり、あるいは実際に会話文となって働く」、つまり、「徹底して〈いま〉が刻み込まれる」という本書の立ち位置は明快である。一方、「古代」の歴史的時間のレンジとして、二世紀後半代の歴史的事件を淵源とする古代歌謡から七世紀後半の『万葉集』を折り目として『源氏物語』までが想定され、『万葉集』以降を「物語紀」と呼ぶ。歌謡＝「うた」の発生のシーンとして、呪文や雅語などの原型における神々への呼びかけから戦闘行為（「神話（かむがたり）」）、アレゴリーとしての「狩猟」（女性の獲得）に亘り濃厚な神話（説話）性が保存される。空間的には、吉本隆明の「南島論」や柳田國男などに触れながら、「古日本」と「古琉球」との対位において「沖縄文化と日本文化とは対等にある」と述べられ、さらに、インド南部のサンガム詩を見渡し、『古事記』の片歌や漢詩と対照して「韻律はけっして言語の生理的な在り方でなく、文化の所産としてある」という考えが導かれる。

原理を先行させない著者の非体系的な思考の推力が、ファクト（膨大な数の〈うた〉テクスト）が織りなす深層のゲシュタルトにおいて抽象を凌ぐのである。平安の歌垣における衣通姫（そとおりひめ）、小野小町の夢の呪力、「女歌」をめぐる折口信夫への抵抗、『蜻蛉日記』や『和泉式部日記』に現れる和歌（恋愛）生活＝〈うた〉‐内‐存在を辿り、第Ⅴ部「源氏物語の和歌」に至る。本書のクライマックスと言えようか。「夕顔」では、「心あてに」歌を契機とする光源氏との男女のかけひきから「物語歌」の難解さに向かう。源氏との密通により若宮を産んだ「藤壺の宮」の「身のつたなさ」。六条御息所に通じる女の情念を秀歌に託した「明石の君」の「歌の無力」に嫡妻として嫉妬する紫の上が縺れる究極のメロドラマ。

『源氏物語』の女性では最多の和歌二十六首を成した「浮舟」をめぐり、三つの課題が現れる。まず、「薫、匂宮のはざまに立たされ、死、出家へくぐりぬけてゆく浮舟の物語内的状況」と秀歌の相関を踏まえ、「ひとはいったいどのような時に秀歌を口ずさまずにいられなくなるか」と問う。次に、匂宮との相聞の拗（こじ）れについて、「作歌を解釈する。作歌があらわした意味の深層は消すことができない」というアンビバレンスが剔抉され、解釈＝宿命の読解と物語欲との連関から和歌と物語性の対立の通底性が見出される。

「時空を超えて歌は人々の行き来を見守る呪力を持ち続けてきた」という条理によって、『万葉集』

から現代短歌、ひいては現代詩をつらぬく〈うた〉の現在が包括されそうでいて、「人は人生のどのような、一回きりの凝縮した時間に際会して、先端の感性を歌の調べに託することをするのか」という絶唱の探究は終わりなき問いかけとして残余する。大著『構造主義のかなたへ』で展開された『源氏物語』への構造主義的なアプローチと『文法的詩学』で案出された古語を現代に召還する実証理論（「真の文法」への接近）とが、〈うた〉の「いま・ここ」、古代歌謡から現代短歌、現代詩をつらぬく「いま・ここ」で刺し違える。

どういうことか。〈うた〉をめぐる歴史的な時間が構造に翻訳され、歌・物語の考古学（アルケオロジー）の実践において、〈うた〉の可能的な歴史（いま・ここ）がきり拓かれるのである。

もういちど。書名に「起源」とあり、なけなしの知見から書評子は二つのテクストの参照を合点したが、遭遇することはなかった。「歌のおこる所」を説いた本居宣長の『排蘆小船（あしわけおぶね）』と、等時拍から無音の拍を剔出した菅谷規矩雄の『詩的リズム』である。

まず、啓蒙性から遠心し、〈うた〉の現存性＝ちからに自力の思考で迫ろうとする強靱な企図（モチーフ）、次に、発生論＝原理論という範式を振り切り、〈うた〉の発生するダイナミズムに向き合おうとする方法的情念。無類の「舞文」のエクリチュールに伏在する背理は、これらに尽きはしないはずだ。著者自身が、〈うた〉の生成そのものに他ならないのだから。

「図書新聞」三四六六号、二〇二〇年一〇月一〇日

危機の時代（とき）、詩のあらがいの力を求めて

――河津聖恵『「毒虫」詩論序説』

ふらんす堂、二〇二〇年

本書は、二〇一五年から二〇一九年にかけて発表された詩論や時評、書評を収めるが、二〇一五年は、安保法案が可決された年であり、国会前のデモの現場からその夜にわたる敗北感、戦争に向かう時代への危機意識、共同体への「自己親和」に対する異和、抵抗への志向性が一冊を鋭くつらぬいている。闘争性へのコミットメントは明らかであり、それは、著者の批評意識とシンクロするかたちで選択されるテクスト群によって照射される。

表題の「毒虫」は、黒田喜夫の代表作「毒虫飼育」、カフカの「変身」の主人公ザムザの姿に投影された「敗北のリアリティ」、「声なき声」に因む。取り上げられた詩人たちは、他に木島始、清田政信、茨木のり子、高良留美子、金時鐘（キムシジョン）、石牟礼道子、石原吉郎、石川逸子、宗秋月（チョンチュウウォル）、比較的新しいところでは、橋本シオン、福島直哉、須藤洋平、長田典子らであるが、黒田喜夫への言及が最も多いだけではなく、次の核心的＝確信的なモチーフが通底する。

「詩は「毒虫」の声の側にある。正確には「毒虫」の中の人間の声、つまり毒虫化した世界によっ

て、人間のものだからこそ通じないもの、「毒虫」のものとされてしまう声の側にある。」

安保法案可決時点の実感と、それ以降の、毒虫化する世界の闇の深まりと自ら「毒虫」たらんとする詩人たちの小さな希望の光とのコントラストである。それは、黒田喜夫に準じるように著者が画定しようとする「詩の定義」と響きあうはずだ。「詩とは詩人にとって「私である彼方」へ全身をかけて向かうもう一つの身体の行為であり、日常から負性を背負わされ倒立した「世界」を、もう一つの身体が「正置」しようとする意志において、つかのま現れるものである」。

だから、詩は革命である。「隠されていた「一人の民衆」の身体が「世界」からあふれる空間になりうる」ように、現実への「反回帰的」な裂け目をつくる行動である。この立ち位置から、いくつかの詩的実践が現れる。


まず、金時鐘（キムシジョン）や清田政信を論じながら、衆夷として個を個に立ち返らせ、連帯して共同体〈の秩序と排除の構造〉にあらがう、共同体の外部に立ち「大文字の他者」に自己解放のたたかいを挑むという姿勢に美を見出す。次に、「今という空虚」のなかで共同体に内属し、「特権的で静態的な「詩を書く主体」」によってやせ細る現代詩の様相を批判し、「ゼロ年代」についても、「思想やテーマの希薄さ」=「不毛さ」において「唯一依拠しうる思想」としての「モダニズム」の深度を問う。

さらに、「モダニズム」を通過した鮎川信夫らの「荒地」に対する「戦争責任を引き受ける態度が「決定的に欠けていた」」という高良留美子の批判を重視、「自己を物質としてとらえる視点」からランボー的な他者意識を掘り下げ、存在の次元へと詩を切り拓いた「列島」が残した可能性に注目し、「すぐれた詩とは、戦争と向き合うことで生まれる「実存」によって書かれるが、その「実存」とは詩人の意識に対し、無意識深くから倫理を突きつける「物質的自己」である」と記す。

一方、二〇〇九年夏に初めて在日朝鮮人と名乗る人たちと知り合ったという著者は、直後の在特会の京都朝鮮第一初級学校襲撃事件に遭遇し、「隠喩、イメージ、ヴィジョンといった詩が磨いてきた透明な武器で、ヘイトクライムを撃てないだろうか」と述懐し、石川逸子に因んで朝鮮学校の無償化除外にも言及する。安保法案可決の状況感覚を端緒とする本書では、「表現の不自由展・その後」の中止に戦後抑圧されてきた「タブーと未だ向き合えない日本人の弱さ」が指摘され、時評で取り上げるテクストに現れる震災・原発事故の被災者（地）、沖縄、グローバリズムに簒奪される個の自由に注がれる眼差しには抵抗性のドライブがかかる。

ところで、革命は政治に帰属する。政治とは、イデオロギー（思想形態の一義性）とボルシェヴィズム（多数派志向的組織主義）のアマルガムである。類のヘゲモニーを代行する政治言語と個の表現である文学言語が交差する位相は未決なまま残余する。かつて、吉本隆明は黒田喜夫をスターリニスト（党派主義的リゴリスト）と激しく批判したはずである。また、文脈は対照的だが、石原吉郎が亡くなったとき、吉本と鮎川は石原を「共同性への防備が欠けている」と批判した。

一九八〇年以降、現代詩では吉本—鮎川の言説軸がずっと優勢で、世の中的には、消費社会への加担が唱導され規制緩和が進んだ。一億総中流という無血革命の公夢はひとときで潰え去り、資本制の狡知によって、現在、凄惨な分断と抑圧とアパシーが列島弧を覆っている。

「ゼロ年代」－現代詩は、九・一一の出来事、その一〇年後の三・一一の体験を通過し、安保法案可決という危機的状況に遭遇しながら、詩的行為は極私性（抒情への自閉）へと整流されているという著者の危機意識が自らを「一匹の毒虫」へと仮構した。そこに伏在する詩的・批評的ポレミックは、二つある。ひとつは、吉本―鮎川―非政治性（デタッチメント）の戦後詩論の正系（メインストリーム）を批判的に検証することであり、もうひとつは、文学言語と政治言語とを接続する回路を裂開することである。本書のなかで引かれた「〈人間〉はつねに加害者のなかから生まれる」という石原吉郎の言葉が、危機の時代（とき）へのコミットメントにおいて受肉されうるかという問いを著者／読者（書評子）が踏み堪えるということである。

「図書新聞」三四七〇号、二〇二〇年一一月七日

むき出しのポエジーで生存の断面に滞留する

——杉本真維子『三日間の石』

響文社、二〇二〇年

瀟洒に綴じられた小ぶりな一冊（装幀：菊地信義、一三六頁）だが、収められた三八編の随想文は、かく綴じられるべくして綴じられたという出来事＝書物の一回性、あるいは、ポエジーの気風から析出する小宇宙を喝采したくなるものだ。著者・杉本真維子は、日本語圏屈指の比喩の人、行分けの人、詩語をぎりぎりまで削ぎ落すことに練達した人だが、本書では、詩作とは逆の処方、すなわち、記憶や日常の何かの端緒を惜しみなく抱懐しながら、読む者の脳裡に元型的なイメージを賦活する循環をつくりだすという機序が選ばれている。つまり、ポエジーは、削ぎ落された詩語の炎心からではなく、抱懐された情景、言葉の外からむき出されるのである。これは、随想という行為において、父性に身を挺するという例外的な態度がつらぬかれるからだと思われる。

どういうことか。まず、随想において回生される記憶の芯に父が居る。父は、菓子袋だけでなく瓶詰の蓋まで「手で切れないときは歯で切るべし」という「野蛮」の源泉であり、プレハブ小屋で寝泊まりする「働かない人」に差し入れをして彼らがどこかに逃げ去ると「あーあ、出て行っちゃった！」と屈託なく言う。「なんのために、よりも、なぜ、という謎を大事にし、わからなさをすごく面白がったひと。そんな父が身をもって教えてくれた「目的のなさ」の数々は、私のこころをあたため、周囲には理解されない密かな笑いを、いくども共有した」（「プレハブの夢」より）。

その父はとつぜんに亡くなる。「死によって私は生まれた、と思うほど、世界は一変し、経験はゼロにもどった。自分はまだ何も知らなかった、という言葉が何度も口からこぼれた」（「石を投げて呼ばない」より）。表題の文章では、父の新盆に、三日間、家に籠ることにした著者は「動かないこころが、半分、石のように固くなってくる。待つことは、石になることでもあった」と記し、やがて、「石」と再会した「私」は、「この世に帰ってきたのは、私なのではないか。闇のなかでちろちろと揺らめく火を追って、夢中で走ってきたのは、私なのではないか。／もう誰も待たなくてよい。もうおまえは待たなくてよい」と常世と現世をひととき経巡る。

「オバQ線」で「人のために何かをすることが、自分自身のよろこびに繋がる、という稀有な光」を感じさせた「いーちゃん」も、「不思議な国の五組」でクロッキーの「線」、「友達の心を見つめることで、なぜか自分の心の奥深くへと入っていくような、未知の感触」を教えた担任の西沢先生も早世している。愛しい人々の死を抱えて生まれゼロから出直す「私」は、日常を通過する身心の時空から異界を紡ぎだす。「幽霊坂」では、通っている会社の駐車場に出ると「闇がでんでんと凝り固まっている」。大久保通りの急な下り坂で轢かれている鳩の姿から、そこが「深い窪地」であることを知る。「鳩も私も、窪地の底に溜まった、闇の塊の一つなのかもしれない。誰かに幽霊とまちがえられながら、夜の墓地を歩く」。

過去と未来の時間が逆巻く。

むろん、これは抒情ではなく、実存（還元）認識と呼ぶべきものだ。慄きの断面に滞留することで詩を生きるという著者のポジションは明らかである。「米粒を噛みながら」に描かれる会社員時代、「どこかで、詩と対極にあるような場所にこそ詩があると思っていた。おかげで、何が私なのかはわからないが、何が私でないのかはわかった。同じように、何が詩かはわからないが、何が詩でないかは身体に叩き」こみ、二〇分のランチタイムは「机の下に「現代詩手帖」を置いて、読みながら食べた」。

培われた全現実への人知れぬ戦意は、ひとつは「無垢さを愛でるような何かこそ、私にとって戦うべきもの」（「難しい贈り物」より）という「マナ」的な呪力への防備、もうひとつは、やまいの祖母を見舞った帰途、「「ない」から、しるが滲む日は、ない、絶対に来ない。そう否定し、手を合わせ、懸命に詩を追い払うことで、死を追い払う」（「反逆の日」より）と記される反詩的なエチカを鍛え上げる。


詩よりも大事なものがあるということではなく、詩は不可避の切断によってのみ蘇生されるということだ。

その戦いは、成虫には口がなく「命なのに目的が付与されているかのよう」なカイコガの生態、吉野弘の詩に触発された「受身形で与えられた生を、主体的なものへとひっくりかえす、という難題に、私たちは思春期の苛立ちのなかで目覚め、長い一生をかけて格闘しつづける。それが、生きる、ということかもしれない」という「カイコ当番」の述懐に繫がる。生とは「いる、いない」の中間に在り、「それ以外のことなど、この世のどこにあるのか」という確信に身を委ねることだ。

詩作では過剰に削ぎ落すという動態は、随想において裏返され、存在の裂け目へのまなざしとなって、世界の破片を拾い尽くす。

だが、低徊でも、悟達でも、ましてや全現実との和解でもなく、著者は、擬態音を外連味なく繰り出し、叙事のリズムと質量を仄かに明るいユーモアに転調する。ユーモアは小さな叛乱（アナキズム）である。「むくむくと欲しい気持ちが湧いてくる」、「ごくりと、冷たいお茶を吞む」、「ひっ、と首筋に力がはいる」、「ぎゃあ」、「鳩は、うんしょうんしょと」、「じんじんと火照る耳朶」。いちいち切り出すことはしないが、一ヶ所だけ、パキスタンの生菓子を食べて、「頭が割れるような衝撃に、そのままソファに仰向けになって倒れた」とさながら劇画のようなスケッチもあり、定常的な光景を愉快に攪乱する。

驚くべきことに手放しで驚き、慈しむべきものを一途に慈しむ、その、ザインとゾレンが同致する寸前のところで、列島弧に蔓延するアパシーに抗うように、むき出しのポエジーが異化の力＝「密かな笑い」＝父性を駆動するのである。果敢に行使される転調は、そのまま、詩への覚悟性であり、生存の断面じたいを記す格率の水際立つ現場である。

「三田文學」一四四号、二〇二一年一月

挑発的テオリアによる脱固有化の実践

——坪井秀人『二十世紀日本語詩を思い出す』

思潮社、二〇二〇年

脱固有化＝相対化のアプローチがつらぬかれる。著者は、アカデミズムの定常性を突破するように文学と時代状況とのリンケージを広く深く、かつ、言わば脱文学的に語ってきたが、四六〇頁におよぶ本書では、七章の構成のうち、前半（一、二章）で「蒲原有明を自然主義と象徴主義との狭間で宙づりになった詩人として位置づけ」、北原白秋の「内的オリエンタリズム」において「国語と国土と国民との三位一体が揺るぎなく構築され」、「国民主義」に同期する姿が周密に辿られる。後半（二〜七章）では、前半のモチーフをキープしながら、「一九二〇年代詩」、「朝鮮日本語詩」、「合衆国移民詩」、「戦後民衆詩」、そして「石原吉郎」をピンポイントでフィールドワークする。

この建付けにおける、前半、後半のコントラストは明らかだが、いや、それ故に、著者の批評性のコンシステンシーも明らかである。それは、序章における「詩が個人的な真情や感情を表出する場所を用意するところにその最も純粋なすがたがあるなどという幻想を広めることには、私は反対だ。（……）個人と個人の間にたちあらわれる人情ではなく、その〈間〉を消去し共約的(コメンシュラブル)に吸収してしまう非人情、この非人情こそを人情として受け入れさせる媒体の役割を果たすべく、詩歌の歴史は始まったとも言える」というプリンシプルである。「〈詩とは何か〉という問いは同時に〈近代とは何か〉という問い」を「現前性のかなた」＝「プロジェクトの未完性（プロセス）」に内包してきたと言うのである。まるでハーバーマスを「詩の歴史」に導入するかのようなアクロバシーが、詩的表象に対して、作者／作品の脱固有化＝相対化（要素化）として行使される。

だから、「重要なのはそれぞれの個人名や固有名などではない」。さらに、歴史叙述には暴力が輻輳的に内包されるが、それは、固定化／一元化と不可分である。蒲原有明や北原白秋という固有名は、したがって、一〇年の年齢差がある二人に加え、岩野泡鳴や〈表象派文学〉を唱導した長谷川天渓らとの相互性や有機的連関だけではなく、〈戦間期〉の民衆詩派や石川啄木との関係におけるファクター＝要素として脱固有化される。蒲原や北原（著者は、白秋、朔太郎というふうにではなく、固有名を苗字で記す）は、民衆詩派の白鳥省吾や『朝鮮詩集』の金素雲や『北米文芸選集』の山崎一心と対等なファクターである。言い換えると、固有な詩人は、「共約的（コメンシュラブル）に吸収してしまう非人情」＝集合的な歴史存在へと還元される。

もうひとつある。「日本語詩」という捉え方、である。蒲原や北原が日本の詩人であるのは自明なようだが、近代以降、「翻訳」（外国語）の介入により、それは自明ではなくなった。日本語で詩を書くという事態は、つねにすでに偶有的なのである。蒲原有明の「宙づり」は、石川啄木の「〈必要〉という思想的根拠」と照合しても、〈普遍〉をめぐる俗語（口語）革命の転倒との相補性を考慮しても、「朝なり」の解読で〈句跨り〉の技法から「倒錯した〈身体化〉の過程」を剔出しても、詰屈に詰屈を重ねた「表現の彫琢」は「モダニティへの遅延」に帰結する他なかった。

そこに「二十世紀日本語詩の出発」のシークェンスを画定した著者は、北原白秋に矛先を転じても、北原や萩原が駆逐しえたように擬態した〈翻訳語としての近代日本語〉の背理として蒲原を呼び出し、「詩語として用いる日本語の透明性に対する北原のこの盲目的な信頼は、〈翻訳語としての日本語〉というその出自を無意識のうちに隠蔽することと一体のものであった」という「〈自由〉の隘路」を照射する。

「翻訳」を端緒とするねじれは、「朝鮮日本語詩」においては、金素雲が手掛けた『朝鮮詩集』などの翻訳（日本語訳）が「見事なまでに日本語になりきっている」、それを「再訳」した金時鐘が「《わが朝鮮の〝詩心〟》が《絢爛》《練達》な日本語に《かかえこまれている》」と述懐した構造を呼び込む一方、「残酷な歴史の記憶」が想起される逆説的な契機も残余する。

また、「合衆国移民詩」に関して、真珠湾開戦後「在留同胞」に「ハラキリ」などの国粋的な矜持を開陳する詩だけではなく、敗戦間近に、昭和天皇に「裕仁さん」「あなた」と呼びかけた「渡米一世」のジャーナリストが、自らを「日本に生まれて、日本に育った日本人」と規定した文書が採取される。

〈民衆詩〉をめぐり、一九二〇年代の白鳥省吾らの「文化領域を支配するという構造」と一九五〇年代の野間宏らの「運動に巻き込まれようとした」受動性の態度選択の「際立った対照」に「人間存在の摂理」における「他者からの〈学び〉」が見出されようとする。そのコンテクストで、「石原吉郎」が召喚される。「きわめて屈折した反政治性、いや非政治性へのこだわり」に「共同体の共同性に対する拒否」というエチカが〈一人の名前〉の実存に通底し、〈翻訳者は裏切者〉ということわざが体験証言（伝承＝〈詩〉という共同性）の二重性（アポリア）に循環する。

ところで、歴史的叙述に遍在する暴力は、「主体」を対象化と物語化に引き裂く。蔓延する歴史修正主義や〈終焉〉言説の拡散だけではなく、本書において著者が駆使した「思い出す」という方法もまた暴力性を免れえない。それでも、文学表象を脱文学的に論じる著者のテオリアは、まず、脱固有化＝相対化＝集団化というアプローチをとり、さらに「思い出す」ことにおいて、〈死者〉を非中心化し、「生者の時間の中に、あるいはかつての生者の時間の中に〈思い出す〉ことを通して抵抗するほかない」。

この抵抗の不可能性を書評子なりに「翻訳（誤訳）」するなら、クストリッツァの自伝的映画『オン・ザ・ミルキー・ロード』で恋人の地雷による爆死に絶望して自死しようとした主人公を長老が諭して「お前が死んだら、誰が彼女のことを思い出すのだ？」と問う「誰」の固有化を限りなく差延することである。

「思い出す」ことを脱「主体」による反歴史化の契機とする、ということである。

「図書新聞」三四七九号、二〇二一年一月一六日

詩に「一瞬」の「原理」が召還される
——水田宗子『詩の魅力／詩の領域』

思潮社、二〇二〇年

詩、とくに口語自由詩＝現代詩は、形態としてだけではなく、文字通り、書記の動機や内容において、任意性や恣意性が最も高い領域である。逆に言えば、「自由」は極大に開口しているがゆえに、詩について、個々の作品の解釈や鑑賞ではなく、当為として語ることは冒険性を孕む。「自由」に伏在する拘束に拮抗する意志の強度においてしか、それは遂行されないからである。

著者・水田宗子は国際的な実績を有する比較文学の泰斗であり、ジェンダー論、ポストコロニアル批評、民俗学の当事者でもある。ところが、表象解読をめぐる主体形成の困難が骨身に沁みているにもかかわらず、あるいは、客観的な経験科学の実証の要請を知悉するにもかかわらず、著者は、本書で、詩を表現形態の多数性のなかに置くのではなく、他のすべての表現形態を振り切り、詩だけと向き合っている。あらゆる相対化を排し、言わば「詩の原理」に求心しようとする。だから、本文一六〇頁ほどの瀟洒な一冊でありながら、「はじめに」から「原理」を突き詰める論理の濃度が半端ではない。

「詩表現は、詩人の内面と読者／他者の内面との対峙であり」、読者の関与性を前提とする著者は、「現代詩の作品構成」に、「(現実) 表象の次元」、「普遍性」＝原型性の次元に加え、「内面世界の表象」＝現在性の衝撃という「三次元の重層構造」を画定する。読者は作品に外在化された「重層構造」を経て自‐他の内面に出会う。

「詩表現」は、「喚起する感性と想像力による啓示に訴えるのであり、受け取るのは読者の身体的な感覚」、つまり、「内面と内面を繋ぐもの」、「それが驚きと啓示の衝撃を伴う」。それは、「他者の記憶の蘇生の回路」であり、「存在の本源であり、自らの本質であるところの「内面」の「ゼロ地点」」である「沈黙への道行き」なのだ。「ゼロ地点」＝「内面―深層領域の沈黙」において、「俗なるもの」と「原初的なるもの」が交差する。

「啓示＝認識」が鍛えられる難所だが、そこを抜けると見晴しが広がる。だが、理念的なアプローチが強靱に反復される。石垣りんについて、「食べることは厄介である」と書き起こされ、身心との関係、目的性・社会性・制度性、文化との連関を経て、作品「シジミ」、「鬼の食事」、「童謡」のユーモアから、食べる・食べられるをめぐる「人間存在の本質」が抉り出される。清岡卓行の詩集『一瞬』の作品に、比較文学的視野を繰り込みながら、「記憶」―「深層」(亡霊の住む地獄)―「蘇る瞬間の衝撃」＝「過去と現在の一瞬の統合という衝撃」という身体感覚において「詩の魅力」を見出す。

待ったなしの「身体的極限経験」である「痛み」―痕跡―「存在の起源の記憶」という軸に、高橋睦郎、吉原幸子の作品を引き寄せる。井坂洋子、正津勉の作品を挙げて、「生の極限地点、絶体絶命の瞬間」を感覚し記す主体を「ペルソナ」と呼び、「ハーフウェイ・バック」＝「生への帰還」にいたる「道化」の様相(シークエンス)を描く。また、渡辺めぐみ、河津聖恵らの作品解釈でも、「記憶」(原体験)の(いのちの)蘇りの「一瞬」=詩的行為における他者性の現前/場所が確認される。

ところで、同じ著者/版元により、本書と同日の奥付、同じ頁数で詩集『音波』が刊行された。併行的に辿りながら、その重厚な叙事的詩篇の持続から本書に跳ね返す二つの想起があった。

一つは『定本谷川雁詩集』の「あとがき」に「私の中の「瞬間の王」は死んだ」と記されてから六〇年を経て、「瞬間(一瞬)の王」は、死んでも、死に切っても、生きている、ということだ。いや、詩的行為は、つねにすでに生死の臨界に在る。そのように、「詩の領域」は、なおもさらに切迫的に選択されている。この、詩に伏在する「記憶」=痕跡を思い出すようにして「詩の原理」が召還されるのである。ときに強迫的でもある「詩の原理」は、それでも詩を選択する強度の函数以外ではない。

もう一つは、それに背反するようだが、「瞬間(一瞬)の王」が帰属する「私」を制覇している男性原理、そこに貼り合わされた女性原理を分節する「私」の諸力の束を解く、ということである。どういうことか。息苦しいくらいに「(男性)原理」を折り重ね、切り詰めることによって、その彼方=外部で女性原理の「ゼロ地点」、すなわち、「内面-深層領域の沈黙」が択び直されるのである。そこでは、詩的行為(瞬間の王)はヒロイックに死んだりはしない。アブジェクシオンのなかで、それは、生まれつづける。シスターフッドへの血路を拓くという冒険である。

「図書新聞」三四八三号、二〇二一年二月一三日

「精神」＝「労働」の過渡性をダンスする

——笠井叡×高橋悠治「セッション」

二〇二〇年一二月二六日　天使館にて

「天使館」は、天使城（サンタンジェロ）に由来する。武蔵国分寺の史跡に近い笠井叡の自宅の敷地に、一九七一年、自らと研究生で設計し築き上げた稽古場、縦五メートル、横七メートルほどの長方形の空間であり、床面は生の桜木だという。シンプルだが、人間の身体にアプローチするためのロマネスクな迷宮性が伏在する場所である。観客からすると左側の鏡面が白布でカバーされ、右側には、小型のグランドピアノが置かれる。

チケットはウェブに告知されたとたんに完売になり、指をくわえる他なかったが、当日にキャンセルの連絡が入り、所用を放り出して出かけた。聴衆は四〇人程。親和感が棚引き、その場所に堆積した出来事の兆候（シーニュ）に胸が高鳴る。

ダンスは、真っすぐに、あるいは、僅かに仰ぐ眼差しによって至近距離で捕獲される。鋼（はがね）のような笠井叡の身体が、モスグリーンのシルク・シャツにヤサグレる風にゆるく結ばれたタイ、ウールハットとともに現れる。歩き、つま先立ち、うねり、なびき、絡み、乞い求める指先があり、跳び、落下し、床が鳴り、転がり、反転し、震え、静止する。あらゆる動詞を使い果たすような躍動に、高橋悠治の調音と無調音が交錯するピアノが絡んでゆく。旋律が、笠井のダンスの動線を、包み込み、ひきつけ、突き放し、切り刻み、シンクロし、誘惑する。さらに、複数の光源と色彩による照明によって、笠井の身体は、背後の壁に多重に結ばれる影と戯れる。

七〇分ノンストップのダンスには、時空を裂開するように、笠井叡の肉声による言葉が挿入された。精確を欠くが、次のように記録される。「アウストラロピテクスは東に太陽を見出し、妻がいたのか、いや、両性だった」、「大地にある。人間が滅び、植物が滅び、動物は影になって徘徊する」、「飲み込んだ光の種を心臓に、血液に、肝臓に、動脈に、静脈に行きわたらせる」。

笠井叡は、昨年（二〇二〇年）のコロナ禍による情勢逼迫のなか、自らのブログで、舞踏＝「労働」＝自然の総体と出会う「意識の運動」という課題を析出し濃厚な思索を巡らせている。二足直立歩行に至るまでにアウストラロピテクスが四五〇〇万年ダンスし続けたように、ホモサピエンスは同じ時間をかけて、もう一つの「振付」を完成させなければならない。ダンサーにとって舞台が神聖な供物であるように、「労働」は、「経済」の彼岸において、人間の精神活動が生み出す最高の供物である。

ホモサピエンスの「精神」＝「労働」の過渡性の現場が、まぎれもなく、そこに在った。

「現代詩手帖」二〇二一年四月

日本近代文学の可傷性の系譜

――中塚鞠子『「我を生まし足乳根（たらちね）の母」物語　近代文学者を生んだ母たち』

深夜叢書社、二〇二〇年

本書は「近代文学者を生んだ母たち」という副題をもつが、必ずしも、文学者の母だけにフォーカスされるわけではない。彼ら彼女らの家系や生育過程が辿られながら、複層的な関係の結び目のようなところに、生みの母、乳母、育ての祖母などとの宿命的な関与性が浮き彫りにされる。いわば、近代文学の（主体）形成の媒介として現れる「母たち」である。

日本近代文学は、かつて伊藤整が「逃亡奴隷」と称名したような、社会からの疎隔と私生活の告白（出来事の悲劇化）という行動を文壇という小「社会」に還流するプロジェクトとして、言説を堆積した。評者としては、伊藤整の二分法を敷衍して、「仮面紳士」という話法の困難に「個」という位相の困難を見出すというアプローチはとっくに陳腐化し、「告白」こそが転倒された権力意志（政治）を伏在すると言ってみたいし、文学批評にも、その程度の混線はあるはずだ。しかし、本書は、「母たち」をプラグマティックに列挙することによって、批評的な抽象、例えば、私小説的告白の背後に抑圧された主体を画定するような凡庸な定石にチャレンジしている。

樋口一葉、谷崎潤一郎、室生犀星、宇野浩二、小林多喜二、佐多稲子、林芙美子、堀辰雄、高見順、井上靖、椎名麟三、深沢七郎、辻井喬、福田英子、山川菊榮、斎藤茂吉、石川啄木、萩原朔太郎、小野十三郎、中原中也の二〇人に、それぞれ一〇頁ほど割いて、周到な取材と簡潔な記述で、出生の周辺の事情と文学者として社会化する経緯が描かれる。

犀星の場合、吉種と女中ハルの子で名前も付けずに里子に出されたというのが定見である。犀星じしんの探索により、ほんとうは、父は小畠生種、母は高岡の遊郭の芸者だった林ちかだとほぼ判明したが、「犀星は、すべてを知りながら飲み込んで生き、書き続けていた」。いわゆる望郷詩には、生涯の隠蔽と虚構が孕まれていた。

井上靖の場合、生後すぐに両親から離れて伊豆湯ヶ島で「祖母」のかのと、繭の中のような土蔵で暮らし、名作「しろばんば」の原風景となるが、曾祖父が「自分の孫である靖の母を分家させ、その戸籍に（自分の愛人――評者付記）かのを養母として入れた。だからかのは血は繋がらないが靖の祖母に当る」。

表題のエッセイは、斎藤茂吉の母、守谷いくをめぐる。祖父は「父違いの妹いくを養女にし、妻ひでの弟熊次郎を婿養子に迎えた」。この二人が茂吉の両親で、いくはよく太って大らかで信心深い「常民」で、自ら塩断、穀断して祈願しながら茂吉を育てる。茂吉は一五歳で斎藤家に寄寓し、育ちの違う妻てる子と一二年の別居もあったが、持ち前の粘り強さで功名を成す。

著者は、「あとがき」で「母との関係」を特記した椎名麟三について、実家の納屋で彼を産んだ母大坪みすの勝気でときにヒステリックに振る舞う姿に椎名作品の中の「幻想の女」、「その影に不思議な生気を放つ」女性像に「感情の追憶」の逆説・擬態を見出す。もう一人、石川啄木について、渋民村での一家離散、母カツの妻節子への過干渉、節子の労苦と上京して花街で遊び母と癒着する啄木の行状を対照し、「古風な明治の男」、「矛盾に満ちた不可解な人間」ときっぱり。

五人の女性が登場する。母多喜―一葉は、文学というプロジェクトにおいて無形の協働があり、母楳子―福田英子、および、母千世―山川菊榮には、「母娘二代」に亘る日本の近代化を担うミッションの共有があり、奔放に労苦を重ねた母林キク―芙美子について著者は「芙美子とキクは背中合わせの関係だったのではないだろうか」と問いかける。

むろん、対象選択の任意性は留保すべきだが、総じて、出生をめぐる混沌＝いわゆる「私生児」性をめぐる葛藤、妻妾同居の常態、里子、養子や乳母の戸籍上の操作の辿り難さにうんざりして、日本近代ブンガクというのはやり切れんなあという慨嘆が棚引く中、彼女らの来歴には、ひととき胸を透くものがある。

それぞれの境涯には、それぞれの事情で、聖書のテクストのように膨大な固有名詞が連綿する。固有名が連なる家系の複雑さという点では、スイカズラのつるのように絡まり合うサトペンの家系とアメリカ南部の風土を描いたフォークナーの連作があり、ゾラのルーゴン＝マッカール叢書は遺伝理論を駆動し蕩児の家系を描き尽くした。

では、「足乳根(たらちね)の母」の（主に）やわな息子(文学者)たちの「私」とサトペンやナナを分かつものは何か。

それは、日本近代の「私」の私小説や抒情詩による「告白」が、政治や権力意志の契機を伏在しながらも、「物語」の脆弱さを逆手にとって、母胎回帰のように、ブンガクという可傷的な領域に自らを囲い込んだということではないか。

書名に「物語」とあるのは、「物語」であろうとすることが、実は、彼らの見果てぬ夢だったというイロニーとも受け取れる。二〇人を列挙するという本書の形態・方法によって、日本近代文学という領域じたいの「物語」性＝可傷性の元型をめぐる系譜化＝相対化が凛として決行されたのである。

「図書新聞」三四八七号、二〇二一年三月一三日

「はぐれもの」がフェミニズム＝批評の危地を漂流する

――水田宗子編『富岡多恵子論集 「はぐれもの」の思想と語り』

めるくまーる、二〇二一年

フェミニズム＝批評である。だからモメンタムが揺動するというなら、あなたは批評と呼ばれる圏域から撤退するがいい。どういうことか。フェミニズム＝批評においてのみ、批評性における性差（象徴秩序）がむき出されるからである。つまり、どういうことか。「批評性」というタームそのものが、つねにすでに、ファルス＝男性原理＝性差の自明性に制覇されており、「批評性」を意味その他（像、感覚など）すべてに未回収に措く前衛性―戦闘性―流動性―外部性においてのみ、批評性が残余しうるという逆説が生き抜かれるのである。このフェミニズム＝批評の原初的な危地と富岡多恵子というユニバーサルな創作者が相互的に呼応した一冊である。

かくして、水田宗子はじめ、北田幸恵、長谷川啓、与那覇恵子、デイヴィッド・ホロウェイ、リー・エヴァンス・フリードリックの六人の論者による富岡多恵子論においてフェミニズム＝批評が実践される。つまり、批評性の前線にフェミニズムが召喚される。書名にある「はぐれもの」というシニフィアンは、水田が「制度化された生と性の物語に回収されることを拒否する富岡のはぐれものたち――その語られない闇を抱えた心と生き方の精神の在所を探求する富岡文学の前衛性を明らかにし、差別の構造を解体するラディカルな表現を分析するフェミニズム批評であり、今再び台頭する若い世代の差別への抗議にも応え、ジェンダー制度の「外部」を思考する」と「序文」に記した本書のモチーフを複数的につらぬいている。

まず、社会制度によって経済・契約行為に接合された「性規範から「ハグレる」」。それは、「ジェンダー文化制度の維持と再生産を可能にしている知的中産階級」のモラルや「ヒューマニズム」などの「構造の解体」に向かう。現実的には、「家族（のトラウマ）からの逃走」の場面が小説という形態で語られる。「性の禁忌や倫理をはずしてみせることによって、（……）近代の構造と（……）原初的な関係」との「深い溝を、はっきりと見せる」。

語るのは「女のナラティヴ」=「女の話しコトバ」である。それは、「自己をしつこく露出すればするほど何か肝心のところが隠されている感じ」=「わたし」の希薄さ=抽象性を孕み、「告白する「女性の内面」を捜している限り、富岡多恵子の小説に「わたし」は見えてこない」。このことは、小説という形態を採りながら「富岡が物語という枠組み自体を、信頼しない」、『逆髪』や『水上庭園』が「マスターストーリー不在の物語」であり、「マスターナラティヴに収斂されることを拒む女性の内面」が展開される事態と不可分である。この「はぐれもの」の多重性は、「逸脱する性」による「単独者の共和国」の深奥へと反物語的に誘惑する『ひべるにあ島紀行』で終局に到達する。

北田幸恵は、『逆髪』の謡曲を繰り込んだ他者の「自由な語り」が「入れ子型迷路構造の中で主客転倒」する姿、富岡の批評活動における「ハウスキーパー問題」（社会運動における「女たちの軌跡」）を浮かび上がらせる。長谷川啓は、『砂に風』、『波打つ土地』、『白光』に、自然を破壊した土地に住む小市民男への攻撃、「これまでの男性文学をパロディ化し、男性を人格ではなく性の道具と見なす『女』ではない女」の物語」という転倒、「日本社会や近代家族を逸脱していくポストファミリーへの挑戦」を見出す。D・ホロウェイも、『芻狗』の「ジェンダー・トラブリング」の手法をめぐり、金井美恵子や河野多恵子らを参照しつつ、「支配的ナラティヴ」から逸脱した富岡の「日本の核家族を不自然で異常と見なしている」話法が「若い男性の身体を「攻撃」し用が済むと捨て去ると語る」シーンから「寝室のポリティクス」への言及を経て「プライバシーほど公的なものはない」と国家制度の罠を照射する。

富岡の詩作について、L・フリードリックは、初期の「身上話」、「Between」を引いて「トリックスター＝天邪鬼」における「能動的なペルソナ」の「多様なアブジェクトとの葛藤をも包含する」反母国語的ナラティヴを強調する。与那覇恵子は、「年譜風」な遡行で、両親ら「無知蒙昧な庶民のもっている前近代性のばかばかしいいやらしさとすばらしさを、自分の中で克服しないと、とうていハイカラな詩のところまでいけない」という富岡の述懐を引く。

「コトバのないヒトからコトバのないヒトへコトバを伝えねばならない」という与那覇のナラティヴに通じるが、それは、国語（ラング）を統制してきた男性原理へ言語活動（ランガージュ）によって対抗するフェミニズムの危地（パラドクス）そのものである。国家＝共同幻想に「逆立」する理念として対幻想＝家族を捉えた主導的な戦後思想は、今やこの国の保守権力の家族制度＝国家制度という確信に背中合わせのまま加担してはいないか。『アメリカの影』（一九八五年刊）で加藤典洋は、『波打つ土地』に現れる「自然の崩壊」に「母」の崩壊を重ね、「女のナラティヴ」によって「自己としての自然の崩壊」が内面化されると記した。「性交」のときの女の表情（「カワイイ顔」）に嬉々とする小市民男が「最も奥深い「自然」」によって見返されるのである。しかし、そこで加藤が導入した「自然」という媒介概念にこそ、恐らく、フェミニズムが最も追い撃つべき男性原理が張り合わされていると言えないか。

「はぐれもの」は、「母」からはぐれるだけではない。「母」を分節した一切の制度からはぐれるという冒険は、象徴秩序を異化し尽す危地に漂流することに等しい。フェミニズム＝批評が、つねにすでに、原初的な危地に在るというというのはそういう意味である。

「図書新聞」三四九〇号、二〇二一年四月三日

喩的叙述で日本近代文学のファルスの中心を捕獲する

――井坂洋子『犀星の女ひと』

五柳書院、二〇二一年

室生犀星と言えば、日本近代文学屈指の文豪である。たぶん、今や絶滅した「文士」の代表格である。本文一五〇頁ほどの小ぶりな本にして、本書は、小説、詩、随筆に亘り膨大な著作をものした文豪への「喪の行為」を、簡潔・的確かつ大らかに果たしている。「喪の行為」は、犀星ひとりに対してであるとともに、日本近代文学に対してでもある。瀟洒な一冊にして、半端ではないプロジェクトが潜在する。

どういうことか。日本語圏最強水準の比喩と行分けを数多果たしただけではなく、詩的キャリアの当初から「女性詩」という有徴性を踏み堪えてきた著者による、文豪の言葉のファルスの稜線に打ち返す喩的叙述が、文と文がしのぎを削る活劇として出現したのである。ユングの元型論に倣うなら、犀星のアニマと著者のアニムスが刺し違える。葬送とは、むろん、賦活‐再発見に他ならない。

「あとがき」にあるように、三つの柱で構成されている。

まず、『随筆　女ひと』を端緒として、犀星の散文をピンポイントで押さえる。まだまだ「男のかたわれとしての女のイメージ」が色濃い頃、「書くことでより一層裸になっていこうとする決意」により「自身の弱点を筆で押さえた上だからこそ、『女ひと』の中の、たとえば〝美人は顔見せ料をとるべきだ〟などという荒唐無稽な物言いに、ある種の切実さがうまれる」と記される。『黄金の針　女流評傳』において、「レンアィの形式を借りて」「女流」を描く犀星のファルスを怜悧に捕捉しつつ、その文章について、「ひりひりと乾いた心根が、過ぎていく日々に雑草の白い根を見せながら息づいている、そこを写す」、「そのキテレツさに容易には呑み込まれない書き手の、脂汗のように自然とにじみだす語りに蛇のように巻かれて、こちらの能面のような気持ちがほどかれる安心を得る」と描く。明らかに、著者は、文で犀星に張り合っている。いや、張り合うという態勢でそのまま批評に到達するのだ。

ピカレスク小説（市井鬼もの）の皮切りとなった「山犬」にページが割かれる。犬の主人公「鶴千代」をめぐり、「様子というような外側からの視線でなく、鶴千代の心に入り込み、鶴千代以上に鶴千代になって書いている」とフォローし、「犀星は嫌いなものを描いた。（……）嫌いなものを対象とするのは、遠くにぼんやりと「和解」があって、そこまでのかすかな道筋を辿ることである」と括る。擬人化などではない。犀星の犬への生成変化に、著者の犀星への生成変化が折り重ねられる。二重の生成変化の裂け目から、犀星が現在のエクリチュールの中心に躍り出る。

次に、「犀星の文学事始め」である俳句について、ゆったりした構え、「大きなものとの交信の中継地」を認め、冬の句、女性の美しさをシャープに切り取った句を掲げる。犀星の芭蕉讃に続けて、「瞬時に色変わりする、たわいもない生身（なまみ）を、芭蕉は酷使しつつ、波立ちを押さえ、収束するためのことばを探った」と書き添える。「俳句から詩への移り」の局面では、「純情小曲」に横溢する「感情の投網」と「景が放射するもので代弁させる」写実性の均衡が、口語自由詩（の言いたいこと、の正しさ）において壊れていく去就に目を凝らす。

そして、互いに「兄」と呼び合う朔太郎との終生に亘る交情である。三歳年長の朔太郎との出会い、友愛と確執をめぐり、犀星じしんの「自画像」、および挽歌を含め朔太郎が登場するいくつかの詩篇が掲げられる。「特別な気韻」による『抒情小曲集』の「汎神論的世界」と『月に吠える』が表出した「外界への異和」を対照し、芥川に心酔して「人物」に成り上がった犀星の「野の獣」のように破天荒な行状を暴露した朔太郎の一文が紹介される。「思想上における敵」という朔太郎の躊躇（ためら）いない総括にも揺るがない二人の「特別な結びつき」のコアのところを著者はあえて明記しない。正反合のような止揚的な調和とは全く異なる、犀星の側に優勢であろう自虐と含羞のうちに覚醒する我執の鏡像への相互的な労りのようなものかと、評者は推量した。

何度か、「犀星の筆が踊る」と著者は書く。そのとおり。日本近代文学の地平で、自然主義からの再帰的な離陸（テイク・オフ）を遂げようとした文豪の筆＝ファルスが踊るのである。その躍動の姿を捕獲する著者の眼差し＝文は、犀星の動態性に自らの動態をせめぎ合わせながら、つまり、生成変化の隘路をともに踊りながら、晩年の詩行にも寄り添う。「行きずりの女性への愛惜を書いている。行きずりだからこそ、美は無限だ、と」と抱懐しつつ、捕獲のための距離感はあくまで鉄壁である。

「図書新聞」三四九六号、二〇二一年五月二二日

仮構力の在り処に衝迫する批評の運動性

——北川透『現代詩論集成4　三島由紀夫と太宰治の戦場』

思潮社、二〇二一年

本書は、書名にある通り詩論集成シリーズを構成する一冊だが、主な対象は一見相反的な二人の小説家である。しかし、詩と詩論をつらぬく著者の批評意識と方法は、むしろ、非詩的領域を繰り込むことで「決定的な空白」を回避し、転生の契機とするという統覚のもと、本書へと召喚されたはずである。本文五五〇頁強のうち、二〇〇頁余りが、ほぼ均等に三島と太宰それぞれに割かれ、「現代変身論序説」以降、いくつかの項目で、安部公房、松本清張、宮沢賢治らを論じる間奏(インタールード)がある。三島、太宰を仮面性(仮構力)を軸に批評するモティーフの通底性が、エディターシップだけではなく、著者の批評性の中枢にある動態的な均衡感覚において、伽藍のようにシンメトリカルな構築性として析出されたと言ってみたい。

三島論のポイントは四つある。冒頭の「〈凶ごと〉を待つ少年」で、「詩的資質」に言及される。一〇代中盤の膨大な詩篇から、《贋(にせ)こそは美の第一形式だ》と断じる「感受性のパッチワークのような仮構」＝「美におけるモラルの無効性」を確認し、北原白秋、伊東静雄らの影響を認め、三島最後の決起と自決に、「凶変」や「椿事」を〈待つ〉姿勢をつらぬけなかった「日本浪漫派の思想の非現実的な体質」を見出す。次に、《天皇制の岩盤》から「戦後の詩が〈空白〉にしてきたもの」、「詩の〈断絶〉」へ再帰し、「文化の永続的契機としてのことばの先験性」との格闘が銘記される。『文化防衛論』をめぐり、橋川文三の三島批判を参照し、「天皇信仰による〈道義〉」に《永久革命の形態》が与えられることによる、「政治概念としての天皇」へのすり替えをむき出し、「権力止揚の廻廊における〈自己組織〉」の主格創出を期す。

三つ目は、『豊饒の海』の徹底解読である。「輪廻転生の理念を口実にして描きたかったものは、明治を間近に展望しながら、大正、昭和という時代の非因果的な歴史の連鎖が、個人の感情や意志を跳ね除けながら、同時に巻き込んで進行するダイナミズムというものではなかったのか」と問う。『日露戦役写真集』の墓標と祭壇に向かう数千の兵士の一枚がシニフィアンになる。『春の雪』には清顕と聡子のエロスに「禁忌も絶対の不可能も、天皇制が付与したもの」という「ロマン的イロニー」を見、『奔馬』の飯沼勲が〈神風連〉において「幼い神のロボット」になり果てる姿を照射する。『暁の寺』の劇性の停滞を「ヒーローの不在ということも、むしろ、一つの確かな時代認識」と捉え返し、『天人五衰』に「輪廻転生が内部崩壊するファルス」において「物語のすべてが虚無に溶け出す」場面を見極める。そして《告白の本質は「告白は不可能だ」といふこと》という『仮面の告白』初版添付の「ノート」から同著と『金閣寺』を辿り、「告白」および「仮面」によって日本浪漫派的な「非所有へのあこがれ」の「騙り」＝「二重の偽証」、悪の不可能性を剔抉する。仮構（創造・作品）によって世界／言語の規範に対峙する断面へと批評が運動する。この課題は、

「変身」、「パロディ」、「鳥語」をめぐる間奏（インタールード）に連鎖する。生きるとは「メタモルフォーゼの過程を生きること」であり、仮構は「変身」に張り合わされている。カフカの『変身』、安部公房の『砂の女』の展開から、〈変身〉に集約される主人公と世界との関係の相互性、メタファーとリアリズムの接合を読み取る。松本清張の『北の詩人』には、「詩人林和の人物像を描きながら、その存在理由を成す〈詩人〉を見失っている」と手厳しい。宮沢賢治の『銀河鉄道の夜』に現れた「生と死の境目」「空間のもつ境界性」に注目した上で、「鳥捕りの男」が「天国に行けない」ことが孕む「倫理的主題」から《ほんたうの》神＝正義が強制・抑圧という転倒（スローガン）に通じる危険性を直視する。

さて、太宰についても、「ダス・ゲマイネ」の詩と小説の境界の文体から「詩を書くとは、詩でないもの、詩を不可能にする、すべての力の作用が渦巻く境界に立つことだ」という詩論的問題意識を絞り込み、『晩年』冒頭の「葉」断章におけるダダイズムやフランス象徴詩の摂取、「境界閾の広がり」から中原中也との交差のシークェンスが探られる。二人が三回会っている事実以上に、辻潤のいう「《「無」の軌道》こそは、ダダの理念を離れても、たとえば中也の「言葉なき歌」や、太宰の「待つ」の無形なものの核心に生きている」ということだ。

しかし、太宰論の中核は、「表現のレベルでは反戦も厭戦も抵抗もほとんどありえなかった当時、ただ、文学が文学であることの可能性を証している」戦時下の作品群の解読であり、それは、本書のハイライトでもある。「非同調を貫く文学の自由」はどうやって獲得されたのか。まず、「十二月八日」における〈極私〉のつらぬかれ方があり、「大いなる文学のために、／死んでください。／自分も死にます、／この戦争のために。」における、〈玉砕〉の相対化、死の偶有化がある。『右大臣実朝』をめぐり、「実朝を、戦時下の自らの孤独な内面にまで拉致してくる」小林秀雄の鑑賞に「あくまで《荒涼たる》内部を抱えて生きようとする、実朝の悲劇」を対置する。「戦時下の小説という戦場で、もう一つの戦争をする太宰の不遑な眼」である。

「大東亜共同宣言」の作品化という仮構の窮地における『惜別』では、「政治性を仮装」しつつ、間接話法を駆使して「甘美な軽薄さのもつ、ふてぶてしさ」で、〈魯迅精神〉というドグマをはぐらかす。男性原理的制度（ドグマティズム）への「不同調」は、太宰の深部にある〈女性〉性、『人間失格』に見られる〈道化〉―仮面（告白）―世間（家庭の幸福）の連関／切断と不可分である。

三島論の一部を除き、本書は未発表およびこの二〇数年に書かれた論考で出来ているが、モティーフは透徹している。「あとがき」にあるが、一つは、特に三島における「詩の行方」であり、もう一つは、戦時下の詩人たちの言葉が崩落したなか、太宰の「監視と検閲」による「抑圧の力を逆用」して「文学固有の可能性を生きる」「戦略的な方法」である。

「巨大な見えないシステムと戦わねばならない」ことに詩と散文の違いはない。著者にとって、一義的には、三島は〈敵〉、太宰は〈友〉ということになろうが、文学が文学であろうとする自由＝仮構力において、友・敵が結節する契機（モメンタム）へと批評が駆動するのだ。

監視社会が現前し、誰もが可能的な《非行者（デランカン）》の境界域に在り、「監禁状態」＝「幻想の〈牢獄〉」の内面化が進行する現在、《空の空なる事業》が、つねにすでに、要請されるということである。

「図書新聞」三五〇三号、二〇二一年七月一〇日

詩が要請する書物の形態化から読者＝作者が生成する

――野村喜和夫詩集『妖精 DIZZY』

思潮社、二〇二一年

厚さ五センチ近い変形判の瀟洒な函に二八〇ページ余りの緑色のＢＯＯＫ１、一二〇ページ余りのオレンジ色のＢＯＯＫ２と、本書の成り立ちをめぐる著者、山本浩貴、鈴木一平による鼎談の冊子が収められている。何も知らない読者は、大凡、この順番に読んで、本書の作品群およびプロジェクトのフレームワークを知ることになる。読む順番は、それで妥当である。だが、それだけでは不十分で、もう一度、ＢＯＯＫ１に戻って辿り直すという行為が求められているに違いない。

ＢＯＯＫ２が表題作の著者による元の詩のテクストである。眩暈（めまい）をめぐり、論理や理念的思考を擬態して、ほぼ改行せずに書き下された「眩暈原論」の五つのパートと、書物の編集プロセスや「原論」・「めまい」についての異化効果を孕むライトタッチな改行作品など全部で三〇の節から成る「絵本『眩暈』のために」の四つのパートが交互に配される。両者は相互的でポリフォニックに戯れる。

「眩暈原論」の擬論理は、「ひとつの学を始める」と書き起こされ、「原論」的な体系記述さながらに、眩暈の主体、地平、永遠の瞬間性といったタームを旋回し、「まなざしによる眩暈の固定は可能か」と問う。さらに、「眩暈のありうる起源、それは落ちることへの原初的本能的な恐怖かもしれない」、「待つことがわたくしとなる、われわれのわたくしとなる」と転調し、眩暈複合体、眩暈の構造／秩序、非局所的脱出、「眩暈と建築との関係について（……）崩壊へと風を代入するのが好き」とシークェンスを広げる。

クライマックスにかけて、「言語的眩暈」から「無限の意味の剰余」を導き、「わたしのこの混乱も、この苛立ちも、それぞれの述語へダンスせよ、軟骨せよ」、「だがリズムだ、リズムこそは眩暈とその固定という矛盾しきった欲望の運動の特権的な反映である。（……）構造は循環的である、中心紋がひらく、（……）沈黙の吃水が迫っているのだ」という団円が描かれる。

このように拾うと、眩暈という限界的な身心現象からエクリチュール（文字列）の動態を割り出していく思弁の重厚な運動性が際立つが、テクストは、その運動の線型性を攪乱し、複数化する擬態・擬音の反復、ユーモラスな爬行的イメージ、万葉仮名（当て字）の多用に走査される。例えば、「最初のゆらぎはめざめのとき。宇宙めく夜のこめかみの境界を散り散りにして、胎児めく生気の何かしらクレッシェンドに、the first 喩裸木葉目佐目之途機」という猥雑なノイズが縦横に散種される。

BOOK1はBOOK2のテクストの「眩暈原論」に、山本浩貴＋h（いぬのせなか座）によって、テクスト（文字群）自体はプレーンなままで、フォントを含む徹底的なレイアウトとデザインが施されたものだ。書物の装幀・装本に装幀者の作品読解が反映されること自体は、昨今、そう珍しいことではない。だが、本書のBOOK1では、いわゆる天と地を縦、小口を横にして見開きながら読むかたちになる。フォントとレイアウトで、改行や空白を含む大胆なカリグラムが駆使される。前ページの文字群が「傷痕」のように薄く再印字される。この類例ない「テクストへの介入」の遂行者である山本は、鼎談で、レイアウト＝眩暈の上演という「読み」のモメンタムが、テクスト内部の恣意性と必然性を揺動／往還し、一年半に及ぶ制作期間において「ほとんど自分で詩を書いているのに近いような感覚」、「詩性を上演」する感じに至ったと述べる。

どういうことか。デザイン＝レイアウトというプロセスを契機にして、テクストの「新たな必然性を発見」するという事態、「読み」が詩作に転じる断面が出現したのである。鼎談の終わり近くで、著者も「今回のレイアウトはやはり、あらかじめ完結したテクストとして提示したものが、その後解体されて生成のレベルまで戻されたっていう感じがします」と述懐する。読者と作者の等価性が現れる。著者の詩語の度量が、眩暈のような作者の消滅を抱懐しているということである。

ここで、巷の「テクスト主義」というイデオロギー（作者の死、なんて信じないくせに、その理念に準じることを装う）は大きく傾ぐだろう。作者は、ほんとうに死ぬかもしれないのだ。

著者は、鼎談で、マラルメの「語に主導権を渡す」という思想への到達感覚、テクストの偶有性への親近を示し、山本も「賽の一振り」に関する《余白》や〈ページ〉の楽譜性をめぐるマラルメ自身の文章を挙げてフォローしている。機能論的な補助線になるのかどうか、アンリ・メショニックが詩の認識をめぐってヤコブソン批判の文脈で触れた「連結装置（シフター）としてのテクスト」、すなわち、テクストは主体／客体であり、〈われ－いま〉であり、常に読者のなかに自己投入するという考え方も連想される。

もう一度、ＢＯＯＫ１に戻って辿り直す。そのとき、ＢＯＯＫ１は、文字通り「はじまり」のテクストであり、だが、すでに何かを知った読者は、自ら、読者＝作者の生成という場面に立ち合うことになる。「原論」も「絵本」も生成レベルにある。読者＝作者は、懸崖の縁に立つような眩暈に襲われるだろう。

そう、「眩暈主体」として、渦巻く「眩暈地平」を錐揉まねばならない。だが、詩＝テクストを読むというのは、もともと、そのような経験ではなかったか。詩的行為を奪還しようと言語的身体を賭けた著者（＋チーム）の冒険、ミッション・インポッシブルである。

「図書新聞」三五一〇号、二〇二一年九月四日

「シネ・トランス」が映像人類学を切り拓く

——金子遊『光学のエスノグラフィ　フィールドワーク／映画批評』

森話社、二〇二二年

著者は、近代性という円蓋（キューポラ）の外側の様々な危地をむき出しの身体で移動しながら、記録への意志をつらぬく。本書の冒頭、そして、アピチャッポンの実験的映画のプロジェクトについて語るとき、著者はイサーン（東北タイ）の赤土の大地を移動している。思考は、内なる「東北」＝「根の国」に及ぼうとする。「人物の動きを妨げることはしない」ために、「人の背中を追いかける手持ちカメラの移動撮影」が特徴的な王兵（ワンビン）のダイレクト・シネマ『鉄西区』や『死霊魂』について述べるとき、著者は、中国東北部の旅の記憶から始める。思考は、「現実に一歩追い付かず」、再構成する観察者＝「作家」の実存に及ぶ。書き起こされる限り、書物である限り、旅や民俗の記録は言葉として現れるが、それらは光彩のまま投げ置かれようとする。

本書は、前著『映像の境域』が映像作品の状況的な解読に軸足を置いたのに対して、自らの人類学的・民俗学的なフィールドワークと映画作家論とを交差する展開になっている。そのコンセプトは「映像人類学」というタームに集約されるようである。

どういうものか。たぶん、ポイントは二つある。一つは、「人類学」という既往のタームを担保することによって、「学」における民俗学、歴史学、表象文化論などのジャンルの境界を再帰的に消去するということである。消去されることで、逆に、コレスポンダンスが出現する。「映像」という（撮る—観る）行為がそれを駆動する。二つには、ベンヤミンが『パサージュ論』のなかで「形象の中でこそ、かつてあったものはこの今と閃光のごとく一瞬に出あい、ひとつの状況（コンステラツィオーン）を作り上げる」と記した「物語作者」として、歴史に被覆された無意識の記憶を「語る機会を求め、聴く者を求め、見事に語る」民族誌を賦活することである。「形象」は、「映像」と記録との接合からやってくる。

その意味で、本書の記述（エクリチュール）は、不確定だが否応もない中心として、「民族誌映画のフィールド」のパートのロバート・フラハティ論とジャン・ルーシュ論へと旋回するだろう。「ドキュメンタリーの父」フラハティは、一九二〇年、北極圏のイヌイットを撮るにあたり、彼らと暮らし、彼らに働きかけ、ドキュフィクション、すなわち、「虚構の要素を含んだドキュメンタリー」の手法によって「厳しい自然のなかで暮らすイヌイットの生活における真実の姿」を彫りだし、記録した。

フラハティの「手作業」を継承するように、ギニア湾岸から北上したサヘル地帯で、一九四〇年代後半から半世紀以上に亘り、ルーシュは、ボレックスSBMの一六ミリフィルムカメラで自らを三脚と化すような「身体的な撮影法」を駆使して、ニジェール人たちの即興的な演技を「劇映画」に仕上げた。そこでは、「参加するカメラ」とヴェルトフの「映画の眼」＝「モンタージュへの意志」

が統合し、現場状況―カメラ―撮影者の身体の「相互作用」としての「シネ・トランス」が現れる。「手持ちカメラの前で生じる状況の流れを損なわず、それと調和（コレスポンダンス）しながら記録することを重視しつつ、（……）劇映画に近づけようと努力すること。つまり、ジャン・ルーシュの映画におけるドキュメンタリー性とフィクション性の同居は、（……）「カメラを持ったルーシュ」の内側で起きていた」。「映像人類学」とエスノフィクション（民族誌と虚構性のせめぎ合い）の生成のシークェンスである。

つまり、「映像」は、「学」の境界を消去するだけではなく、現実と虚構の境界をも消去する。そのこと自体は、ゴダールが「すべての映画はドキュメンタリーである」といい、「劇映画は全てやらせのドキュメンタリーの一種」という黒沢清のフォローもあり、目新しいものではない。だが、ゴダール以前のフラハティやルーシュの「虚構を駆使してでも、その共同体がもっていた経験の本質を映像に定着しようとする」方法的な志向性は、「映像」の本質を逆照射するはずだ。

どういうことか。ローカルな場所の民族の文化、信仰、フォークロアに分け入って、それらのイメージを収集し、記録するとき、「シネ・トランス」において、「映像」は「映像言語」になる。「シネ・トランス」について、著者は、儀礼の憑依現象の現場におけるカメラと撮影者の身体の「同期」とも言う。これは、カメラ―撮影者の「物語作者」としての（斜線で消される寸前の）主体の形式が、「シネ・トランス」＝カメラ／「映像」という装置によって析出された間主観的世界と拮抗するということではないだろうか。憑依＝「トランス」とは、自己を失い「精霊たち」に身心を明渡すだけではなく、「間」を移動する主体の複数性が世界を描き尽くすことでもある。

　最初のパート「光学的イメージの旅」は、「フィルム・ダンス」というカメラの振り付けへと変遷した前衛映画作家マヤ・デレンから始まる。八年間通い詰めたハイチでのヴードゥーの祭儀において「私が複数化していく」場面に遭遇するが、その映画化を断念し、民族誌的な大著『聖なる騎士たち』を執筆した境涯が詳しく辿られる。その前置きのところで、ブラジルを旅する著者は、ウンバンダの儀式に臨場し、神霊に憑依した女神に「世界の紛争地ばかりをめぐっている」来歴を言い当てられ、「呪術の力」を肯定しようと誓う。その肯定性が記録＝「民族誌」への意志となり、「映像」へのパッションとなり、虚（フィクション）／実（リアル）という近代の公理を異化するに違いない。

　そのように、「映像言語」、すなわち、出来事それ自体が語りはじめる。遊歩者による映像要理と民俗の現場記録の画期的なクロスオーバーである。


「図書新聞」三五一六号、二〇二一年一〇月二三日

詩作の可能的な主体は「原理」の挑発を踏み堪えよ

――野沢啓『言語隠喩論』

未來社、二〇二一年

本書は、著者が自任する通り「原理論」である。巷で評判が悪い「原理主義」は、聖典の教義の無謬性を確信することだが、「原理論」は、それとは対照的に、ある事項について起源や発生に遡り、スクラッチから論じ尽くすことである。本書が論じ尽くそうとするのは隠喩についてである。ところが、ことばの発生をめぐって、ルソーの『言語起源論』から一八世紀イタリアの哲学者ヴィーコの言語発生論を辿り、「原初的詩人」による自然の驚異＝神的権威の命名／発見が「言語がおのずから隠喩としてはたらいていく現場」であること、すなわち、「整序されことばによって構成しなおされた世界とはすでに隠喩的世界となっているのであって、ことばはまさに隠喩そのものとして発生している」ことが確認される。「詩的言語の本質的隠喩性」は自明であり、「原理論」は、隠喩性の如何を問うのではなく、隠喩性がどう駆動（自己差異化）するのかを見極めようとする。

その前提として、引き続きヴィーコに倣い、〈トピカ〉（制作行為＝ポイエーシス）の〈クリティカ〉（哲学・批評）に対する先行性を押さえつつ、ハイデガー、ヴィトゲンシュタインの言語哲学を繰り込む。隠喩をめぐって、アリストテレスの比喩の定義を「言語それ自体の隠喩性、その創造力」の見地から批判し、カントの「構想力」を「ことばの隠喩性」と交差させようとする。「詩を書くこと自体がすでにことばの隠喩的世界そのものを選択すること」、「詩のことばにおいては換喩的なことばも隠喩的にしか作用しえない」と言い切る。

要点を書き抜いていくと隠喩の独在論のように見える。二つのポイントがある。一つは、隠喩がことばの起源として本質化されたことが隠喩の定義に敷衍されたまま、隠喩が絶対化される。二つには、隠喩に対置される換喩への言及が僅少である。両論併記ということがない。導入されるカッシーラーからデリダに至るまで、任意的な引用が隠喩をサポートしている。読者は、隠喩優勢／換喩批判の論脈をひたすら踏み堪えるふうになる。

だが、それは、踏み堪えねばならないものなのだ。たとえ、喩法の相対化に多少目配りしても、導入言説の任意性は消えない訳であり、読者は、隠喩の独在論の背後にある著者の主観性の強行が、そのまま、ポイエーシス（詩作）の主体形成の現場であることを思い知ることになる。著者が、換喩に批判的でありながら、両論併記しないのは、批判の標的であるのが実は換喩ではなく、換喩において偶有的に表象される非‐主体の形式、あるいは、主体の消滅という容認出来ない事態であるからだ。隠喩の絶対化は、同様に、相対性に拉致されている現代への批判を孕む。

詩作主体は、最後まで「発熱」せねばならない。それが、本書に通底するメッセージであり、本書の強引な主観性の実践じたいが、主体形成、あるいは時間意識の冒険なのである。

その意味で、「言語の本質的隠喩性」、「隠喩の本質的な創造性」は、ヤコブソン、メルロ＝ポンティ、ミシェル・フーコーを辿りながら、ヴィーコとデリダに立ち戻るあたりで、クライマックスと命題の再帰的集光点に到達する。

どういうことか。まず、失語症分析を経て語の隣接性と相似性において換喩と隠喩の重層性と相互性を唱導したヤコブソンから、「言語隠喩論」はポイエーシス（詩作）の主体として訣別する。しかし、ラカン（フロイト）―ヤコブソンによれば、隠喩：共時態―選択―範列―圧縮／換喩：通時態―結合―連辞―置き換え、という項目が系列に配置される。ポイエーシス（詩作）は、範列と連辞、選択と結合の対照性をどう始末するのか。

また、著者は、初期デリダの『グラマトロジーについて』のルソー評価の文脈から「言語の起源的隠喩性」を引き出すが、四年後に公表された隠喩論「白い神話」にある「隠喩化作用」とその「摩滅」の記述に疑義を呈す。そこは、『グラマトロジー』に戻り、例えば、ガヤトリ・C・スピヴァクの英訳版序文にある、隠喩は「真理への迂回路」であり、真理にとって隠喩は「借り物の住家」であり、隠喩の構造じたいが「テクストのテクスト性」を成すという脱構築批評のパラドクスに向き合うというアプローチはありえないのか。「ことばが隠喩的である」と反復されればされるほど隠喩が「真理」から疎隔するのは、「テクストのテクスト性」が、つねにすでに二分法を去勢しているからである。

同じように、「言表の主体」は「表現の作者」ではなく、非中心的な〈ひとつの場所〉、〈ひとつの次元〉であると記すフーコーの『知の考古学』の一節の〈ひとつの次元〉を、「深い審級」における「詩人」であると著者は捉える。これは、パラドクスであるだけではなく、主体の消滅の果てに主体が形成されるという「原理」のアクロバシーが要請される。「詩人がいるのではなくて、詩のことばという〈ひとつの次元〉が存在するだけ」という事態を「詩人」の主体性に同一化できるか。

もういちど。ポイエーシスの主体形成論は、跋扈する換喩の背後にある無音の非‐主体を可視化する。ならば、「人間の言語的創造の問題は最終的には創造的な詩を書くことによってしか果しえないという根源的背理」に躓かなくていい。詩作というエチカに滞留しなくてもいい。「原理」が呼び込む大他者は、事後性という機序の転倒において、〈クリティカ〉の〈トピカ〉に対する先行性を追認するだろう。問題は、主体が主体として現前するための言説の形態を画定すること以外ではない。

「未来」二〇二一年一〇月

詩的「共同性」以前の戦後詩のミッシング・リンクが現れる

——平林敏彦『言葉たちに　戦後詩私史』

港の人、二〇二一年

著者は、一九二四年生。現役の、最高齢の詩聖である。

本書は、冒頭に配された一九四六年の「新詩派」創刊号掲載のマニフェスト、詩作品、続いて、一九九六年刊行の「現代詩文庫」掲載の「Memorandum」以降、辻井喬をめぐる文章を除き、殆どすべて、二〇一〇年代初出の詩作品と文章で構成されている。副題に「戦後詩私史」とあるように、自分語りがつらぬかれ、「すべてが、懐かしい夢のように思える」という詠嘆もあるが、単に懐古的あるいはノスタルジックなものではなく、詩の運動性の現在に接続している。

ポイントは、たぶん、二つある。まず、「新詩派」の後、一九五一年から月間ベースで「詩行動」を刊行、一九五四年には「今日」、一九五六年には伊達得夫の「ユリイカ」の編集に関わり、戦後詩の網状的な運動性の中枢にありながら、著者は、田村隆一、鮎川信夫、三好豊一郎らの「荒地」とも、大岡信、吉岡実、飯島耕一らの「鰐」、中村真一郎、福永武彦らの「マチネ・ポエティック詩集」、長谷川龍生らの「列島」、いずれにも与することがなかった。彼らと親密に行き来しながら、詩人としての距離感覚が維持され、それぞれの詩誌に内在する「共同性」に同伴することがなかった。

　どうしてか。「居住地転々」などに描かれた著者の遊動性と戦争体験のアマルガムを想定してみたい。「しがない売文で食いつなぐ生活で、収入がまったく安定しないまま、目白、中落合、西荻窪、小石川、駒込、代々木など都内の借家やアパートを転々とする」。かと思うと、「目一杯の借金もして」、熱海に、渡辺武信設計の三階建てハウスを造り、二年足らずでそこを処分する。また、「詩行動」発行人の柴田元男の二間きりの自宅を「柴田部屋」と称し、「ぼくらが自由に出入りして、月例の合評会はもとより、日夜を問わず詩を論じ、締切前夜の原稿を書き、焼酎をあおって取っ組み合いになり、（……）」というオルギー。因みに、飯島耕一は「柴田部屋」に通い詰めながら『他人の空』のもとになった詩を書いた。このような不定性と狂騒が、「荒地」、「鰐」、「列島」の「共同性」を寸止めした。

　もう一つのポイントは、著者の詩作に三〇年以上のブランクがあったことだ。一九五一年に第一詩集『廃墟』、一九五四年に第二詩集『種子と破片』を刊行。相応の評価を得たにもかかわらず、著者は沈黙の時期に入る。本書には、「意欲や情熱もなくなった」、詩作に「心が動かない」という言葉の外に詳しい説明はない。ただ、清岡卓行ら五人による「鰐」の結成が沈黙のトリガーになったようだ。

　この沈黙は、二つの出来事によって、一九八八年の第三詩集『水辺の光　一九八七年冬』刊行で破られる。一つは、一九六七年に長田弘から恵投された評論集『探究としての詩』の序詩「秋の理由」が、「ぼくらはいちどかぎりの言葉をもつ」という著者の詩のスタンザをエピグラフにして、「平林敏彦よ、なぜ今日詩を書かないのか」と書き起こされていた。後に、長田を追悼するかたちで著者は「もし長田弘がこの世に存在しなかったら、危うい淵にいたぼくは詩を書くことを断念したかもしれない」と記す。二つには、熱海の三階建てハウスの頃、その長田の詩を読んだ関西在住の詩人太田充広によって詩集刊行の熱烈な申し出が著者を動かした。

かくして、新作と旧作を交えた第三詩集は、装幀吉岡実、序文長田弘で刊行された。長田の序「Letters」には、詩集について「戦争の経験は、あらゆる言葉を信じられないものとしたが、ただ手紙の言葉だけは、一人一人の生きようをつたえうる、唯一のまともな言葉として遺した（……）それから三十年（！）のあいだまもった孤独な沈黙のあとに、はじめてじぶんの手紙の本当の宛先をみいだして、ふたたび「一本の鉛筆を削って」、こころを削ってしたためた新しい手紙の束だ」とある。

著者が詩的沈黙に身を置いたのは、生来の遊動性が定住的「共同性」（詩的党派性）に馴染まなかったことと不可分である。しかし、その詩的沈黙、および、その前後の出来事が本書によって明らかになり、戦後詩の「共同性」以前の詩的揺籃のミッシング・リンクがゆっくり立ち現れるはずである。さらに、この国の高度成長期に沈黙がつらぬかれたことにより、著者において、戦争体験から戦後詩へのエートスが原型のまま保存された。

「戦後を過去に葬ることなどできようはずもない。あの破滅的状況の中で、ぼくたちの世代が自らの運命に対する反逆の意志として生みだした戦後詩の骨法は、現在もなおぼくの詩のモチーフと方法でありうる。一篇のはかない詩を書くために生きることを、ぼくは恥じない。」

こういうアグレッシヴな言葉と同じ強度で、いやそれ以上に、著者の詩作の現在から、戦後詩の通底性を画定できよう。

本文の末尾に収められた九篇の詩作品から「やがて幕は降りる／／人はちりぢりに何処へむかうのか／生きながら腐爛しかけた恥にまみれ／すでに傷を癒すすべもなく／やましさ　未練がましさをひた隠し／仄暗い夕べの辻に立ちすくむとき／たまゆら月の暈の下で／透きとおる異界の影とすれちがうとき／はるかな闇のかなたで始まるステージに／最初の明かりが射し込んでいる」（「何処へ」末尾）と書き抜いてみる。

「死者との対話」が保存されているだけではない。戦後詩の話法が、断念の彼方に見出そうとする一回的な光芒は、ポエジーの「いま・ここ」に届いている。

「図書新聞」三五一九号、二〇二一年一一月一三日

覚書

二〇二〇年以降に公表された論攷、書評、対談（宇野邦一さんとは二〇一八年五月）から編まれた一冊である。つまり、大半が、新型コロナ・パンデミック ongoing のタイムラインの言説である。新型コロナは、いわゆる第六波の感染拡大が続く。Status Quo の後半で、「コロナ問題」に言及しただけではなく、Critiques, Reviews のいくつかの項目も、コロナ状況に侵入されている。パンデミックによって、生活や関係性、行動の形態に変化が起こったことは否めない。だが、コロナ禍は、決して現存性の中心には配置されない。そこには届かない。何故なら、このパンデミックはイデオロギーだからである。

　どういうことか。パンデミックを契機に、正義と倫理と規律が生起した。身体から個別性が剝離し、身体は類的な時空に従属するエレメントになった。例えば、ワクチンが個別の身体に作用するのではなく、類的身体がワクチンという「正義」に、しかるべく反応しなければならない。批評が周到に捕獲すべきこの欺瞞は、終わらない戦後＝永続敗戦が「戦前」に転じ、夕凪のように立ちくらんだ抵抗の風位が不意に攪乱される兆候に接続する。「コロナ問題」は、ファシズムへのショートカットである。
仕掛けられた因果の連鎖に拉致されてはならない

ご覧の通り、四章建てである。Ⅰは、大学のレビュー誌の掲載時の反響を踏まえ、冒頭に置いた。Ⅱは、神保町のギャラリー・スピノールでのトークシリーズ（企画は伴田良輔さん）からピックアップした二本と、鮎川信夫賞受賞対談を再録した。Ⅲは、さほど長くないノンジャンルの批評。Ⅳは、書評、イベント評を発表順に並べた。時代と相討つ詩書たちをカバーした。柄谷行人、吉永剛志、斎藤幸平についての文章は、書評の様態を呈すが、アナロジーの効き方などを考慮してⅢに収めた。

詩との相互性が持続している。詩論というのは、詩をまっとうに論じることではなく、世界が詩であるという確信へと錐揉(きりも)むテオリアだ。

ならば、ロシアのウクライナ侵攻に同伴する権勢や言説において苛酷に反復される神話群にポエジーの喩法と寓意を対置して、何を動かせるのか。何を中断できるのか。凝視し、記録し、無血な力の到来へと言葉を追い込んでいく他はない。

これまで、ぼくの書くものはわかりにくい、と言われてきた。今回、荒川洋治さんの口吻を借りるように「わかりやすいぞわたしは」と嘯(うそぶ)いてみたい。あるいは、前著の「わからなさ」と四つに組んでもらった小池昌代さんの叱咤を俟ちたい。

当初、書評を前面に据えようと目論んだ。書評というフィールドでは、書物の公刊という（公共的な）出来事の芯を射抜き、著者および読者と均等に向き合う文の態勢が要請される。書物―モチーフの無意識をサルベージするには、ときに抽象やアクロバシーも動員されようが、「伝達」という機能がボトムラインになる。テリー・イーグルトンも批評と公共圏の始原の相同性を認めたはずだ。版元との協議を経て、書評は、IV Reviewsに置かれるが、本書の最大のチャレンジである「わかりやすさ」のトライアルの現場である。

批評の方法と対象性において、フェミニズムと映画という、二つの方向性がある。前者は、「欲望」以降の非‐同一性をめぐる反‐ロゴスの主戦場であり、後者は、「すべての映画はドキュメンタリーである」というゴダールの逆説の語り直しを待機する。フェミニスト、シネフィルを騙る修業も知見もぜんぜん足りない。だが、フットプリントを捏造するように、批評は自らをキャリーするだろう。

本書は、内容と構成に亘り、幻戯書房の田尻勉さんのイニシアティヴと名嘉真春紀さんの的確なフォローアップで仕上がった。「国際メディア・女性文化研究所」の水田宗子さん、「図書新聞」の村田優さん、「飢餓陣営」の佐藤幹夫さん、「現代詩手帖」の高木真史さん、「アジア太平洋レビュー」の福好昌治さん、「博物誌」の山本育夫さん、「季刊 未来」の野沢啓さん、「イリプス IInd」の松尾省三さんに初出掲載の機会をいただいた。トークは、宇野邦一さん、藤原安紀子さん、野村喜和夫さんというフロントラインで先鋭的な言葉を振るっている方々の胸を借りた。装本には藤原さんの写真を使わせていただいた。

皆さんに謝辞と挨拶を送りたい。

あらゆるファシズムの勃興は、革命が失敗に終わったことの証である、とベンヤミンは言った。このテーゼを、列島弧のいま・ここと刺し違えるかたちで複数的に読み換え、何が挫折してきたのかを考え抜き、挫折と同一化し、抵抗主体の多孔性を想起する符牒として、この小さな紙束が路地裏に吹き散れば、それでいい。

二〇二二年三月

宗近真一郎

宗近真一郎（むねちか　しんいちろう）
一九五五年大阪生まれ。早稲田大学政治経済学部卒。
一九八〇年頃から、北川透編集「あんかるわ」などで批評、詩作活動。一九九〇年から二〇一五年にかけて、ファイナンスや企業買収にかかわり、延べ十八年間、アメリカ、ロシア、フランス、ドイツに滞在。
一九八五年に第一評論集『水物語に訣れて』（白地社）を上梓。以後、著書に『ゼロ・サム・クリティック』（砂子屋書房、一九八八）、『消費資本主義論』（共著、新曜社、一九九一）、『反時代的批評の冒険』（私家版、一九九七）、『ポエティカ／エコノミカ』（白地社、二〇〇〇）、『パリ、メランコリア』（思潮社、二〇一三）、『リップヴァンウィンクルの詩学』（響文社、二〇一七、第九回鮎川信夫賞）、『柄谷行人〈世界同時革命〉のエチカ』（論創社、二〇一九）、『詩は戦っている。誰もそれを知らない。』（書肆山田、二〇二〇）。

ポエジーへの応答
詩と批評の戦いでは、抵抗主体に支援せよ

二〇二二年五月十日　第一刷発行

著　者　宗近真一郎
発行者　田尻　勉
発行所　幻戯書房
郵便番号一〇一‐〇〇五二
東京都千代田区神田小川町三‐十二
電　話　〇三‐五二八三‐三九三四
FAX　〇三‐五二八三‐三九三五
URL　http://www.genki-shobou.co.jp/
印刷・製本　中央精版印刷

ISBN978-4-86488-243-9 C0095